Attila Geole

Der
SCHLAUSTE MANN
und sein
ALBTRAUM

Attila Geole

Der
SCHLAUSTE MANN
und sein
ALBTRAUM

Eschbach-Variationen

Impressum

Bibliografische Information der Deutschen Nationalbibliothek:
Die Deutsche Nationalbibliothek verzeichnet diese Publikation
in der Deutschen Nationalbibliografie; detaillierte bibliografische Daten sind im Internet über http://dnb.dnb.de abrufbar.

Die automatisierte Analyse des Werkes, um daraus Informationen insbesondere über Muster, Trends und Korrelationen ge-
mäß §44b UrhG (»Text und Data Mining«) zu gewinnen, ist
untersagt.

Verlag: BoD · Books on Demand GmbH, Überseering 33,
22297 Hamburg, bod@bod.de

Druck: Libri Plureos GmbH, Friedensallee 273,
22763 Hamburg

ISBN: 978-3-7693-7768-2

Inhaltsverzeichnis

Was sind *Eschbach - Variationen*?

Es war in der ersten Hälfte des Jahres 2023, als ich Andreas Eschbachs Reader mit Kurzgeschichten *Eine unberührte Welt* geschenkt bekam. Bis dahin hatte ich schon sehr viele Romane von ihm gelesen und war fasziniert. In diesem Fall war ich zuerst skeptisch. Kurzgeschichten? Das war bislang nicht so nach meinem Geschmack. Aber beim Lesen merkte ich: Doch, das geht, das macht mir sogar in den meisten Fällen Spaß. Kurze Erzählungen, mal tiefsinnig, mal spaßig, mal düster und grauenvoll, aber immer spannend und unterhaltsam. Und dann, als ich *Driving Tomorrow* las, packte mich eine Idee, die mich nicht mehr losließ.

In dieser Story hat Andreas Eschbach am Beispiel autonom fahrender Busse die Befürchtung vieler Menschen aufgegriffen, durch künstliche Intelligenz möglicherweise arbeitslos zu werden und den Umstieg in einen anderen Job nicht mehr zu schaffen.

Im Kreis meiner Bekannten wurde ich in letzter Zeit mit einer ähnlichen Befürchtung konfrontiert: Kreative Schriftsteller seien bald nicht mehr gefragt, weil ihre Texte übertroffen werden von Werken, die durch die inzwischen weitverbreitete Plaudersoftware chatGPT und andere KI-Textgeneratoren erzeugt werden.

Meine Idee war, diese Befürchtung zum Thema einer neuen Version von *Driving Tomorrow* zu machen. Ich nahm mir vor, den Rahmen von Eschbachs Original beizubehalten, seinen

Stil einigermaßen zu imitieren, aber den Inhalt zu ändern. Also ersetzte ich autonomes *Fahren* durch autonomes *Schreiben*.

Ich gab dieser Variation den Titel *Writing Tomorrow*. Meine Anfrage bei Andreas Eschbach, ob er das lesen wolle, wurde von ihm bejaht. Kurze Zeit nachdem ich mein Manuskript verschickt hatte, kam eine ermutigende Reaktion: »Das ist ja schon fast eher eine Hommage als eine Variation! Ich hab mich jedenfalls köstlich amüsiert, vielen Dank!«

Durch diesen Erfolg ermutigt habe ich mir weitere Werke von Andreas Eschbach vorgenommen und Variationen dazu überlegt. Zunächst schrieb ich eine weitere Version von *Driving Tomorrow*. Sie ist in diesem Buch unter dem Titel *Dining Tomorrow* als letzter Beitrag enthalten.

Alle hier verwendeten Kurzgeschichten stammen aus *Eine unberührte Welt*, *Ausgabe 2022 by Bastei Lübbe AG, Köln*.

Die wenigen Bezüge auf andere Werke sind extra angegeben.

Andreas Eschbach hat alle Versionen hier in diesem Buch gelesen und ist einverstanden, dass ich sie publiziere.

Wenn Sie, liebe Leserinnen und Leser, die von mir ausgeschlachteten Originale von Andreas Eschbach kennen, dann macht es Ihnen hoffentlich Spaß, die Anspielungen, Bezüge und Änderungen in meinen Texten nachzuvollziehen. Wenn Sie das eine oder andere Eschbach Original noch nicht gelesen haben sollten, empfehle ich, dass Sie sich das besorgen und lesen!

Der schlauste Mann und sein Albtraum

Die für diesen Reader titelgebende Geschichte hat zwei Wurzeln im Werk von Andreas Eschbach. Zum einen kann man sie sehen als eine Art Fortsetzung des Romans *Der schlauste Mann der Welt, Ausgabe 2023 by Bastei Lübbe AG, Köln.*

Dieses Werk von Andreas Eschbach ist genau genommen keine Science Fiction, sondern ein fantasievoller Schmöker über das Schicksal eines Menschen, der mit Geschick und Glück zu sehr viel Geld gekommen ist und nun ein nutzloses, aber verschwenderisches Leben führt. Ich habe etwas Science Fiction dazu gepackt und erzähle, was der Titelheld Jens Leunich in der Zeit nach dem glücklichen Ende in Andreas Eschbachs Roman erlebt. Dafür greife ich die Struktur und Inhalte der Kurzgeschichte *Der Albtraumman* auf.

Als die Besucher von der Manhattan Credit Bank aus New York gegangen waren, wurde Jens von einem wahren Freudentaumel erfasst: Er hatte es geschafft, wirklich geschafft. Er hatte alles auf eine Karte gesetzt und gewonnen. Es war so leicht gewesen, dem Tod ein Schnippchen zu schlagen. Er schüttelte den Kopf und sagte es sich immer wieder fast ungläubig selbst vor: »Das war so einfach gewesen, so leicht. Ich bin wirklich der schlauste Mann der Welt.«

Genau das hatte einmal eine Frau zu ihm gesagt, mit der er sein Bett geteilt hatte. Anfangs war er sich nicht sicher gewesen, ob das stimmt. Aber spätestens jetzt war es ihm endgültig klar. Er war der Allerschlauste. Die Frau hatte es wohl instinktiv gespürt.

Vor zehn Tagen hatte er sich eine Frist gesetzt. Nach Ablauf dieser Zeit hatte er vorgehabt, sich von der Terrasse seiner Suite in einem Luxusressort in Wien zu stürzen. Dieser Suizid war aus seiner Sicht die einzig sinnvolle Lösung seines Problems gewesen: Sein Kapital zur Finanzierung seines üppigen Lebens war aufgebraucht. Nicht einmal zur Begleichung seines Aufenthalts für den letzten Tag im Hotel hätte es gereicht. Auch der Schneider, der ihm den noblen Maßanzug gefertigt hatte, den er bei seinem Ableben tragen wollte, wäre wahrscheinlich auf seiner Rechnung sitzen geblieben.

Aber es war anders gekommen. Er hatte sich gerade den neuen Anzug bereitgelegt, in dem er sich von der Terrasse hinabstürzen wollte. Da kamen diese Besucher zu ihm. Das änderte alles.

Als er nach dem Klingeln an der Tür seiner Suite aufmachte, standen da zwei Männer in grauen Anzügen. »Womit kann ich Ihnen dienen?«, fragte er höflich.

Einer der beiden, anscheinend der Sprecher, erklärte, dass sie von der Manhattan Credit Bank aus New York kämen. Sie hätten mithilfe eines Detektivbüros ermittelt, dass er derjenige sei, der die Bank im Jahr 1978 um dreiunddreißig Millionen Dollar erleichtert hatte.

»Das stimmt«, bestätigte Jens. »Und nun?«

Der Fall sei zwar verjährt und könne nicht mehr geahndet werden, sagte der zweite Besucher, aber die Ermittlungen hätten auch ergeben, dass er dabei sei, ein Buch über diesen Coup zu schreiben.

»Auch das stimmt«, erklärte Jens. »Das Buch ist übrigens praktisch fertig.«

Der Sprecher meinte entsetzt, dass es sehr schlecht sei, wenn der Name ihrer Bank in diesem Buch stünde. Und wenn dabei auch noch zu lesen sei, auf welche einfache Art man sie betrogen habe, dann wäre das eine Katastrophe für das Image der

Bank. Kunden und Kapitalgeber würden damit jegliches Vertrauen in die Manhattan Credit Bank verlieren.

»Für fünfzehn Millionen Dollar ändere ich den Namen Ihrer Bank in einen erfundenen Namen«, sagte Jens.

Nach einigem Hin und Her einigten sie sich auf elf Millionen. Die Heiterkeit, die Jens danach erfüllte, erstaunte ihn sehr, da er bis vor wenigen Minuten noch in Gedanken jeden einzelnen Schritt seines Todes geplant hatte.

Kurz nachdem die Herren der Manhattan Credit Bank ihn verlassen hatten, zog Jens seinen neuen Maßanzug an. Den wollte ich eigentlich bei meinem Tod tragen, kam ihm in den Sinn. Dann aber lachte er und eilte aus dem Hotel. Sein Kopf war voll von Ideen und Plänen für die nächste Zukunft, als er die Straße überquerte. Unachtsam und abgelenkt von seinen Gedanken, bemerkte er nicht den in schnellem Tempo herannahenden SUV.

Lautes Hupen und quietschende Bremsen waren zu hören, aber es war zu spät. Mit einem erschreckenden Krachen wurde Jens von dem Wagen erfasst und überrollt.

Hatte er das Hupen nicht gehört? Den Lärm des SUV, die lauten Schreie der Menschen um ihn herum, die ihn warnen wollten?

Was hatte er gefühlt, als der Wagen ihn erfasste? War es Angst und Panik gewesen? Das Bedauern darüber, den letzten Erfolg nicht mehr genießen zu können? Oder dass sein neuer Anzug nun vielleicht doch sein Todesgewand sein sollte?

Letztendlich ist es unmöglich zu wissen, was genau in den Sekunden des Unfalls in Jens Kopf vorging. Es war sicher eine extrem emotionale, psychische Belastung, in der seine Gedanken und Gefühle wahrscheinlich tobten und überaus verwirrt waren, bevor sein Bewusstsein schließlich verloren ging.

Als Jens langsam aus der Bewusstlosigkeit erwachte, saß er in einem bequemen Sessel vor einem Fenster, das den Blick in einen weitläufigen Park öffnete. Der strahlte eine Atmosphäre der Ruhe und Gelassenheit aus. Das Grün präsentierte sich in allen erdenklichen Schattierungen. Bäume reckten ihre Äste gen Himmel und spendeten großzügig Schatten. Eine stattliche, geradezu majestätische Esche stand am Ufer eines Baches, der zu einem von Seerosen bedeckten Teich führte. Dort gab es eine Bank, die dazu einlud, sich niederzusetzen und zu entspannen. Das war ein magischer Ort, wie er ihn sich früher schon oft gewünscht hatte, an dem man den Sorgen des Alltags entfliehen konnte.

Jens wunderte sich. Diesen Park hatte er noch nie gesehen, aber er wusste: In so einer Umgebung hatte er schon immer leben wollen.

Dann sah er an sich herab. Ungläubig bewegte er die Arme, über denen sich ein enges T-Shirt spannte. Woher kam dieser enorme Bizeps? Sein Blick glitt nach unten, als er unwillkürlich die Beine bewegte. Das Muskelspiel der Oberschenkel war unter der Jogginghose deutlich zu erkennen. Und als er sich über den Leib tastete, spürte er den Waschbrettbauch. War er das? Er hatte keine Erinnerung an diesen Körper.

Er blinzelte und versuchte, sich ins Gedächtnis zu rufen, was passiert war. Sein Kopf schmerzte. Doch er erinnerte sich an nichts.

Ein Mann trat ins Zimmer. Er trug einen dunklen Anzug, hatte eine schlanke Figur und hielt sich sehr gerade, obwohl er schon relativ alt wirkte. Seine akkurat gescheitelten Haare waren schlohweiß.

»Monsieur, Professor Konik ist hier, er möchte Sie sprechen«, sagte er.

Wer war der Mann? Jens hatte ihn noch nie gesehen. Wer war Professor Konik? Jens hatte den Namen noch nie gehört. Trotzdem nickte er schwach.

»Guten Tag Jens«, hörte er eine Stimme von der Tür. Erst jetzt, als er sich zu der Stimme umdrehte, fiel Jens der Raum auf, in dem er sich befand. Der war geradezu atemberaubend. Er saß in einer prächtigen Bibliothek, die mit einer prunkvollen, kunstvoll mit Fresken bemalten Decke und Wänden aus Marmor geschmückt war. In Nischen im Marmor waren Bücherregale eingepasst, gefertigt aus edlem, dunkel rotbraunem Holz, wie er es noch nie gesehen hatte.

Der Mann, der als Professor Konik angekündigt worden war, trat zu Jens. Der Professor war eine stattliche Erscheinung, gekleidet in blendend weiße Kleidung, wie sie Mediziner tragen.

»Ich bin Ihr behandelnder Arzt«, sagte er. »Schön, dass Sie wieder bei Bewusstsein sind. Wie fühlen Sie sich?«

»Etwas benommen«, antwortete Jens. »Ich weiß gar nicht, wo ich bin. Und warum bin ich hier? Wer bin ich überhaupt? Ich habe keinerlei Erinnerung.« Jens hob hilflos seine muskulösen Arme hoch, blickte sie an und sah dann ratlos zu Professor Konik.

Der nickte. »Das ist ganz normal. Ihre Erinnerung wird wieder kommen. Sie hatten einen schweren Unfall.«Als er das sagte, blickte er ihm tief in die Augen, schwieg einen Moment und fragte dann: »Erinnern Sie sich an den Unfall?«

Jens zuckte zusammen. Zerrissene Skizzen einzelner Bilder schwirrten durch seinen Kopf. Eine breite Treppe, die aus einem Hotel zur Straße führte. Ein Hotel? Er ging hinunter, betrat den Gehweg und dann die Straße. Ein heftiger Schlag, und dann: nichts. Vorher: Er hatte telefoniert. Mit wem hatte er gesprochen?

»Auf der Straße«, sagte er. »Da war etwas. Starker Schmerz. Ein Unfall, sagten Sie?«

»Ja, ein heftiger, normalerweise tödlicher Unfall. Sie hatten Glück.«

Eine neue Erinnerung kam Jens in den Sinn. »Glück? Das war der Unfall? Nein, Glück hatte ich vorher. Ich bin glücklich auf die Straße gegangen. Aber warum?«

»Das reicht für den Anfang«, sagte der Professor. »Ruhen Sie sich aus, wir haben alle Zeit der Welt. Entspannen Sie sich, lesen Sie etwas, es gibt hier viele Bücher. Ich komme heute Abend wieder zu Ihnen.« Er verließ den Raum.

Der ältere Herr mit den weißen Haaren hatte die ganze Zeit still in respektvoller Entfernung gestanden.

»Und wer sind Sie?«, fragte Jens.

»Ich bin Ihr Butler Louis«, sagte der Mann. »Wenn Sie etwas benötigen, müssen Sie mich nur rufen. Ich bin jederzeit für Sie da.« Er sah Jens an. Danach ging auch er auf leisen Sohlen hinaus.

Jens überlegte irritiert. Wieso ein Butler, sein Butler? Er schüttelte den Kopf, erhob sich aus seinem Sessel und ging zu den Büchern.

Die Regale waren gefüllt mit Schätzen der Kultur, eine reiche Gabe für jeden Bücherliebhaber. Hier trafen Wissen, Fantasie und Schönheit aufeinander. Jens konnte sich überrascht erinnern, dass er vieles davon gelesen hatte, zum Beispiel die an einer optisch hervorstechenden Stelle stehenden gesammelten Werke von Andreas Eschbach. Im Fach darunter andere Pioniere der Science Fiction Literatur: H.G. Wells mit »Die Zeitmaschine«, Jules Verne mit »Die Reise zum Mittelpunkt der Erde«, Aldous Huxleys »Schöne neue Welt«, die »Sterntagebücher« von Stanislaw Lem und »Träumen Androiden von elektrischen Schafen?« von Philip K. Dick. Aber Jens entdeckte auch zahlreiche, ihm bekannte Werke der berühmtesten Schriftsteller der Weltliteratur, darunter Klassiker wie Goethes »Faust«, Shakespeares »Hamlet« oder Tolstois »Krieg und Frieden«. Er wusste, dass er das fast alles kannte, aber wann hatte er das gelesen? Daneben befanden sich Bildbände berühmter Künstler. Hier erblickte er Meisterwerke von Malern wie Leonardo da Vinci,

Vincent van Gogh oder Pablo Picasso. Aber es fand sich noch viel mehr als nur Literatur und Kunst: Bücher über vergangene Epochen und Ereignisse, wie beispielsweise Cäsars »De bello Gallico«, oder Biografien berühmter Persönlichkeiten wie zum Beispiel Barack Obamas Autobiografie »Ein verheißenes Land«. Auch Sachbücher mit neuesten Erkenntnissen über verschiedene Themenbereiche, sei es Wissenschaft, Philosophie oder Musik waren vorhanden. Dies war ein wahrer Ort der Inspiration, Bildung und Unterhaltung.

Jens ging zurück zu seinem Sessel und erst jetzt sah er, dass ein Buch auf dem kleinen Beistelltisch lag. Auf dem Cover stand »Andreas Eschbach« und darunter »Der schlauste Mann der Welt«.

»Das bin doch ich«, rief er unwillkürlich aus. »Das ist das Buch über mein Leben, das ich dem Schriftsteller Andreas Eschbach erzählt habe. Seltsam, ich wusste gar nicht, dass das schon erschienen ist.« Er setzte sich und begann zu lesen. Dabei formten sich in seinem Kopf die Erinnerungen, eine nach der anderen, in aller Klarheit. Zum Schluss musste er nur noch die Seiten flüchtig überfliegen, und alles war wieder da. Sein ganzes Leben.

Bei Einbruch der Dunkelheit servierte Louis auf dem großen Tisch in der Mitte der Bibliothek ein kleines Abendessen, das Jens an die Vergangenheit erinnerte. Es gab Filet vom weißen Heilbutt, in Nussbutter gebraten, mit Steinpilzcannelloni, Röstzwiebeln und Champagneraufguss. Dazu ein hervorragender Weißwein, ein Muscadet von der Loire. Es war seltsam: Jens wusste noch nicht, wo er war, warum er hier war, warum sich sein Körper so verändert hatte, und trotzdem kam ihm das alles so vertraut vor: Ein luxuriöses Essen, serviert in einem tollen Ambiente. Was hatte sich nun wirklich ereignet?

Kurz nachdem das Essen aufgetragen wurde, kam Professor Konik dazu. »Speisen Sie ruhig«, sagte er, »ich muss nachher noch in den OP, da kann ich jetzt leider nicht einfach mithalten.« Er setzte sich auf einen Stuhl neben dem Tisch.

Zwischen zwei Häppchen vom Heilbutt, die er genüßlich kaute, sagte Jens: »Ich habe das Buch über mein Leben gelesen, das dieser Eschbach geschrieben hat. Jetzt ist wieder alles präsent. Mein Gedächtnis funktioniert wieder. Was ist denn tatsächlich passiert?«

Der Professor nickte lächelnd: »Das war meine Hoffnung, dass das Buch Ihnen hilft. So wie Sie jetzt reagieren, bin ich sicher, dass Sie auch eine harte Wahrheit vertragen.«

»Eine harte Wahrheit? Das verstehe ich nicht«, sagte Jens alarmiert.

»Nun, die harte Wahrheit ist, dass es keine Chance gab, Ihr Leben als vollständiges Individuum zu sichern.«

»Ich verstehe immer noch nichts. Was wollen Sie mir konkret sagen?«

»Die Sache ist die«, begann Professor Konik, und machte dann eine Pause.

»Ja, weiter«, insistierte Jens. »Was meinen Sie damit?«

»Nun, kennen Sie sich mit der rechtlichen Lage zum Thema Organspenden in Österreich aus?«, fragte Konik.

»Keine Ahnung. Haben Sie mir Organe entnommen, ohne dass das erlaubt war?«

»Nein, es war anders. In Österreich gilt das Widerspruchsprinzip. Wer nicht explizit erklärt, dass er keine Organe spenden will, der wird automatisch zur Organspende herangezogen. Sie selbst haben nie eine entsprechende Erklärung abgegeben. Wir haben vergeblich nach Verwandten von Ihnen gesucht. Es gab also niemanden, der hätte widersprechen können. Damit waren Sie automatisch als Organspender qualifiziert.«

Jens schüttelte verärgert den Kopf. »Sie wollen damit sagen, dass Sie mir Organe entnommen haben, die mir jetzt fehlen?«

»Nein, ich sagte doch, es war eigentlich anders.«

»Mein Gott, sind sie umständlich. Ich vermute inzwischen das Schlimmste«, rief Jens. »Jetzt gerade heraus: Was war los nach dem Unfall?«

»Gut, gerade heraus: Das Einzige, das von Ihnen nach dem Unfall noch in Ordnung war, das war Ihr Kopf. Ihr Körper war total zerschmettert, da war nichts mehr zu machen. Wir haben Ihren Kopf zur Kryokonservierung gegeben und dann später mit einem anderen Körper wieder zum Leben erweckt.«

»Nur … nur mein Kopf in Ordnung, zur Kryo… konservierung gegeben, ein anderer Körper… «, stammelte Jens entsetzt.

»Beruhigen Sie sich. Sie sehen und spüren, dass mit Ihnen alles in Ordnung ist: Sie leben, haben Ihr Gehirn mit vollständigen Erinnerungen, und einen intakten Körper«, versuchte der Professor, Jens aufzurichten. Dann erklärte er weiter: »Kryokonservierung ist schon seit extrem langer Zeit die anerkannt beste Methode, die Vitalität von Zellen nahezu unbegrenzt aufrechtzuerhalten, obgleich das biologische System in den Aggregatzustand eines Festkörpers übergeht. Dabei wird das Blut durch ein medizinisches Frostschutzmittel ersetzt und das Organ dann mit flüssigem Stickstoff bei minus 196 Grad Celsius gekühlt. Das haben wir mit Ihrem Kopf gemacht.«

Jens trommelte wütend mit den Fäusten auf seine Brust, schlug Arme und Hände an die Tischkante, stampfte mit den Beinen auf. »Also das bin nicht ich, das ist ein Fremder, dem Sie meinen Kopf aufgesetzt haben«, schrie er mit einer Mischung aus Entsetzen und Wut. Er griff nach den Tellern und Schüsseln mit der Mahlzeit und warf alles krachend an die Wand. Dann nahm er die Weinflasche, setzte sie an den Mund und wollte sie mit großen Schlucken leeren. Das gelang ihm aber nicht, so verkrampft war sein Mund. Der Wein floss ihm rechts und links aus dem Mund den Hals entlang. »Warum haben Sie mich nicht einfach sterben lassen?«, fragte er schließlich weinend.

Professor Konik saß da und sah ihn wartend an. Als der Weinkrampf abebbte, sagte er mit ruhiger Stimme: »Das Bedeutende, das Wichtigste an Ihnen ist in Ihrem Kopf, Ihr Gehirn. Sie können genauso gut denken wie früher, Sie haben Ihre Erinnerungen und Emotionen, Sie können Ihr weiteres Leben ohne Einschränkungen genießen. Der Körper, der jetzt zu Ihrem Gehirn gehört, der ist nur Beiwerk. Er lebt nur durch Sie, und vor allem: Er lebt für Sie.«

»Wer war das, was ist mit ihm passiert?«, fragte Jens leise.

»Ein junger Mann, dem bei einem Betriebsunfall der Kopf abgetrennt wurde. Als sein Kopf gefunden wurde, war es schon zu spät für dessen Kryokonservierung. Das war nur mit seinem Körper möglich.«

Da Jens auf diese Argumentation nichts erwiderte, schwieg auch der Professor. Nach einiger Zeit erhob er sich. »Gehen Sie zu Bett. Sie werden jetzt ruhig schlafen. Warten Sie ab, morgen sehen Sie die Welt dann mit ganz anderen Augen.«

Kaum war der Professor gegangen, erschien der Butler Louis, öffnete eine Tür, die Jens vorher noch gar nicht gesehen hatte. Sie führte in ein Zimmer, in dessen Mitte ein großes bequemes Bett stand. Schweigend schlüpfte Jens in den bereit liegenden Schlafanzug und legte sich ins Bett. Den Wunsch »Schlafen Sie gut« des Butlers hörte er gar nicht mehr, er war sofort eingeschlafen.

Am Morgen lag Jens schon einige Zeit wach in dem sehr bequemen Bett. Er hatte den Schlafanzug ausgezogen und nachdenklich seinen neuen, wohlgeformten Körper gemustert, als sich die Tür öffnete und drei Frauen hereinkamen. Ihre Blicke wanderten zu ihm, dann sahen sie sich an und kicherten. Jens erschrak. Sein erster Impuls war, seine Decke hochzuziehen und sich zu verhüllen, aber dann blieb er doch liegen, so nackt wie er war. Die Frauen betrachteten ihn interessiert, als wollten sie jeden Abschnitt seiner athletischen Figur prüfen. Sie kamen heran, setzten sich auf die Bettkante und berührten sein Gesicht, seine Schultern, Arme und Beine. Sie schienen sich königlich zu amüsieren. Eine von ihnen fasste nach seinem Penis und alle drei nickten, als sie seine sofortige körperliche Reaktion bemerkten. Das alles ging schweigend vor sich, nur ein gelegentliches Kichern kam dabei aus dem einen oder anderen Mund. Jens lag stocksteif. Er wußte nicht, wie er sich verhalten sollte.

»Seid nicht so aufdringlich«, ertönte die Stimme von Professor Konik. Jens muss sich erst noch an seinen neuen Körper gewöhnen. Geht jetzt und vergnügt euch anderswo.«

Leise murrend verließen die drei das Zimmer.

»Was war das denn?«, fragte Jens, als die drei Frauen verschwunden waren. Er hatte die Decke über seinen nackten Körper gezogen.

»Diese Frauen haben auch erst vor Kurzem einige Organtransplantationen bekommen. Das hat ihre Bedürfnisse nach sexuellen Aktivitäten enorm befeuert«, versuchte der Professor, die Situation zu erklären.

Jens sah ihn mit offenem Mund an. »Bedürfnis nach sexuellen Aktivitäten?«, fragte er dann konsterniert, »wo bin ich den hier gelandet? Ist das etwa ein Swingerklub, mit Partnertausch und so?«

Professor Konik schmunzelte. »Das mag Ihnen nach diesem Erlebnis so vorkommen. Aber nein, wir sind eine Klinik, die auf die in vivo Rekonstruktion von Körpern nach Kryokonservierung spezialisiert ist. Aber ich muss Ihnen noch eine wichtige Information geben, über etwas, was Sie natürlich nicht wissen können. Swingerklubs, das gab es damals, als Sie noch in Ihrem Körper lebten. Damals waren die meisten Menschen in Bezug auf unser heutiges Verständnis von Sexualität noch ziemlich rückständig. Heutzutage praktiziert die Menschheit die freie Sexualität, man braucht dazu keine Swingerklubs mehr.«

»Damals, als ich noch in meinem Körper lebte? Das klingt so, als wäre seit meinem Unfall viel Zeit vergangen«, sagte Jens. »Wie lange ist das her?«

Professor Konik blickte auf den Boden und schwieg. Erst als Jens sich ungeduldig im Bett aufrichtete, antwortete er. »Das war vor ungefähr dreihundert Jahren.«

»Vor dreihundert Jahren«, murmelte Jens ungläubig. »Sie machen sich über mich lustig. Das kann doch nicht sein. Sie haben meinen Kopf dreihundert Jahre einfach liegen lassen? Wieso…?«

Die Frage nach dem *Wieso* half dem Professor, seine Verlegenheit durch einen kleinen wissenschaftlichen Vortrag zu überspielen. »Ich habe Ihnen schon erklärt, wie die Kryokonservierung funktioniert.«

»Ja«, unterbrach ihn Jens ungeduldig. »Aber wieso haben Sie mich dreihundert Jahre liegen lassen?«

»Das will ich Ihnen gerade erklären, hören Sie doch einfach zu.« Auch der Professor war nun leicht gereizt. Er setzte seinen Vortrag fort.

»Zu Ihren Lebzeiten wussten die Menschen schon sehr gut, wie einzelne, nicht zu komplexe Organe mittels Kryonik praktisch unbegrenzt konserviert werden können. Dass das mit Ihrem Kopf so gut geklappt hat, das war damals schon eine besondere Leistung.«

Er drehte seinen Kopf nach links und rechts, als ob er diese Leistung noch einmal besonders unterstreichen wollte. Dann fuhr er fort. »Man hatte aber noch kaum Erfahrung, ein komplexes Organ wie den Kopf eines Lebewesens wieder aufzutauen und ihn erfolgreich als Schimäre mit einem fremden Körper zu verbinden. So ab 1950 gab es die ersten Versuche mit Tieren, zum Beispiel Hunden und Affen. Ungefähr 50 bis 60 Jahre später war die erste Transplantation eines menschlichen Kopfes geplant. Die fand aber nicht statt, weil der Spender des Kopfes seine Einwilligung zurückgezogen hatte. Deswegen wurde Ihr Kopf so lange aufbewahrt. Man wollte sichergehen, dass Sie eine realistische Chance für ein neues Leben haben. Die erste erfolgreiche Transplantation gab es dann vor rund hundert Jahren. Inzwischen haben wir mehr Erfahrung. Sie merken ja an sich selbst, wie erfolgreich wir heute auf diesem medizinischen Spezialgebiet agieren.«

»Ich bin also eine Schimäre, ein Trugbild«, flüsterte Jens entsetzt.

»Nein, kein Trugbild, kein Hirngespinst. In der Genetik bezeichnet man einen Organismus aus genetisch unterschiedlichen Zellen und Geweben als Schimäre, und so ein Organismus sind Sie«, versuchte der Professor, Jens zu beruhigen. »Ich lasse Ihnen jetzt das Frühstück bringen, und dann erproben Sie am besten einmal Ihren Körper. Wenn Sie dann über Ihre ersten Erfahrungen nachdenken, werden Sie merken, dass Sie ein gesunder und realer Mensch sind und kein Trugbild.«

Als Professor Konik das Schlafzimmer verlassen hatte, saß Jens noch einige Zeit in Gedanken versunken. Einerseits sträubte sich noch etwas in ihm gegen seine neue Existenz als Schimäre, andererseits spürte er aber auch die Versuchung. Hatte er etwas zu verlieren, wenn er den Rat des Professors befolgte? Nein, hatte er nicht. Er zog seinen Schlafanzug wieder an.

Die Tür öffnete sich, der ältere Mann trat ins Zimmer. Wer war das noch mal? Richtig, als Butler Louis hatte er sich vorgestellt. »Guten Morgen, Monsieur Jens. Ich bringe Ihr Frühstück. Oder soll ich es in der Bibliothek servieren?«

»Nein, das ist schon ok, stellen Sie es einfach hier neben das Bett.« Ein wenig wunderte sich Jens, mit welchem Selbstverständnis er dem Butler Anweisungen erteilte.

Louis stellte sein Tablett mit dem Frühstück auf den Tisch. Es gab Cappuccino, ein Glas Champagner, ein Glas Orangensaft, ein Croissant, ein Omelett mit Crevetten und Toast.

Jens wunderte sich schon wieder. Hatte er das nicht schon immer genau so bestellt? Und wo war das gewesen? Richtig, in den Hotels, in denen er gewohnt hatte. Wenn er dem Professor glauben wollte, war das vor rund dreihundert Jahren gewesen.

Woher wussten die hier in dieser offensichtlich luxuriösen Klinik davon?

»Einen wunderschönen guten Morgen wünschen wir dir, Jens«, ertönte ein Chor aus sanften Frauenstimmen von der Tür her. Es waren die drei Frauen, die ihn gestern nackt gesehen und auch prüfend betastet hatten. Nicht nur prüfend, so erinnerte er sich, eigentlich war das aufreizend und erwartungsvoll gewesen. Sie kamen zu ihm an den Tisch.

»Dürfen wir dir beim Frühstück Gesellschaft leisten?«, fragte eine von ihnen. Sie sah so aus, dass Jens vermutete, sie würde die Wahl zur Miss Universum mit Sicherheit gewinnen. Aber die anderen beiden standen ihr in nichts nach. Dreimal Miss Universum auf einen Schlag. Sie hatten weite, ziemlich durchsichtige hauchdünne Gewänder an.

»Ich bin Ištar«, sagte die Erste.

»Mein Name ist Nanaja«, sagte die Zweite.

»Und mich nennt man Astarte«, sagte die Dritte.

Jens saß sprachlos auf der Bettkante und starrte die Drei an. Er spürte seine schnelle Erektion und versuchte verlegen, die Bettdecke über den Schoß zu ziehen.

»Lass nur, das sieht doch vielversprechend aus«, sagte Ištar, und zog ihm die Decke wieder weg. Die anderen beiden kicherten.

»Komm, trinken wir doch einen Schluck und stoßen auf unsere Bekanntschaft an«, flüsterte Nanaja. Jens meinte, eine nur mühsam unterdrückte Begierde in ihrem Tonfall zu erkennen.

»Man hat dir wirklich einen Wahnsinnskörper gegeben.« Astarte sah mit aufgerissenen Augen auf sein steil nach oben ragendes Glied.

Wie von Zauberhand erschienen neben dem Champagnerglas von Jens drei weitere Gläser mit dem leicht prickelnden Getränk. Jede der drei ergriff eines davon, Nanaja reichte Jens sein Glas.

Er nahm es zögernd an. Sie stießen nacheinander an und dann tranken die drei ihr Glas in einem Zug leer. Jens konnte nicht anders, auch er leerte seinen Champagner, ohne abzusetzen. Kaum hatte er sein Glas weggestellt, drückte ihn Ištar sanft rückwärts auf das Bett. Erst lag er regungslos und spürte nur noch, wie Ištar sich auf ihm bewegte. Es war wie im Paradies. Etwas später wurde Ištar von Nanaja abgelöst, die dann von Astarte verdrängt wurde. Er vergaß, was er früher als Sitte und Anstand gelernt hatte. Er genoss es, seinen neuen Körper mit diesen Göttinnen der Erotik zu vereinen, und verausgabte sich, bis nichts mehr ging. Danach lag er still und erschöpft auf dem Bett. Die drei verabschiedeten sich lächelnd. »Bis zum nächsten Mal, wir freuen uns schon jetzt darauf«, flüsterten sie.

Nun kam Jens endlich dazu, sein Frühstück zu sich zu nehmen. Er war sich nicht sicher, ob er das gewesen war, der sich mit den Frauen so orgiastisch vergnügt hatte, oder nur sein neuer Körper, selbstständig, ohne Steuerung durch seinen Kopf. Als er sich nach einiger Zeit satt zurücklehnte, dachte er aber, dass dieses neue Leben gar nicht so schlecht sei. »Mal gespannt, was mir hier noch für Überraschungen geboten werden«, murmelte er.

Der Butler Louis meldete sich, als habe er auf das Stichwort *Überraschung* gewartet. »Wie Monsieur Jens sicher schon durch das Fenster gesehen hat, haben wir um das Schloss herum einen weitläufigen, wunderbar angelegten Park. Sie könnten dort sicher etwas Erholung finden. Soll ich Sie zur Pforte begleiten?«

»Ein Schloss?«, fragte Jens. »Ich dachte, ich bin in einer Klinik.«

»Monsieur, das ist keine gewöhnliche Klinik. Das Schloss wurde extra für Sie gekauft und renoviert, damit Sie sich in einer optimalen Umgebung an Ihr neues Dasein gewöhnen können.«

»Extra für mich gekauft«, sagte Jens überrascht. »Das muss doch extrem teuer gewesen sein. Ich habe früher einmal berechnet, wie kostspielig das Leben in einem Schloss ist. Wer bezahlt denn das alles?«

An der Tür ertönte die Stimme von Professor Konik. »Vielleicht erinnern Sie sich, dass Sie kurz vor Ihrem Unfall von einer Bank eine Zahlung von elf Millionen Dollar erhalten haben.«

»Ja, das stimmt. Geld von der Manhattan Credit Bank, damit Ihr Name nicht im Buch von Andreas Eschbach genannt wird. Was ist mit dem Geld geschehen?«

»Der gesamte Betrag wurde optimal angelegt. In rund dreihundert Jahren kam da durch Zins und Zinseszins ein gigantisches Vermögen zusammen. Sie sind einer der reichsten Männer der Welt. Es ist auch jetzt nach der Investition für das Schloss noch mehr als genug übrig, um alle Kosten für Ihr neues Leben zu tragen.«

»Aber ein Schloss statt einer modernen Klinik? Ist da die medizinische Versorgung in der nötigen Qualität gewährleistet?«

»Ja, keine Sorge, Ihre medizinische Betreuung ist hier optimal.« Dann lachte der Professor. »Wir wissen doch, dass Sie das Leben in Hotels nur geführt haben, weil Ihnen ein Schloss nicht finanzierbar erschien. Deshalb haben wir Ihnen diesen Wunsch erfüllt.«

»Ich wundere mich, woher Sie soviel über meine Gedanken von früher wissen«, sagte Jens und drehte sich zum Professor um.

Plötzlich ertönte dessen Stimme von hinten. »Wir können inzwischen die in Gehirnarealen gespeicherten Informationen sehr gut auslesen, daher kennen wir Ihre Vorlieben.« Irritiert wandte sich Jens erneut um. Professor Konik saß jetzt direkt hinter ihm auf einem Stuhl.

»Ich empfehle Ihnen, den Rat von Louis zu befolgen. Ein Spaziergang wird Ihnen guttun.«

Jens dachte, dass er das wirklich machen sollte. Er könnte sich dann auf die einladende Bank setzen, die am Teich stand, wie er vom Fenster aus gesehen hatte. Er wollte versuchen, die jüngsten Erlebnisse zu verarbeiten. Als sich der Professor verabschiedet hatte, lies er sich von Louis den Weg zum Park zeigen.

Der Park war wunderschön, die Bäume zeigten frisches Grün und ein seltsam regelmäßiges Muster von gelben, roten und blauen Blüten. Das war ihm schon aufgefallen, als er das erste Mal aus seinem Fenster in den Park geschaut hatte. Solche Bäume hatte er noch nie gesehen. Sie waren einander sehr ähnlich. Er vermutete, dass in den letzten dreihundert Jahren wahrscheinlich einige neue Gattungen gezüchtet worden waren, die den aktuellen Klimabedingungen gewachsen waren. Die Luft war angenehm mild, möglicherweise war die in seinem früheren Leben prognostizierte dramatische Erderwärmung doch nicht gekommen, oder das war schon wieder überwunden. Seltsam, dass er jetzt die Vergangenheit als sein früheres Leben bezeichnete.

Doch wo war die stattliche Esche, die er vom Fenster aus so bewundert hatte? Wo war der Bach und der Teich, an dessen Rand die einladende Bank stand? Kurz darauf, als er auf dem gleichmäßig gekiesten Weg um eine Biegung bog, konnte er sein Ziel sehen. Auf der Bank saß ein Mann, der auf den ersten, flüchtigen Blick wie der Professor gekleidet war. Doch das konnte nicht der Professor sein, denn das Weiß seines Anzugs wirkte etwas verschmutzt, und Jens konnte auch einige Risse in der Hose und Jacke erkennen, als er näher kam.

»Hallo, ich bin als Patient hier in der Klinik, mein Name ist Jens. Gehören Sie auch zum medizinischen Personal?«, fragte Jens, obwohl er schon sicher war, dass das nicht sein konnte. Zu abgerissen wirkte der Mann. Außerdem war er schon viel zu alt für einen praktizierenden Arzt. Er hatte dünnes, langes und zotteliges Haar, das sicher seit Wochen kein Wasser mehr gesehen hatte. Und er roch unangenehm, etwas modrig.

Der Mann stand auf, schüttelte sich und brummte mit krächzender Stimme: »Ich bin Cauchemar. Wir reden später einmal, Sie sollten erst alles hier richtig kennenlernen.« Dann kicherte er seltsam, machte eine Verbeugung und verschwand blitzartig.

Die Lust, sich auf der Bank niederzulassen, war Jens vergangen. Er wollte zurück in die Geborgenheit der Räume im Schloss. Obwohl er vorhin einige Zeit gebraucht hatte, bis er die Bank gefunden hatte, war der Rückweg nun überraschend einfach. Er musste nur geradeaus gehen.

Als er sich dem Portal näherte, kam ihm das Schloss bekannt vor. Hatte er darin nicht schon einmal übernachtet? Er war sich ziemlich sicher: Das war damals ein luxuriöses Schlosshotel, viele Jahre vor seinem Unfall, der ihn nun wieder hierher gebracht hatte. Wie hieß das Schlosshotel noch mal? Es fiel ihm nicht ein, er würde den Professor fragen. Aber schon als er wieder in der Bibliothek ankam, hatte er den Vorsatz wieder vergessen.

Die folgenden Tage waren überwiegend ausgefüllt mit lustvollen Besuchen der drei Schönheiten. Manchmal kam nur eine, manchmal waren es zwei, gelegentlich auch alle drei, wie bei seiner ersten Begegnung. Einmal, gerade als er sich mit Nanaja vergnügte, kam Ištar in sein Schlafzimmer. Sie setzte sich auf einen Stuhl neben dem Bett und sah beiden zu. Als Jens sich am Ende des Aktes wohlig stöhnend auf den Rücken drehte, sah sie ihn mit ernstem Blick an.

»Sag mal, hast du eigentlich schon einmal diesen seltsamen alten Mann getroffen?«

»Ein alter Mann?«, fragte Jens. »Meinst du so einen Typ, der in zerlumpten Arztklamotten herumläuft?«

»Ja. Er heißt Cauchemar. Er war wohl früher hier Arzt, bis sie ihn rausgeworfen haben.«

Jens nickte, »Der ist mir mal begegnet. Er war hier wirklich Arzt? So hat der gar nicht auf mich gewirkt, so abgerissen und schmuddelig. Was ist mit dem?«

»Wir sollen uns mit ihm nicht abgeben, auch nicht unterhalten, er hat wohl seltsame telepathische Kräfte, mit denen er uns die Sinne verwirren kann.«

»Was meinst du mit telepathisch? Nach meinem Kenntnisstand gibt es das nicht, das sind Hirngespinste von Parapsychologen. Oder hat es etwa in den letzten dreihundert Jahren irgendwelche neue wissenschaftliche Erkenntnisse zu diesem Thema gegeben?« Jens sah Ištar mit hochgezogenen Augenbrauen an und drehte sich dann zu Nanaja. »Glaubst du das etwa?«

Auch Nanaja wurde ganz ernst und sagte: »Es soll schon seltsame Vorfälle mit Cauchemar gegeben haben. Ich halte mich auch fern von ihm. Aber du redest besser mit Professor Konik über ihn.«

»So ganz verstehe ich das nicht. Aber wenn ihr meint, dann rede ich mit dem Professor.«

Als die beiden gegangen waren, beschloss Jens, eine Runde im Park zu joggen. Er hatte das Gefühl, seinen Körper bewegen zu müssen, und außerdem würde er dann die Gedanken an diesen seltsamen Cauchemar aus seinem Kopf vertreiben können. Vor seinem Unfall hatte er nur selten Sport getrieben, und wenn, dann nur ganz oberflächlich. Aber schon bei seinem ersten Lauf vor ein paar Tagen war er überrascht gewesen, wie leicht es ihm gefallen war. Es schmerzte nicht wie früher, es strengte nicht an. Er genoss es geradezu.

Es war seltsam, aber gerade auf dieser Runde heute sah er Cauchemar wieder. Er stand in einiger Entfernung am Wegesrand. Jens blieb stehen und musterte ihn. Der Alte winkte ihm zu, näher zu kommen.

Jens drehte um und lief schnell den Weg zum Schloss zurück. Als er sich am Eingang umsah, war Cauchemar verschwunden.

In der Bibliothek wartete schon Professor Konik. »Ich habe gehört, sie wären Cauchemar begegnet. Ich hoffe, es gab keine Probleme.«

»Nein, Probleme gab es nicht, aber der Mensch ist schon eigenartig, so ungepflegt. Er passt gar nicht in dieses wunderbare Ambiente hier. Was hat es mit ihm auf sich?«, fragte Jens.

»Dieser Mann ist tatsächlich ein Problem für uns«, bestätigte der Professor.

»Ištar war der Meinung, er würde über telepathische Kräfte verfügen, mit denen er uns umnebeln kann. Das kann ich nicht glauben.« Jens sah Professor Konik mit zweifelndem Blick an.

Der lachte. »Nein, keine telepathischen Kräfte, das gibt es nicht. Da hat Ištar wohl etwas falsch verstanden. Das Problem ist, dass Herr Cauchemar ein äußerst geschickter Hypnotiseur ist. Wenn Sie nicht aufpassen, versetzt er Sie im Handumdrehen in eine tiefe Hypnose und suggeriert Ihnen Sinneswahrnehmungen und Gefühle, die Ihnen Angst machen können. Außerdem ist er rhetorisch sehr geschickt, sodass er nach dem Aufwachen aus der Hypnose Ihnen sehr einleuchtend klar machen kann, dass das alles Realität war, was sich in Ihrem Kopf abgespielt hat.«

»Dann verstehe ich nicht, dass man den hier einfach so herumlaufen lässt, wenn er so gefährlich ist. Warum verbietet man ihm nicht, das Schloss zu betreten?«

»Das können wir leider nicht«, erwiderte der Professor. »Herr Cauchemar ist Gründungsmitglied unserer Klinik. Er hat ein vertraglich festgelegtes Bleiberecht hier, auf Lebenszeit.«

»Weshalb ist er denn so, wie er heute ist, so ungepflegt wie ein Obdachloser in einer Großstadt? War er hier wirklich einmal als Arzt tätig?«

Der Professor seufzte. »Ja, das war eine richtige Tragödie. Er hatte ebenfalls zunächst erfolgreich auf dem Feld der Kryonik gearbeitet, aber einmal den Tod eines Patienten verschuldet, weil er als Verantwortlicher mit zu viel Alkohol im Blut eine Operation durchgeführt hat. Seine Facharztlizenz wurde ihm entzogen. Dadurch wurde sein Problem mit dem Alkohol noch schlimmer. Meine dringende Empfehlung an Sie: Halten Sie sich fern von ihm.«

Die Tage im Schloss vergingen so gleichförmig, dass Jens allmählich unzufrieden wurde. Einerseits lebte er wie im Paradies: Er hatte keinerlei Verpflichtungen, wurde von Butler Louis mit allem versorgt, was er zum Leben brauchte, hatte gelegentliche Unterredungen mit dem Professor und jeden Tag hervorragenden Sex mit den drei Schönheiten mit den seltsamen Namen. Es kam ihm so ungerecht vor: Was hatte er denn geleistet, dass er dieses Leben führen durfte?

Selbst wenn er gelegentlich den Versuch machte, sich in eines der vielen in der Bibliothek vorhandenen Werke der Literatur zu vertiefen, wurde er nach kurzer Zeit von einer der Frauen abgelenkt. Auch seine Versuche, das Schloss weiter zu erkunden, waren nicht erfolgreich. Alle Räume außer seinem Schlafzimmer, der Bibliothek und dem Treppenhaus zur Pforte waren verschlossen.

»Das muss noch restauriert werden, derzeit ist das Betreten der Räume aus Sicherheitsgründen von der Bauaufsicht untersagt«, hatten Louis und der Professor übereinstimmend erklärt.

»Und wo wohnt ihr?«, hatte Jens Astarte bei einem Besuch gefragt.

»Auch im Schloss«, war ihre Antwort. Auf weitere Fragen erhielt er keine weitere Aussage von ihr und den anderen beiden.

»Ich würde gern mehr vom Schloss sehen. Ich weiß von früher, dass die Räume ganz fantastisch waren«, seufzte er einmal, als er sich mit Nanaja vergnügt hatte.

»Was fehlt dir denn? Sind wir dir nicht genug?«, hatte sie gefragt. Von da an stellte er keine Fragen mehr. Irgendwie war diese Klinik seltsam, mit den Bewohnern, die er bisher kennengelernt hatte. Auch Cauchemar ging ihm nicht mehr aus dem Kopf. Er war sich nicht sicher, ob man ihm alles über diesen ehemaligen Arzt erzählt hatte. Ob er versuchen sollte, mit ihm zu reden, trotz der Warnungen?

Dann kam eine Nacht, in der er unvermittelt aus dem Schlaf aufschreckte. Neben seinem Bett saß Cauchemar auf einem Stuhl.

»Was willst du von mir? Geh weg«, rief Jens erschrocken.

»Ich will nichts von dir«, krächzte Cauchemar mit seiner heißeren Stimme.

Jens war inzwischen hellwach. »Dann verschwinde doch.«

Cauchemar schüttelte den Kopf. »Nein, du wolltest doch etwas von mir.«

»Ich, von dir? Was sollte das sein?«

»Die Wahrheit. Du wolltest die Wahrheit über deine Existenz und die der anderen hier erfahren«, sagte Cauchemar. »Sei bereit, ich erzähle es dir.«

Schlagartig verschwand die Welt um Jens, es wurde dunkel. Dann wurde es langsam wieder hell, aber irgendwie auf andere Art, so, als würde sich ein Nebel allmählich auflösen.

Jens blickte auf nüchtern graue Betonwände, die an einigen Stellen feucht gefleckt waren. Betten waren an einer Wand aufgereiht, hinter jedem ein Computerterminal. Dort auf den Bildschirmen konnte er komplizierte Diagramme, Kurven und Zahlenkolonnen erkennen. In den Betten lagen unverkennbar Menschen, eingehüllt in schmutzige Laken, wie in Säcken. Manche waren als volle Gestalt, andere nur als Torso erkennbar. In einigen Betten befanden sich durchsichtige Glaskübel, in denen einzelne Körperteile in transparenter Masse eingegossen lagen. Zu jedem dieser Menschen – oder was noch von ihm übrig war – führten Datenleitungen vom Computer und flexible Schläuche, die an und in irgendwelche Körperregionen führten. Vor einem dieser Betten stand Cauchemar. In dem Glasbehälter lag unverkennbar ein Gehirn.

Auf diesen Behälter zeigte er und sagte: »Das bist du.«

»Wie …, wieso…«, stammelte Jens. »Das soll ich sein? Unmöglich, das ist ein ganz widerwärtiges Spiel, das du da mit mir aufführst.« Voller Wut wollte er Cauchemar mit der Faust drohen. Doch was war das? Er hatte keine Faust, keinen Arm. Er wollte an sich herabsehen. Aber er hatte keinen Körper. Lähmendes Entsetzten ergriff ihn. »Ich akzeptiere ja, dass du ein perfekter Hypnotiseur bist«, ächzte er, »aber weck mich wieder auf. Ich will wieder sehen, wer ich bin.«

»Du siehst, was du bist: nämlich ein intaktes Gehirn, das eingefroren war, wieder aufgetaut und an ein Computersystem angeschlossen wurde. Das wiederum wird von einer künstlichen Intelligenz gesteuert, die dir eine virtuelle Welt zeigt. Alles, was du siehst, hörst, riechst, schmeckst, fühlst, das wird hier erzeugt und in dein Gehirn geschickt.« Cauchemar zeigte auf das Computerterminal.

»Wenn das stimmt, wieso schickt dieses System dann dich in meinen Kopf und quält mich?«

»Dieses System hat mich nicht geschickt.«

»Ha, du verrätst dich«, heulte Jens triumphierend auf. »Gerade hast du gesagt, alles, was ich sehe, wird dort im Computer erzeugt. Ich sehe dich, und nun behauptest du, das kommt nicht von dort. Dann verrate mir doch, wieso ich dich sehe.«

»Das will ich. Du hast recht, auch ich bin ein Bild, das dir geschickt wird. Aber ich komme nicht aus dem System, das dir diese schöne heile Welt mit Schloss, Park, Butler und attraktiven Gespielinnen für den Sex schickt. Ich werde von einer anderen künstlichen Intelligenz generiert.«

Jens war verblüfft. Eine andere künstliche Intelligenz? Nach seinem laienhaften Verständnis gab es nur eine künstliche Intelligenz, die eines Tages die Welt beherrschen würde. Aber diese Vorstellung beruhte eher auf dem, was er durch sensationslüsterne Medien und Science-Fiction Literatur erfahren hatte. Cauchemar sprach weiter.

»Damit du das verstehst, muss ich dir zuerst einige Informationen geben, was sich in den 300 Jahren ereignet hat, seit du Deinen Unfall hattest. Du erinnerst dich, was die großen Themen waren, die damals die Menschen bewegten?«

»Klar, die drohende Klimakatastrophe, die Bevölkerungsexplosion, die politischen Konflikte und die Gewalteskalation überall auf der Welt. Wenn ich jetzt erlebe, wie angenehm und ruhig das Leben hier in diesem Schloss mit seinem Park ist, dann habt ihr das doch offensichtlich super in den Griff bekommen.«

»Ich habe dir doch schon erklärt, dass dein angenehm ruhiges Leben nur virtuell ist. Zurück zum Thema: Die Bevölkerungsexplosion ist tatsächlich nicht gekommen, aber sonst….« Nach einer kurzen nachdenklichen Pause sagte Cauchemar: »Sieh selbst, was geschehen ist.«

Jens saß plötzlich wieder in der Bibliothek und konnte aus dem Fenster sehen.

Der Anblick war entsetzlich. Wo er bisher den Park mit seiner wunderschönen, blühenden Natur gesehen hatte, erstreckte sich eine weite, steinige und sandige Ebene, mit dunklen, von weißem Schaum gekrönten Wasserflächen. Über den Himmel zogen dunkelrote und schwarz schimmernde Wolken zu einer verschwommen am Horizont sichtbaren Gebirgskette. Durch einzelne kleine Lücken in den Wolken brannte eine unbarmherzig wirkende Sonne auf die tote Fläche. Das sollte noch die Erde sein?

»Die Erderwärmung hat sich exponentiell gesteigert, weil extrem wenige Menschen bereit waren, auf Aktivitäten zu verzichten, die vermeintlich nur minimal zur Erderwärmung beitrugen. Und dann hat irgendein Despot in einer Art erweitertem Suizid den roten Knopf gedrückt und eine atomare Vernichtungsmaschine aktiviert. Hier bei uns gibt es außer den Kryokonservierten wie du keine Menschen mehr. Wir wissen nicht, ob irgendwo überhaupt noch Menschen überlebt haben.«

Jens wollte es nicht glauben. »Keine Menschen mehr? Wer entscheidet dann über unser Schicksal, wie es weitergeht, was man tun könnte? Soll das alles von künstlicher Intelligenz abhängig sein?«

»Du hast einen wichtigen Teil unseres Problems erkannt«, bestätigte Cauchemar. »Damit du alles verstehst, zeige ich dir jetzt einmal die letzte verfügbare Satellitenaufnahme unserer Klinik hier.«

Jens konnte ein flaches, lang gestrecktes, schmuckloses Gebäude erkennen, das von einigen anderen kleineren Bauten umgeben war. In einiger Entfernung waren riesige Windräder zu sehen.

»Du kannst dir vorstellen, dass wir hier einen enormen Energiebedarf haben. Die Windräder, die du hier noch siehst, existieren schon lange nicht mehr. Sie sind in den immer häufiger auftretenden Orkanen komplett zerstört worden. Und die Solarpaneele, die du auf den Dächern der Gebäude siehst, sind schon zum größten Teil durch extreme Hagelstürme beschädigt. Deswegen müssen nun allmählich alle Kryokonservierten aufgetaut und reanimiert werden, weil wir nicht mehr über ausreichend Energie verfügen, die Kühlung für alle auf minus 196 Grad Celsius zu gewährleisten.«

Bei diesen Worten von Cauchemar durchzuckte Jens ein Gedanke. Wenn hier konservierte Menschen aufgetaut und reanimiert wurden, dann gab es doch wieder Menschen. Warum sollten die nicht in der Lage sein, hier nach Lösungen zu suchen, die das Überleben sichern könnten?

»Das ist ein naheliegender Gedanke«, sagte Cauchemar. Jens war nur kurz verunsichert. Natürlich sprach er nicht wirklich. Cauchemar konnte seine Gedanken erkennen.

»Aber du hast das nicht konsequent zu Ende gedacht«, sagte er dann. »Wer hier erfolgreich reanimiert wird, der liegt anschließend auf der Intensivstation, die ich dir schon gezeigt habe. Alle werden künstlich ernährt und die Ausscheidungen ihrer Körper werden abgesaugt. Selbst wenn in den wenigen intakten Gehirnen, so wie in deinem, gute Ideen entstehen, wer sollte die in die Tat umsetzen? Es geht nicht. Eine Fluchtmöglichkeit aus diesem Problem ist die virtuelle, von der künstlichen Intelligenz erzeugte Welt, so wie du das bisher kennengelernt hast. Diese Welt wird spätestens dann enden, wenn nicht mehr ausreichend Energie erzeugt werden kann.«

»Welche Rolle spielst du dann? Warum zeigst du mir so schreckliche Bilder und gibst mir so verstörende Informationen, an denen ich nichts ändern kann? Wer erzeugt das?«, dachte Jens.

»Sehr kluge Menschen haben die Entwicklung vorausgesehen und beschlossen, dass künstliche Intelligenz niemals entscheiden darf, ob Menschen sterben oder nicht. Sie haben für jedes System einen Wächter mit einer unabhängigen Steuerung gebaut, der nicht ausgeschaltet werden kann. Der Wächter für diese künstliche Intelligenz hier bin ich«, sagte Cauchemar. »Ich soll dich daran erinnern, dass du selbst entscheiden musst, ob du in der virtuellen Welt existieren willst.«

»Was passiert, wenn ich nicht in dieser virtuellen Realität leben will?«, wollte Jens wissen.

»Du wirst die Welt sehen, wie ich sie dir gezeigt habe. Du wirst einen natürlichen Alterungsprozess erleben und irgendwann sterben.«

Jens erwachte. Er lag in den Armen von Astarte. »Ich habe geträumt«, sagte er. »Einen widerlichen, hässlichen Traum. Ich wollte aufwachen, aber es ging nicht. Schlimme Bilder. War das die Wirklichkeit?«

»Jens«, sagte Astarte. »Hast du dich etwa von Cauchemar hypnotisieren lassen? Du bist wach, schau mich an.« Sie rüttelte ihn an der Schulter,

Er versank in ihren Anblick, tief in ihre dunklen Augen, berührte ihren makellosen Körper, spürte ihre Wärme, sog ihren Duft durch die Nase. »Es stimmt«, sagte er. »Ich war wohl hypnotisiert, aber jetzt bin ich wach.« Er riskierte einen vorsichtigen Blick aus dem Fenster, sah das helle Grün der Bäume, geschmückt von wunderbar farbigen Blüten, und auch die Esche am Bach war klar zu erkennen.

»Wie schön, dass ich hier bin«, seufzte er.

Cannery

Diese Story ist inspiriert von zwei Geschichten aus Andreas Eschbachs Reader. Die erste, *Jenseits der Berge*, handelt von einem Volk, das durch Drachen bedroht ist. In meiner Version sind es keine Drachen, sondern …

Die zweite Geschichte, die ich benutzt habe, ist *Well done*.

An der Uni entschied ich mich, vergleichende Kulturwissenschaft zu studieren, sehr zur Überraschung meiner Familie. Als Jugendlicher hatte ich mich ausschließlich für die Entwicklung neuronaler Netze und künstlicher Intelligenz begeistert. Doch dann ereignete sich die große Katastrophe.

Eine fehlgeleitete KI, die jegliches Verantwortungsbewusstsein für das Wohlergehen der Menschheit vermissen ließ, setzte die weltweit gehorteten Arsenale der Zerstörung frei. Dieses Ereignis veränderte alles. Die Welt war nicht mehr dieselbe wie vorher. Aber in einigen Regionen gab es immer noch so etwas wie Zivilisation.

Auch mein Land war vergleichsweise wenig in Mitleidenschaft gezogen worden. Hier gab es, wie in einigen anderen Ländern, nach der Katastrophe noch eine ausreichende Lebensgrundlage. Aber erst seit Kurzem gab es Nationen, deren technische Entwicklung so weit fortgeschritten war, dass sie wieder funktionierende Maschinen bauen konnten.

Auf der Karte der Erde gab es allerdings noch viele Bereiche, über die absolut nichts mehr bekannt war. Hatte dort jemand überlebt? Wenn ja, wie lebten die Menschen dort?

Es wurde mir klar, dass technische Perfektion ohne ethische und soziale Verantwortung eine gefährliche Illusion ist. Deshalb beschloss ich, alles über das soziale und kulturelle Alltagsleben der überlebenden Restbevölkerung zu lernen – sowohl aus gegenwärtiger als auch historischer Perspektive. Mein Ziel ist es seither, aktiv daran mitzuwirken, dass sich eine solche Katastrophe nie wiederholt.

***

Das große, matt schwarz glänzende Ungeheuer mit seinen breiten Flügeln tauchte plötzlich am Abendhimmel auf. Es wurde Nacht, als hätte es das Licht verschluckt. Lautlos, unheimlich schwebte es heran, flog in einem weiten Kreis um Briam und seinen Freund Leon herum. Die Kreise wurden enger. Eine Stille breitete sich aus, so tief, dass es Briam den Atem raubte. Und dann – wie aus dem Nichts – schwebte ein längliches, silberhell glänzendes Netz herab. Es senkte sich über Leon, der sich etwas entfernt von Briam flach ins hohe Gras gedrückt hatte. Briam spürte nur die Kälte des Netzes. Panik durchfuhr ihn, als er sah, wie sich das Netz um Leon schloß und ihn förmlich in die Luft riss. Sein Körper wurde unnatürlich schnell zu dem Ungeheuer gezogen. Mit einem bedrohlichen Fauchen öffnete sich eine hell strahlende Luke – und Leon war weg. Verschluckt. Für immer.

Briam blieb wie erstarrt zurück, sein Herz hämmerte in der Brust. Sie hatten Leon geholt. Wieder einer. Die Fremden kamen, wann sie wollten – und jedes Mal nahmen sie einen Menschen mit. Heute war es Leon gewesen. Ein leises, fast zufriedenes Knurren kam aus dem Ungeheuer, als ob es mit seiner Beute zufrieden sei. Briam lag wie gelähmt da, unfähig sich zu rühren, bis das Knurren nachließ und das Monster plötzlich verschwunden war, als hätte es nie existiert. Nur die Kälte der feuchten Wiese unter ihm und die erdrückende Stille der Nacht blieben zurück.

Sein Körper bebte vor Angst und Erschöpfung. Tränen brannten in seinen Augen, als er mühsam den Kopf hob. Das Ungeheuer war fort, doch die Bedrohung hing noch schwer in der Luft. Es war, als hätte der Himmel selbst Leon verschlungen, und Briam war entkommen – diesmal. Aber wer wusste schon, wie lange noch? Immer wieder kamen sie, und immer wieder verschwand jemand.

Mit zittrigen Beinen kämpfte sich Briam hoch, seine Muskeln brannten. Der Wind, der von den steilen Bergen herüberwehte, schnitt wie Eis durch seine Kleidung. Jede Faser seines Körpers schrie nach Ruhe, aber er wusste, er durfte nicht stehen bleiben. Nicht jetzt. Er musste das Dorf erreichen. Vielleicht würden sie heute Nacht noch einmal kommen, vielleicht noch mehr Menschen holen.

Briam kämpfte sich durch die morastige Wiese, jeder Schritt schien ihn Kraft zu kosten, die er kaum noch hatte. Endlich tauchten die Lichter des Dorfes auf, und er stolperte erschöpft zur Tür des Versammlungshauses. Drinnen packten ihn helfende Hände und zogen ihn in die Wärme. Stimmen flüsterten um ihn herum: »Briam ist entkommen. Er lebt…«

***

Als Kulturwissenschaftler weiß ich, dass wir uns nicht nur mit kulturellen Phänomenen auseinandersetzen müssen, sondern auch mit deren statistischen und analytischen Grundlagen. Unser Professor hatte uns gleich zu Beginn des letzten Semesters vor dem Abschlußexamen über einen neuen Staat in Mittelamerika, Ads-Theka genannt, berichtet. Es seien verstärkte Aktivitäten zur Entwicklung eines neuen Flugzeugs beobachtet worden. Diese Fluggeräte waren der restlichen Welt noch völlig unbekannt. Ads-Theka war ein hermetisch abgeschotteter Staat, der kaum verlässliche Informationen nach außen dringen ließ. Diese Geheimniskrämerei beunruhigte die umliegenden Staaten. Es war klar, dass hier etwas vor sich ging, was das Potenzial hatte, nicht nur das Leben dort, sondern weltweit zu beeinflussen.

Nach meinem Examen hatte ich eine Stelle im Amt für Kulturelle Angelegenheiten bekommen. Schon bald spürte ich den Drang und die Notwendigkeit, der Sache mit den Fluggeräten auf den Grund zu gehen. Ich überredete meine Behörde, mich als Kulturbotschafter nach Ads-Theka zu entsenden. Meine Absicht war klar: Ich wollte nicht nur verstehen, was dort geschah, sondern, falls notwendig, die Welt vor einer weiteren Bedrohung warnen. Nach einigem Hin und Her wurde ich schließlich auch von Ads-Theka als offizieller Vertreter meines Staates akzeptiert und konnte aufbrechen.

Vor Ort verhielt ich mich vorsichtig. Ich wusste, dass das, was ich tat, nicht ohne Risiko war. Aber die Verantwortung, der ich mich verschrieben hatte – zu verhindern, dass erneut eine Bedrohung dieser Dimension die Menschheit gefährdet – gab mir die Kraft, weiterzumachen. Nach einiger Zeit hatte ich recherchiert, wo die Fluggeräte getestet wurden. Doch die Menschen dort waren verschlossen, jeder Versuch, Informationen über die verfolgten Ziele dieses neuen Flugzeugtyps zu erhalten, scheiterte. Niemand war bereit, darüber zu sprechen.

Dann erinnerte ich mich an die Lektionen aus meiner Statistik-Vorlesung: Datenanalyse, Mustererkennung, statistische Korrelationen. Diese Methoden könnten mir helfen, das Rätsel zu lösen, ohne dass ich direkt auf die Beteiligten angewiesen war. Ich analysierte die Daten aller Sichtungen dieses Fluggeräts in der bekannten Welt und stellte fest, dass Ads-Theka seine Bevölkerung stets einen Tag vor einer Sichtung irgendwo auf der Erde vor einem extremen Naturereignis im eigenen Land warnte – Unwetter mit rasendem Sturm, Blitzen und ohrenbetäubendem Donner. Es war streng verboten, bei einer solchen Warnung die eigene Wohnung zu verlassen. Jede dieser Warnungen fiel exakt mit den Sichtungen der Flugzeuge zusammen. Der Schwerpunkt des Unwetters war immer im weiten Umfeld des Versuchsgeländes.

Es war klar: Diese Ereignisse waren keine Zufälle. Sie waren Teil eines gut gehüteten Geheimnisses. Als die nächste Warnung herausgegeben wurde, beschloss ich, das Versuchsgelände aufzusuchen. Mein Handeln kann man als leichtsinnig bezeichnen, denn es galt ja das Verbot, die Wohnung zu verlassen.

Doch ich wollte das Risiko eingehen, um der Wahrheit auf den Grund zu gehen.

***

Briam wusste, dass das Grauen nicht vorüber war. Es war nie vorüber.

»Was ist mit Leon? Wurde er ...?«, fragte einer der Männer.

»Eines der fliegenden Ungeheuer hat ihn geschnappt. Es war nur eines, sonst hätten sie mich sicher auch mitgenommen.«

Leons Name wurde leise von einem zum anderen weitergegeben. Das Flüstern steigerte sich zu einem Wehklagen, in das sich aber auch ein erleichtertes Aufatmen mischte. Da war der Gedanke, dass die Monster nun zufrieden sein würden, hoffentlich.

»Heute ist ein Wunder geschehen«, ertönte plötzlich eine Stimme. »Zwei aus unserer Gemeinde sind verschont geblieben.«

Ein vielstimmiger Chor betete »Wir danken Yama, dem Richter der Seelen.«

Briam fragte den Mann, der neben ihm stand: »Zwei?«

»Ja, Sami ist auch wieder da«, wurde ihm geantwortet.

Briam erinnerte sich, dass Sami schon lange vermisst worden war. Alle hatten geglaubt, ihn hätte ein Ungeheuer erwischt. Und jetzt war er wieder da?

»Wie konnte er so lange ohne Schutz überleben? Wie ist er dem Netz entkommen?«, fragte Briam.

»Du kannst ihm zuhören. Er sitzt da hinten und erzählt unglaubliche Dinge. Alles Märchen, wenn du mich fragst.«

Briam stand auf und ging nach hinten, wo sich eine Gruppe um einen Tisch drängte, an dem tatsächlich Sami saß.

»Ich war wirklich dort«, sagte er gerade. »Das Land liegt hinter den Bergen. Ich habe Felder, Wiesen und Wälder gesehen, riesig, grün und saftig. Ich habe wunderbar süße und wohlschmeckende Früchte gegessen ...«

»Du erzählst uns Lügen«, wurde er beschimpft.

***

Sie hielten mich auf, als ich in die Nähe des Versuchsgeländes kam. Dabei machten sie nicht den Eindruck, besonders überrascht zu sein. Sie waren in schwarze Uniformen gekleidet, hatten Waffen in den Händen und wirkten auf mich so, als ob sie auch bereit seien, diese einzusetzen. Während sie mir Handschellen anlegten und mich wegführten, versuchte ich meine Anwesenheit zu erklären: Die ganze Welt außerhalb Ads-Thekas sei in Sorge, dass mit dem neuen Flugzeugtyp eine Gefahr verbunden sei. Ich selbst sehe es als meine Aufgabe, einen Beitrag dazu zu leisten, dass das Weltgeschehen in sicheren und friedlichen Bahnen verlaufe. Dazu müsse ich wissen, welchen Zweck die Maschinen hätten.

Sie antworteten mit Schweigen auf meine Erklärung. Ich wurde in eine Halle geführt, die mich an eine Fabrik erinnerte, wie ich sie aus Bildern aus der Zeit vor der großen Katastrophe kannte. Ich verstand von solchen technischen Dingen nichts, aber für mich sah es so aus, als ob hier irgendetwas am Fließband hergestellt werden sollte. Das Band bewegte sich nicht, es war ziemlich ruhig in der Halle. Nur einige wenige Frauen in weißen Schürzen standen herum und unterhielten sich leise. Anscheinend warteten sie auf etwas.

Ich wurde auf einen Stuhl gesetzt und an ihm mit Handschellen festgebunden.

Nach einiger Zeit kamen zwei Männer zu mir: »Weshalb sind Sie hier?«, fragte der Erste.

»Sie wissen doch, dass heute eine allgemeine Ausgangssperre herrscht«, ergänzte der Zweite.

»Ich habe doch schon erklärt, weshalb ich hier bin, ich will... «

»… dass die Welt weiterhin so friedlich bleibt, wie sie derzeit ist. Ich weiß, das haben Sie gesagt«, unterbrach mich der Erste. »Was bringt Sie auf die Idee, dass wir den Frieden gefährden?«

»Diese neuartigen Flugzeuge könnten eine neue Waffe sein, möglicherweise gefährlicher als alles, was die Menschheit bisher produziert hat«, sagte ich.

Beide lachten. »Wir produzieren keine Waffen, wir sind ein friedlicher Staat«, klangen sie unisono.

»Weshalb machen Sie dann so ein Geheimnis daraus?«

»Wir betreiben ein Geschäft, und wollen uns vor der Konkurrenz und Nachahmern schützen, erklärte der Zweite und stapfte davon.

Er beriet sich mit einigen Personen über ein Funkgerät, immer außer Hörweite auf und ab gehend.

Schließlich kam er zu mir und meinte: »Sie können bleiben, wenn Sie eine verbindliche Erklärung für sich als Privatperson abgeben und Ihr Heimatstaat garantiert, das alles, was Sie hier hören und sehen, vertraulich bleibt.«

Sie stellten eine dringliche Gesprächsverbindung zu meinem Amt für Kulturelle Angelegenheiten her. Ich erklärte dem zuständigen Minister die Lage. Nach einigem Hin und Her zwischen mir, dem Minister und den Ansprechpartnern hier in der Halle war man sich einig. Vertraulichkeit wurde zugesichert, unter der Bedingung, dass die Flugzeuge wirklich kein irgendwie geartetes Waffensystem sind.

Ich wurde von meiner Fessel befreit und durfte bleiben, wenn auch unter aufmerksamer Beobachtung der zwei Männer, die mich festgesetzt hatten.

***

»Dort, wo ich war«, entgegnete Sami dem Lügenvorwurf, »kennen die Menschen diese seltsamen Ungeheuer nicht. Sie können sich jederzeit ohne Gefahr treffen, bei Tag und bei Nacht. Sie sind fröhlich, sie tanzen und singen. Sie brauchen keine Angst vor der Dunkelheit zu haben, und Netze kennen sie nur vom Fischfang.«

»Sami, du hast schon immer Märchen erzählt«, rief einer, und die anderen murmelten zustimmend.

»Warum sollte ich euch anlügen, das ist die Wahrheit. Ich habe das alles wahrgenommen, mit eigenen Augen. Ich habe frisch geerntete köstliche Früchte gegessen. Ich habe Felder mit mannshohem Korn gesehen, ich…«

»Wie bist du in dieses Land gekommen?«, unterbrach Briam seine Schilderung.

Sami sah ihn an. »Endlich einer, der sich interessiert«, rief er erfreut. »Es gibt einen versteckten Weg über die Berge, den ich zufällig gefunden habe. Er ist schwierig zu gehen, über steile Pfade, durch enge Schluchten mit eisigen Wasserläufen und Felsgeröll. Aber man kann ihn bezwingen.«

»Und dort ist dieses Land?«, hakte Briam nach.

»Ja, jenseits der Berge gibt es dieses unvorstellbar schöne und reiche Land. Die Menschen dort kennen keine Ungeheuer, die Netze auswerfen und sie fangen wollen. Man hat mich ausgelacht, als ich davon erzählt habe, so wie ihr hier mich auslacht, wenn ich von diesem Land berichte.«

»Wieder war Gelächter zu hören, diesmal auch mit einem größer werdenden Anteil an Ungeduld und Ärger. »Du Märchenerzähler, hör auf, uns mit diesem Quatsch zu belästigen« waren noch die harmloseren unter den hörbaren Unmutsäußerungen.

Sami holte tief Luft und schüttelte traurig den Kopf. »Warum bin ich Dummkopf nur zurückgekommen?« Ich hätte dortbleiben können. Warum habe ich riskiert, dass es mich hier doch noch erwischt? Wäre ich nur dortgeblieben.«

»Das wäre wirklich besser gewesen, als uns mit diesem Unsinn zu belästigen«, schrie jemand ganz laut. »Setze unseren Kindern bloß nicht so einen Quatsch in den Kopf, die laufen sonst noch in ihr Verderben.« Sami wurde von den laut schimpfenden Menschen aus dem Versammlungsraum gedrängt.

***

Einer meiner beiden Wächter verschwand kurz und kam dann mit einem kleinen Keramiktöpfchen und einem Teller zurück. »Stärken Sie sich erst einmal, es kann länger dauern. Das hier ist unser berühmtes Chili con Carne, Sie werden es genießen.«

In der Tat, ich hatte schon in meiner Heimat und dann vor allem hier bei meinem Aufenthalt in Ads-Theka einige Male diese köstliche regionale Spezialität genießen können. Das Rezept wurde streng geheimgehalten. Man konnte es fertig in einer klassischen Konservendose kaufen. Nach dem Öffnen gab man den Inhalt in einen Top, erhitzte ihn, und dann: Welch ein himmlischer Genuß. Bei mir zu Hause war diese Delikatesse extrem teuer, hier aber einigermaßen erschwinglich.

Nach einer Wartezeit, die ich aber mit der äußerst wohlschmeckenden Mahlzeit sehr genoß, war es dann soweit. Scheinwerfer flammten auf, und durch das offene Hallentor konnte ich sehen, wie eines der verdächtigen Flugzeuge am Himmel auftauchte und nebenan landete. Nach einem kurzen blitzartigen Flackern rund um das Flugzeug öffnete sich eine erleuchtete Luke.

Eine in einen hell gefleckten Umhang gehüllte Gestalt erschien, anscheinend unschlüssig, ob sie das Flugzeug verlassen sollte. Zwei Personen, zweifelsfrei in den Uniformen von Ads-Theka, fassten sie rechts und links unter den Armen und sprangen mit ihr ins Freie. Sie redeten auf die Person ein, zeigten auf die Gebäude. Dann verschwanden sie ins Gespräch vertieft nebeneinander aus meinem Gesichtsfeld.

»Was geschieht da?«, fragte ich meine Wächter.

»Haben Sie gute Nerven und einen starken Magen?«, kam eine Gegenfrage.

»Ich verstehe nicht, warum fragen Sie?« Ich war etwas irritiert.

»Sie werden jetzt das Geheimnis unserer Fliegerei erfahren. Nur zur Erinnerung: Wir haben die Bestätigung von Ihnen und der Regierung Ihres Landes, dass Ihre Erfahrungen hier vertraulich bleiben. Wir wollen nicht, dass jemand unseren Exportschlager kopiert.

Dann erklärten sie mir, was es mit ihrem Exportschlager auf sich hat. Ich schrie laut, tobte und wollte davonlaufen. Aber sie hielten mich fest.

»Da müssen Sie durch, Sie wollten doch wissen, was es mit den Flugzeugen auf sich hat. Und Sie haben schon so oft unser köstliches Chili con Carne genossen und festgestellt, wie einmalig perfekt der Geschmack ist. Unser Chefkoch erklärt Ihnen gern das Rezept.«

Ich merkte, wie sich nach meiner ersten entsetzten Reaktion neue Gedanken in meinem Kopf breitmachten. Ich hatte noch nie über das Rezept nachgedacht oder überlegt, worauf dieser unvergleichliche Wohlgeschmack zurückzuführen ist.

»Gut, dann schicken Sie mir mal Ihren Chefkoch«, seufzte ich, mit einem Rest von schlechtem Gewissen.

Der Koch kam und rieb sich die Hände. Er war sichtlich erfreut, einem Außenstehenden sein Rezept erklären zu können.

»Wissen Sie, wie man im allgemeinen Chili con Carne zubereitet?«, wollte er wissen.

»Ja. Das ist gebratenes Hackfleisch ...« Ich merkte, wie sich mein Magen bei dem Wort *Hackfleisch* bewegte. »Dann gehören Kidneybohnen und Mais dazu, und eine Gewürzmischung mit Chili. Ach ja, auch Tomaten noch.« Mein Magen beruhigte sich wieder.

»Sehr gut, Sie kennen das Grundrezept. Aber allein damit oder Variationen der Gewürzmischung bekommt man keinen hervorragenden, außergewöhnlichen Geschmack. Das Geheimnis ist das Fleisch.«

Nun hatte ich mich gefangen. Ich wollte möglichst schnell weg, den Gedanken und die Erinnerung an Chili con Carne verdrängen.

»Vielen Dank für Ihre Offenheit, dass Sie mir gezeigt haben, was es mit den Flugzeugen auf sich hat. Aber ich muss mich jetzt verabschieden. Und seien Sie unbesorgt, niemand wird von mir ein Sterbenswörtchen über Ihr Geheimnis erfahren.«

***

An der Tür vor dem Versammlungsraum drehte Sami sich um und rief:

»Ihr wollt mir einreden, dass ich das nur fantasiert habe? Nein, das habe ich nicht. Es ist die Wirklichkeit. Und mein Leben ist zu wertvoll, um es hier als Opfer eures Mißtrauens zu beenden. Ich war dort! Es ist für mich wie das Paradies. Ich werde wieder aufbrechen, gleich morgen. Jeder der will, kann mitkommen.«

Im Versammlungsraum war leises Flüstern und Murmeln zu hören. Aber niemand reagierte laut auf diesen Ausbruch von Sami.

Aber dann war eine spöttische Stimme zu hören »Du merkst, dass niemand deinen Verführungskünsten erliegt. Du musst allein aufbrechen, oder doch hierbleiben. Vielleicht siegt ja doch dein Verstand.

»Nein, mein Verstand ist klar«, rief Sami, »Und der sagt mir, dass ich besser dortgeblieben wäre, als zu versuchen, euch von der Wahrheit zu überzeugen.«

»Mich hat er überzeugt, ich komme mit«, erklärte Briam und fixierte die umstehenden Frauen und Männer.

»Briam, nein«, rief sein Vater. »Du läufst in dein Verderben, warum willst du dir und uns das antun?«

»Wenn ich hierbleibe, ist das früher oder später ziemlich sicher mein Verderben. Da versuche ich lieber, mit Sami sein gelobtes Land zu erreichen.«

»Ich komme mit«, sagte Briams Schwester Brianna. Seine Mutter drängte sich nach vorn. »Ich komme auch mit, es muss ja jemand auf die Jugend aufpassen«, sagte sie lächelnd. »Und das kann ich dort vielleicht einfacher als hier.«

»Dann hat sich meine Rückkehr doch gelohnt«, erklärte Sami.

In aller Frühe verließen Sami, Briam, seine Schwester und seine Mutter das Dorf.

Nach einigen Wochen kamen Briam und Brianna wieder in das Dorf.

»Also gibt es das gelobte Land doch nicht«, wurden sie mit Schadenfreude der Zurückgebliebenen empfangen,

»Doch, das gibt es«, entgegneten sie. »Alles, was Sami erzählt hat, das stimmt.«

»Warum seid ihr dann wieder da?«, wurden sie ungläubig gefragt.

»Weil wir berichten wollen. Die Menschen jenseits der Berge fordern euch auf, zu ihnen zu kommen. Dort gibt es fruchtbares Land für alle, und vor allem keine Ungeheuer, die Menschen entführen.«

Innerhalb kurzer Zeit zog eine kleine Völkerwanderung von Menschen aus dem Talkessel über die Berge. Und die Chili con Carne Produktion in Ads-Theka musste mangels Nachschub an frischem Fleisch eingestellt werden.

Die alte Handschrift

Diese Story fällt im Vergleich zu den anderen Geschichten in dieser Sammlung etwas aus dem Rahmen. Zum einen wegen der Länge: Soll man sie als lange Kurzgeschichte bezeichnen? Oder als kurzen Roman? Egal. Viel wesentlicher ist ein anderer Gesichtspunkt: Während alles andere in dieser Sammlung sich relativ eng an Vorlagen aus Andreas Eschbachs Reader anlehnt, wird hier keine der Kurzgeschichten variiert.

Das Thema und der Rahmen entsprechen in groben Zügen dem *Jesus-Video*, aber es handelt sich um eine völlig neue Story.

Luca Toblach stand zögernd vor der knarrenden Tür zum Dachboden. Ihr Herz klopfte schneller, als sie daran dachte, was sie gleich tun würde. Seit frühester Kindheit hatte sie das Gefühl, dass etwas in dem alten Haus auf sie wartete. Etwas, das irgendwann ihr gehören würde. War es jetzt soweit?

Sie erinnerte sich an die vielen Male, als sie als Kind versucht hatte, den geheimnisvollen Schrank auf dem Dachboden zu öffnen. Es war ihr nie gelungen. Ihr Großvater hatte sie immer rechtzeitig davon abgehalten, mit einem ernsten Gesichtsausdruck, der keinen Widerspruch duldete. »Dieser Schrank ist tabu, Luca«, hatte er gesagt. »Was ich hier hüte, ist sehr kostbar. Eines Tages wird es vielleicht dir gehören, aber du musst warten.«

Nun, da er gestorben war, konnte sie der Versuchung nicht länger widerstehen. Sie musste wissen, was sich hinter der schweren Holztür verbarg. Mit zittrigen Fingern drehte sie den Schlüssel, der im Schloß steckte. Ein leises Klicken ertönte, und die Tür schwang langsam auf.

Im Inneren des Schranks war es düster, aber eine kleine, in Leder gebundene Kiste lag auf einem Podest, als wäre sie für Luca vorbereitet worden. Sie hob die Kiste heraus und öffnete sie vorsichtig. Darin lag ein uraltes Buch, das aus einer anderen Zeit zu stammen schien. Luca wollte es schon herausnehmen, aber dann zögerte sie. Ihr Großvater hatte es verborgen gehalten, aber warum? Hatte er befürchtet, dass allzu neugierige Betrachter die sicher sehr empfindlichen Seiten umdrehen und beschädigen könnten?

Unsicher, was sie tun sollte, setzte sie sich auf einen Balken des Dachbodens und ließ die Kiste mit dem Buch auf ihren Knien ruhen. Sie fühlte sich so, als ob der Geist ihres Großvaters noch immer über sie wachte. Was wollte er erreichen, als er ihr das Buch hinterließ? Sollte sie einfach darüber wachen, so wie er es wohl sein Leben lang getan hatte? Oder sollte sie es jemandem zeigen? Einem Experten?

Axel Mair fiel ihr ein. Ein Geschäftsmann, dem verschiedene Buchverlage und Medienunternehmen gehörten. Sie hatte ihn schon öfter im Haus ihrer Eltern getroffen, denn ihr Vater war einer der Rechtsanwälte, die für ihn arbeiteten. Er war ihr unsympathisch. Schon mehrfach hatte er in einem Tonfall mit ihr gesprochen, den sie als Anmache interpretierte. Als sie das zum ersten Mal ihrem Vater erzählt hatte, hatte der nur den Kopf geschüttelt. »Luca, sei vorsichtig, dass du ihm nicht auf die Füße trittst. Er ist einer der besten Kunden unserer Anwaltskanzlei, und ich möchte ihn nicht verlieren.«

»Was heißt das: Ich soll ihm nicht auf die Füße treten. Erwartest du etwa, dass ich diesen Widerling an mich ran lasse?«, hatte sie entgegnet.

»Nein, natürlich nicht. Ich bitte dich nur, sei vorsichtig. Halte dich einfach möglichst fern von ihm.« Das hatte auch immer besser geklappt. Sie hatte meistens einen guten Grund, sich aus dem Haus ihrer Eltern zu verabschieden, wenn er zu Besuch kam. Das fiel umso leichter, da sie inzwischen eine eigene kleine Wohnung in Heidelberg hatte.

Sie würde ihm auf keinen Fall von diesem Buch erzählen. Außerdem konnte sie sich nicht vorstellen, dass er etwas von alten Handschriften verstand oder sich auch nur dafür interessierte. Sie wollte nicht weiter darüber nachdenken.

Dann kam ihr Liam Wiesner in den Sinn. Der war der Richtige, ihn sollte sie ansprechen. Liam hatte Literaturwissenschaft studiert und betrieb ein kleines Antiquariat. Sie war sicher, er würde wissen, was sie mit diesem Fund machen sollte. Mit versonnenem Lächeln dachte sie an Liam. Sie wusste, dass er in sie verliebt war. Sie war sich nicht ganz sicher, ob das auf Gegenseitigkeit beruhte, aber im Grunde schon. Er war zwar etwas älter als sie, genau fünf Jahre, aber mit einunddreißig noch in einem ganz passablen Alter.

Sie stieg vom Dachboden hinab und holte aus dem Wohnzimmer des Elternhauses die Tasche mit ihrem Handy. Liam war sofort am Apparat.

»Du erinnerst dich sicher, dass ich dir von dem Schrank auf dem Dachboden meiner Eltern erzählt habe. Mein Großvater hatte dort etwas Geheimnisvolles versteckt.«

»Ja, da hast du immer gerätselt. Ich vermute, du hast das Geheimnis gelüftet, so aufgeregt wie du klingst«, sagte Liam. »Sag schon, was ist es?«

»Es ist eine in Leder gebundene kleine Kiste«, antwortete Luca.

»Es macht dir anscheinend Spaß, mich auf die Folter zu spannen. Was war drin? Ein Goldschatz?«

»Nein, ein Buch, das sieht aus wie die uralten Handschriften, die du mir einmal im Museum in Karlsruhe gezeigt hast. Alles ziemlich vergilbt, manches zerfleddert.«

Sie hörte Liam tief Luft holen. »Das wäre ja eine Sensation, eine alte historische Handschrift.«

Luca nickte, obwohl Liam das natürlich nicht sehen konnte. »Und was soll ich jetzt damit machen?«, fragte sie.

»Du solltest das von Fachleuten begutachten lassen. Soll ich dir dabei helfen?«

»Das wäre toll, denn ich weiß nicht, an wen ich mich wenden sollte.«

»Mein Vorschlag: Die Badische Landesbibliothek in Karlsruhe, die haben da einiges, unter anderem eines der alten Bücher mit dem Nibelungenlied. Mache bitte eine Fotografie und schicke sie mir aufs Handy. Achte bitte darauf, dass die Aufnahme scharf ist. Dann schließe das Buch weg, möglichst dunkel. Und berühre es nach Möglichkeit nicht, das ist sicher sehr empfindlich und könnte kaputt gehen.«

Liam war skeptischer als er Luca gezeigt hatte. Eine uralte Handschrift auf dem Dachboden eines Privathauses, nicht in irgendeinem alten Gemäuer vergraben? Unwahrscheinlich. Andererseits wußte er, dass wohl alte Schriften existierten, aber verschollen waren. Aber warum sollte Lucas Großvater so etwas versteckt halten?

Das Foto kam, und Liam war sofort fasziniert. Als Buchhändler und gebildeter Laie für antike Werke war er sich sicher: das musste tatsächlich alt sein. Sofort wählte er die Nummer der Direktion der Badischen Landesbibliothek. Nach einigen Erläuterungen wurde er weiter verbunden.

»Anna Mendel, stellvertretende Bibliotheksdirektorin, was kann ich für Sie tun?«, hörte er schließlich nach kurzem Läuten eine sympathisch klingende Stimme.

In wenigen Worten erklärte er, worum es ging. Zunächst war am anderen Ende der Verbindung nichts zu hören. Dann »Und Sie sind sicher, dass es eine alte Handschrift ist?«

»Soweit ich auf der Fotografie erkennen kann, ist das in Unzial geschrieben und Lateinisch«, bekräftigte Liam. »Ich habe zwar Literaturwissenschaft studiert, aber bin in dieser Sache nur Laie, doch für mich ist das eindeutig. Soll ich Ihnen die Fotografie schicken?«

»Gut machen Sie das. Geben Sie mir Ihre Telefonnummer, ich melde mich dann wieder, wenn ich das Bild gesehen habe.«

Es verging höchstens eine halbe Stunde, und Frau Mendel rief zurück. »Ich bin zwar auch keine Expertin, aber Sie könnten recht haben. Ich habe gleich Frau Professorin Kamka von der Universität Heidelberg informiert. Sie leitet dort das Fach Historische Grundwissenschaften und ist begierig, Ihren Fund zu sehen. Das Buch könnte tatsächlich alt und wertvoll sein. Sie sollten gleich anrufen und einen Termin vereinbaren.«

***

Klaus Beko spitzte interessiert die Ohren. Vorhin hatte Frau Mendel mit einem unbekannten Anrufer gesprochen, der eine angeblich uralte Handschrift entdeckt haben wollte. Das war für ihn noch nicht weiter interessant, denn er wusste aus Gesprächen zur Vorbereitung auf sein Praktikum an der Landesbibliothek Karlsruhe, dass so etwas manchmal vorkam. Dann hatte der Anrufer auf Frau Mendels Bitte ein Foto einer Seite des Fundes auf ihren PC geschickt.

Als Frau Mendel die Seite gesehen hatte, hat sie sofort mit Frau Professorin Kamka telefoniert. Das war die Professorin, bei der er gerade sein Studium der historischen Grundwissenschaften absolvierte. Und nachdem Frau Professorin Kamka die aufgenommene Seite der Handschrift betrachtet hatte, war sie der Meinung, dass das durchaus historisch sein könnte. Und nun forderte Frau Mendel den unbekannten Anrufer von vorhin auf, die Handschrift in die Universität Heidelberg zur Professorin Kamka zu bringen.

Als Frau Mendel kurz den Raum verließ, stand er schnell auf und ging zu ihrem Schreibtisch. Sie hatte während der Gespräche in ihren Computer getippt. Tatsächlich standen da der Name und die Telefonnummer des Anrufers. Auch die Datei mit der Fotografie der Buchseite war zu sehen. Schnell nahm er das Bild auf seinem Handy auf und notierte die Telefonnummer.

Er schaffte es gerade noch zu seinem Arbeitsplatz, bevor Frau Mendel zurückkam.

Kurz vor Dienstschluss meldete sich Frau Professorin Kamka am Telefon und wollte Frau Mendel sprechen. Die war aber schon weggegangen. Klaus Beko fragte, ob es um diese alte Handschrift ginge, die da plötzlich aufgetaucht sei. Die Professorin bestätigte das. Da sie ihn aus der Uni kannte, teilte sie ihm in euphorischer Stimmung erste Details über den Fund mit. »Wahrscheinlich geht es um den Feldzug der Römer und Hunnen gegen den letzten Burgunderkönig. Das ist für die Landesbibliothek sicher von besonderem Interesse«, sagte sie und bat ihn, Frau Mendel am nächsten Tag gleich zu informieren.

Für einen Moment geriet Klaus Beko in einen schönen Traum: Er war es, der beim Studium dieser alten Handschrift entdeckte, dass es die Urfassung des Nibelungenliedes war. Es war ja allgemein akzeptiert, dass die historischen Ereignisse, auf denen das Nibelungenlied beruhte, mit der Zerschlagung des Burgunderreiches im Raum Worms durch die Römer mithilfe hunnischer Hilfstruppen in Verbindung standen. Das geschah in der Spätantike in der ersten Hälfte des fünften Jahrhunderts. Aber die bekannten Fassungen des Nibelungenliedes wurden erst ab dem dreizehnten Jahrhundert geschrieben. Es war also plausibel, dass es eine frühere Urfassung geben könnte. Und wenn er als ihr Entdecker berühmt würde, das wäre Wahnsinn.

Nach Dienstschluss rief er Herbert Mair an. Sie waren seit einigen Jahren befreundet, als Herbert eine Stufe über ihm die Versetzung in die Unterprima im Gymnasium nicht geschafft hatte und zu ihm in die Klasse kam. Sie ergänzten sich hervorragend. Er, Klaus, der kreative, an Sprachen und Geschichte interessierte, und Herbert, der nüchtern sachliche, stets auf seinen Vorteil bedachte, der jede sich bietende Chance für einen Erfolg zu nutzen wusste. Nach dem Abitur hatte Klaus das Studium der historischen Hilfswissenschaften an der Universität Heidelberg aufgenommen, während Herbert gleich als Assistent bei seinem Vater Axel Mair in der Verlagswelt begonnen hatte.

Klaus schilderte Herbert mit begeisterten Worten, was er am Nachmittag gehört hatte. »Stell dir vor, da taucht wie aus dem Nichts eine uralte Handschrift auf, in der man vielleicht Details aus den letzten Tagen der Burgunder nachlesen kann, zum Beispiel, wo Hagen von Tronje den Schatz der Nibelungen versteckt hat. Das wäre doch sensationell. Wenn ich dabei mitmachen könnte…«

»Ich vermute mal, du denkst dabei vor allem an die Anerkennung, die du als Forscher ernten würdest«, sagte Herbert.

»Natürlich, woran sollte ich denn sonst denken? Das ist nun mal so, wenn man dieses Fach studiert.«

»Wenn da wirklich stehen würde, wo der Nibelungenschatz versteckt ist, dann würde ich überlegen, wie man diesen Schatz bergen kann, bevor andere es tun.«

Klaus lachte. »Typisch, das hätte mir klar sein müssen, dass du vor allem überlegst, welchen materiellen Vorteil du aus diesem Fund ziehen könntest.«

Herbert kommentierte diese Aussage nicht, sondern fragte: »Weißt du, wo diese Handschrift jetzt gerade ist?«

»In der Uni in Heidelberg bei Frau Professorin Kamka. Warum fragst du?« Nach einer kurzen Pause sprach Klaus nachdenklich weiter. »Du überlegst jetzt hoffentlich nicht, wie du dir Zugang zu diesem Fund verschaffen kannst. Wenn doch, dann schlage dir das sofort aus dem Kopf.«

»Doch, daran denke ich«, antwortete Herbert. »Überlege doch: Welche Chance hättest du als Student im zweiten Semester, an der Analyse eines solchen Fundes beteiligt zu werden? Ich vermute, die Chance ist gleich null.«

»Ja, da hast du recht, ich habe nur geträumt.«

Herbert bestätigte das noch einmal. »Meine Rede. Wenn wir aber diese Handschrift ablichten, dann könntest du ohne Probleme versuchen, interessante Details zu entdecken. Später wirst du die Handschrift sicher im Detail studieren dürfen. Und dann könntest du mit deinen Erkenntnissen glänzen.«

Klaus zögerte noch, war aber innerlich schon dabei, nachzugeben. »Wie stellst du dir das mit dem Ablichten vor?«, fragte er.

Herbert antwortete sofort. »Ich besorge aus dem Büro meines Vaters eine professionelle Kamera. Dann gehen wir heute Nacht in das Arbeitszimmer deiner Professorin und filmen jede Seite.«

»Das könnte vielleicht sogar klappen. Die Kamka ist ja bekannt dafür, dass sie es mit den Sicherheitsvorkehrungen nicht so genau nimmt. Die lässt schon immer nach Feierabend die Sachen auf einem Arbeitstisch in ihrem Zimmer, ohne sie ordnungsgemäß wegzuschließen. Aber ich weiß nicht, ob sie ihr Zimmer auch offen läßt.«

Wieder kam die Antwort von Herbert ohne Verzögerung. »Lass es uns doch einfach versuchen. Denkst du, heute Abend so gegen halb zehn würde passen?«

»Ja, schon, aber ich bin ja noch in Karlsruhe.«

»Ich hole dich um acht Uhr ab. Mit meinem Flitzer sind wir schnell in Heidelberg. Dann können wir in Ruhe die Lage sondieren und einen günstigen Augenblick abwarten.«

***

Liam Wiesner rief sofort bei Luca an, als er die Zusage der Professorin bekommen hatte, die Handschrift zu begutachten.

»Luca, ich habe mit der Badischen Landesbibliothek in Karlsruhe telefoniert. Die haben mich sofort an eine Professorin der Universität Heidelberg weitervermittelt. Sie hat sich bereit erklärt, deinen Fund anzusehen. Sie würde sich freuen, wenn du das Buch möglichst schnell zu ihr bringen könntest, weil einer ihrer besten Spezialisten für alte Handschriften morgen in Urlaub geht. Kannst du das heute noch schaffen?«

»Klar, ich habe Zeit. Wohin in der Uni soll ich das bringen?«

»Zu Frau Professorin Kamka in der philosophischen Fakultät. Sie leitet dort das Fachgebiet historische Grundwissenschaften. Ich schicke dir ihre Kontaktdaten per WhatsApp.«

»Danke Liam. Ich mache mich sofort auf den Weg und informiere dich dann, was die Professorin zu der Handschrift meint.«

Frau Professorin Dr. Kamka, Philosophische Fakultät, Lehrstuhl Historische Grundwissenschaften stand an der Tür des Büros. Noch bevor Luca klopfen konnte, wurde geöffnet. Eine zierliche Frau in einem legeren Hosenanzug, mit langen, zu einem Pferdeschwanz gebundenen Haaren öffnete. Sie mochte knapp um die fünfzig Jahre alt sein. »Hallo Frau Toblach, ich bin Frau Kamka. Sie wurden vom Sekretariat angekündigt. Ich freue mich, dass Sie so schnell gekommen sind.«

»Guten Tag, Frau Professorin. Und ich freue mich, dass Sie meinen Fund begutachten wollen«, sagte Luca.

»Lassen Sie die Anrede Professorin bitte weg, das ist für mich nur eine Berufsbezeichnung.«

»Gerne, wenn Sie das so wollen.« Luca reichte ihr die Tasche mit der kleinen Kiste und der Handschrift. »Hier ist das Objekt, um das es geht.«

Die Professorin legte die Tasche auf einem Arbeitstisch am Fenster ab. »Bitte erzählen Sie mir doch erst mal, wie Sie das gefunden haben. Darauf bin ich fast so neugierig wie auf die Handschrift selbst.«

»Das ist ganz schnell erzählt. Mein kürzlich verstorbener Großvater hatte auf dem Dachboden einen verschlossenen Schrank, der für alle, auch für mich, seine einzige Enkelin, streng tabu war. Er hatte niemand erzählt, was er darin aufbewahrte. Mir hat er irgendwann gesagt, dass ich den Inhalt vielleicht einmal bekommen würde. Und nun habe ich gesehen, dass der Schrank nicht verschlossen war, und darin lag dieses Kästchen. Den Rest wissen Sie.«

»Das ist wirklich seltsam«, nickte Frau Kamka. »Vielleicht kann man ja später mehr darüber herausfinden, wenn wir wissen, was für ein Buch das ist. Dann sollten wir es doch mal ansehen.«

Sie holte aus einer Schublade eine Box mit Einweghandschuhen und streifte sie über.

»Oh Gott, muss man solche Handschuhe anziehen?«, fragte Luca. »Ich habe das mit bloßen Händen angefasst.«

»Das ist noch nicht dramatisch«, tröstete sie Frau Kamka. »Wir machen das einfach als Routine, um Verunreinigungen auszuschließen.«

Sie nahm die Handschrift aus dem Kistchen und legte sie sorgsam auf den Arbeitstisch. Schon hier fielen einzelne kleine Partikel aus dem Buch. Dann saß sie davor und betrachtete es stumm. »Mein Gott, so schön«, seufzte sie. »Ich glaube, das ist wirklich sehr alt und kostbar. Der Erhaltungszustand ist leider nicht so gut, aber man wird noch etwas lesen und rekonstruieren können.« Sie schob ein großes Computerterminal neben den Arbeitstisch und ergriff ein an einem Kabel hängendes Kameraobjektiv. Das richtete sie auf die obere Seite des Buches. Langsam, mit Blick auf den Monitor, bewegte sie die Kamera. Dann legte sie das Gerät weg und sah Luca ernst an.

»Ich bin nach dieser schnellen ersten Ansicht natürlich noch nicht hundert Prozent sicher, aber…«, sie zögerte.

»Was ist?«, wollte Luca ängstlich wissen. »Ist das nicht alt?«

»Nicht einfach alt, nein, uralt«, flüsterte die Professorin. »Ich möchte wetten, das ist älter als alles, was ich bisher als Erste im Original sehen konnte, deutlich mehr als 1000 Jahre. Der Text ist Lateinisch, auf Papyrus in einer sehr alten Form von Unzial geschrieben. Auf diesem Blatt erkenne ich bis jetzt nicht viel. Das hier könnte Aëtius heißen, und das hier Chuni. Aber ganz sicher bin ich nicht. Ich brauche unbedingt meinen Assistenten Andreas Wallner, der ist der beste Spezialist für Paläografie.«

»Davon verstehe ich nichts«, sagte Luca. »Was bedeutet das?«

»Paläografie ist die Wissenschaft der alten Schriften. Damit kann man ziemlich gut einschätzen, wie alt ein Dokument ist.«

»Davon habe ich schon gehört. Aber Aëtius und Chuni, damit kann ich wenig anfangen.«

»Aëtius ist der römische Heermeister, der ungefähr im Jahr 436 zusammen mit den Chuni – das sind die Hunnen – das Reich der Burgunder im Raum Worms vernichtet hat.«

»Dann ist die Handschrift so alt, aus dieser Zeit um 436?« Lucas Stimme klang ehrfürchtig.

»Irgendwann nach diesem Krieg, aber wann, das kann erst eine genauere Analyse zeigen. Ich denke, Sie haben der Geschichtswissenschaft einen unschätzbaren Dienst erwiesen.«

Luca freute sich. »Werde ich von Ihnen informiert, was die weiteren Untersuchungen ergeben?«

»Auf jeden Fall. Sie werden in der nächsten Zeit sicher auch Anfragen von anderen Wissenschaftlern erhalten, die die Geschichte dieser Handschrift eruieren wollen. Bitte informieren Sie Ihre Eltern und andere Verwandte, die dazu etwas wissen könnten, damit sie für Auskünfte zur Verfügung stehen.«

»Das werde ich. Dann lasse ich das Buch in Ihrer Obhut. Mein Freund hat mich aufgefordert, mir die Übergabe der Handschrift bestätigen zu lassen. Können Sie mir dazu etwas geben?«

»Klar, das mache ich.«

Frau Professorin Kamka rief im Vorzimmer der Fakultät an und gab die verlangte Bestätigung in Auftrag.

Luca verabschiedete sich von der Professorin.

***

Andreas Wallner war froh, dass das Semester vorbei war und die Ferien begonnen hatten. Die vergangenen Monate an der Universität waren hart gewesen, denn er hatte längere Zeit unter Verletzungen gelitten, die er sich bei einem Unfall zugezogen hatte. Er war beim Überqueren der Straße vor seiner Wohnung von einem Auto angefahren worden. Der Bruch mehrerer Rippen war zwar dank seiner durchtrainierten Muskeln relativ gut zu ertragen, aber sein Kampfsporttraining und die Besuche im Fitnessstudio hatte er erst vor Kurzem wieder in vollem Umfang aufnehmen können. Seine Aufgaben als Assistent an der Uni mit den Schwerpunkten Paläografie, Diplomatik und Kodikologie hatte er jedoch ohne größere Einschränkungen erledigen können.

Aber nun freute er sich, dass er heute Morgen schon in der Frühe zu seiner seit Langem geplanten Fahrradtour aufgebrochen war. Er wollte von seinem Wohnort Heidelberg nach Mannheim radeln und dann dem Rheinradweg bis zur Nordsee folgen. Der erste Stop war heute Abend in Worms vorgesehen, um dort das Nibelungenmuseum zu besichtigen. Übernachten wollte er in der Jugendherberge. Ihm war klar, dass er mit seinen 32 Jahren sicher zu den älteren Gästen gehören würde, aber er kam schon immer mit Menschen gut zurecht, die jünger als er selbst waren.

Auf der Strecke bis zur Nordsee gab es sehr viele Altertümer wie Burgen, Schlösser und Klosteranlagen, die er besichtigen wollte. Wie immer schon in seinem Dasein als Single, hatte er auch diese Tour ganz allein für sich geplant. Er wollte sich unabhängig für seine Etappen, Quartiere und Besichtigungen entscheiden, ohne sich mit anderen abstimmen zu müssen.

Er war gerade vor der Jugendherberge angekommen und wollte seine Fahrradtaschen abnehmen, als sein Handy läutete. Er nahm es aus dem Rucksack. Kamka, Katrin, konnte er auf dem Display lesen. Es war seine Chefin, die anrief.

»Hallo Andreas«, hörte er ihre Stimme. »Gott sei dank, du bist noch erreichbar. Bitte verschiebe deine Radtour, ich brauche dich.« Die Professorin sprach schneller als gewohnt, als wäre sie etwas erregt.

»Was ist passiert? Du klingst, als sei unsere Schatzkammer abgebrannt«, sagte er leicht spöttisch. »Aber ich bin schon unterwegs und habe gerade mein erstes Etappenziel erreicht.«

»Nein, nichts ist abgebrannt, ganz im Gegenteil. Es gibt einen
sensationellen Fund. Eine bisher unbekannte, möglicherweise
1500 Jahre alte Handschrift ist aufgetaucht.«

Wallner war einen Moment ruhig. Dann sagte er: »Wenn das
stimmt, das wäre wirklich sensationell. Was ist das für eine
Handschrift, wo ist die aufgetaucht, wer hat sie jetzt, in welchem Zustand ist sie und wer hat das Alter geschätzt?«

Nun musste Frau Kamka lachen, wenn es auch immer noch etwas nervös klang. »Das ist das, was ich an dir so besonders
schätze, deine nüchtern-sachliche Art der Analyse schwieriger
Situationen. Aber um deine Fragen zu beantworten: Die Handschrift war wahrscheinlich in Leder gebunden. Das ist nicht
mehr vorhanden. Sie ist auf Papyrus in Latein geschrieben,
Schrift spätantike Unzial. Gefunden hat sie eine junge Frau auf
dem Dachboden ihres Hauses, die Handschrift liegt hier bei
mir auf dem Analysetisch, sie ist in sehr schlechtem Zustand,
das Alter habe ich grob geschätzt. Zufrieden? Ich möchte, dass
du deinen Urlaub abbrichst, morgen früh hier antanzt und mit
mir das Buch untersuchst.«

»Wieso soll ich da gleich morgen früh dabei sein? Du hast gesagt, die Handschrift sei in schlechtem Zustand. Da müssen
doch erst mal die Spezialisten ran, um konservatorische Maßnahmen einzuleiten. Dann muss das alles digitalisiert werden.
Oder möchtest du, dass ich mich hinsetze und getrost Seite für
Seite umblättere, und alles zerfällt zu Staub? Nein, Katrin, es ist
besser, wenn ich erst danach, am Ende der Semesterferien dazu
komme. Ich will meine Tour nicht unterbrechen.«

»Vielleicht hast du recht«, sagte die Professorin. »Ich war nur so
euphorisch, nachdem mir dieser Fund präsentiert wurde, das
wollte ich gleich mit dir besprechen. Bist du nicht auch ge-

spannt, was es mit dieser Handschrift auf sich hat, woher sie stammt, und was drin steht?«

»Doch, natürlich, wahnsinnig gespannt und interessiert, und deswegen ist es auch besser, ich zügle meine Ungeduld, bevor ich in aller Hektik einen größeren Schaden verursache. Ich bin auch dankbar, dass du mich gleich informiert hast. Aber ich habe meinen Urlaub und etwas Entspannung wirklich nötig. Doch nun weiß ich, dass ich auf jeden Fall pünktlich von meiner Tour zurück sein muß.«

»Gut, das sehe ich ein, das Semester war wirklich besonders hart für dich, nach deinem Unfall. Dann machen wir das so«, lenkte die Professorin ein. »Du genießt jetzt zunächst deine lang geplante Tour am Rheinradweg. Ich erwarte dich zum Ende der Semesterferien. Aber wenn ich der Meinung bin, dass ich dich vorher brauche, dann werde ich dich anrufen und erst Ruhe geben, wenn du hier bist.«

***

Es war schon gegen halb neun, als Herbert Mair endlich an dem kleinen Appartement auftauchte, das Klaus Beko für die Dauer seines Praktikums in Karlsruhe gemietet hatte.

»Du bist reichlich spät, du wolltest mich doch um acht abholen«, murrte Klaus Beko, als er auf die Straße trat. Herbert lehnte lässig am Heck seines SUV. »Nur keine Hektik«, sagte er. »Wir haben reichlich Zeit, oder willst du in der Uni irgendeinem eifrigen Assi über den Weg laufen, der noch an seiner aktuellen Veröffentlichung arbeitet, um Karriere zu machen?«

»Ich muss noch etwas essen, ich habe Hunger«, sagte Klaus aufsässig.

»Da vorne gibt es doch eine Dönerbude. Dort kaufst du dir einfach etwas und futterst beim Fahren. Und wir sind dann spätestens um halb zehn an der Uni. Wo können wir parken?«

»In der Tiefgarage an der Bibliothek. Wir haben dann maximal drei Minuten Fußweg.«

Dort angekommen, nahm Herbert einen Koffer aus dem Gepäckraum. »Die Kamera meines alten Herren, mit Stativ und Scheinwerfer. Das alles braucht er zwar nicht, Film- und Fotoaufnahmen machen seine Leute für ihn, aber er ist halt Perfektionist, und will immer das beste Equipment um sich haben. Man kann nie wissen, sagt er dazu. Gut für uns.«

Sie stiegen durch das menschenleere Treppenhaus in den zweiten Stock und standen dann vor der Tür zum Zimmer der Professorin.

»So ein Mist, da hätten wir dran denken müssen. Wie kommen wir jetzt rein?«, fragte Klaus erschrocken.

»Damit«, sagte Herbert und winkte mit einem professionellen Schlüssel-Einbruchsset. Dann betätigte er probeweise die Türklinke, und zu ihrer Überraschung schwang die Tür auf. »Sesam öffne dich«, meinte er nur trocken. Sie traten ein und zogen die Tür hinter sich zu.

Herbert öffnete seinen Koffer und sagte zu Klaus: »Such du die Handschrift, ich installiere in der Zwischenzeit die Kamera.«

»Das müsste sie sein.« Klaus zeigte auf den Arbeitstisch, wo ein kleines Kästchen mit geöffnetem Deckel stand. Darin lag die gesuchte Handschrift. »Die Professorin ist bekannt dafür, dass sie es mit der Ordnung nicht so genau nimmt. Sie hätte das alles eigentlich wegschließen müssen.«

»Gut für uns«, nickte Herbert zufrieden. »Nimm das Ding schon heraus.«

Klaus legte eine der zahlreichen in einem Fach unter dem Arbeitstisch liegenden dünnen DIN A3 Sperrholzplatten auf die kleine Kiste, drehte dann schnell alles auf dem Kopf und legte es ab. Dann nahm er das Kästchen weg.

Herbert justierte die Kamera so auf dem Stativ, dass eine Seite formatfüllend aufgenommen werden konnte. »Das ist eine 4K UHD Kamera, die mehr als 60 Bilder pro Sekunde aufnimmt«, sagte er stolz und startete sofort eine Aufnahme. Mit einem kurzen Blick vergewisserte er sich, dass die Aufnahme richtig belichtet war. Klaus starrte mit offenem Mund auf das Bild auf dem angeschlossenen Laptop. »Super, was man da alles erkennen kann«, rief er staunend aus.

»Scheiße«, schrie Herbert erschrocken.

»Was ist?«, fragte Klaus. Dann sah er das Malheur: Herbert hatte hastig eine Seite der Handschrift umgeblättert. Das Blatt war dabei in tausende kleine Teilchen und Staub zerfallen.

»Bist du verrückt«, so kannst du doch nicht mit tausendjährigem Papyrus um gehen«, stöhnte er entsetzt.

»Was hätte ich denn machen sollen, ich musste doch umblättern«, rechtfertigte sich Herbert.

»Man muss zum Umblättern einen Schutz verwenden«, rief Klaus. »So etwa.« Er nahm aus einem Fach unter dem Arbeitstisch ein in der Mitte gefaltetes, hauchfeines, aber sehr steifes Blatt aus durchsichtigem Kunststoff. Das schob er so auf die nächste Seite, dass die von oben und unten völlig eingeschlossen war. Dann blätterte er vorsichtig um. Die Seite blieb bis auf ein paar kleinere zerbrochene Stücke ganz.

»Da brauchen wir ja bis morgen, wenn wir so langsam arbeiten«, beschwerte sich Herbert. »Lass mich mal versuchen.« Er wollte es genau so machen wie Klaus, war aber viel zu hastig. Die Seite zerfiel in viele Stücke.

Nun wurde Klaus energisch. »Wir brechen ab«, sagte er. »Sofort. Pack deine Kamera ein. Ich kann es nicht verantworten, so ein kostbares Relikt alter Zeiten zu zerstören.«

»Angsthase, was kann schon groß passieren. Wenn wir achtzig Prozent der Seiten filmen können, haben wir doch einen wertvollen Dienst für die Wissenschaft geleistet. Wir machen weiter.«

»Ohne mich. Ich gehe. Dann musst du allein zurechtkommen, und irgendwann fliegst du wahrscheinlich auf.«

Es war eine neue Erfahrung für Klaus: Herbert, der selbstsichere Macher, der immer das Sagen hatte, gab nach. »Okay, okay, ich packe ja schon.« Dann baute er seine Kamera ab und verstaute alles im Koffer.

Sie verließen das Universitätsgebäude. »Ich bringe dich noch nach Karlsruhe«, sagte Herbert. Die Fahrt verlief schweigend. »Wann schauen wir die Aufnahme an, die ich gemacht habe?«, fragte Herbert, als Klaus ausstieg.

»Übermorgen?«, schlug Klaus vor. Sie verabredeten sich für übermorgen Nachmittag, dann fuhr Herbert nach Heidelberg zurück.

***

Andreas Wallner hatte gestern Abend bei seiner Ankunft in Worms erfahren, dass das Nibelungenmuseum aus baulich-technischen Gründen zurzeit geschlossen war. Er ärgerte sich, am meisten über sich selbst, weil er das bei der Planung seiner Tour nicht bemerkt hatte. Aber nun am Morgen, als er bei herrlichem Wetter den Blick von der Stadtmauer auf den Torturmplatz mit Siegfrieds Grab, die plätschernden Brunnen, Türme und den Wehrgang genoss, war er wieder zufrieden und freute sich auf die Weiterfahrt.

Von Worms fuhr er auf dem Radweg zunächst nach Hamm, einem beschaulichen Dorf direkt am Ufer des Rheins. Er verkniff es sich, eine Rast in einem der gemütlichen Rheincafés einzulegen, und radelte weiter Richtung Gernsheim.

Dort brachte ihn die Rheinfähre über den Rhein. Bei der Überfahrt gab es eine Überraschung. An der Reling der Fähre hatte eine Frau ihr Fahrrad abgestellt. Die Gepäcktaschen auf dem Rad zeigten, dass sie auch auf einer Radtour war. Die kenne ich doch, dachte er. Sie sah zu ihm, lächelte und sagte: »Hallo Andreas, das ist ja interessant, dich hier zu treffen. Machst du auch gerade eine Radreise?«

Es war Laila Gassner, die er flüchtig aus dem Fitnessstudio kannte. Sie hatten sich gelegentlich kurz unterhalten, wenn sie zufällig an nebeneinander aufgestellten Fitnessgeräten aktiv waren. Er fand sie sehr sympathisch.

»Ja«, antwortete er, »ich habe mir den Rheinradweg bis zur Nordsee vorgenommen. Und wohin fährst du?«

Sie schwenkte bedächtig den Kopf. »Da hast du ja eine sehr lange Tour geplant. So viel Zeit habe ich nicht. Ich will bis Mainz und dann den Mainradweg fahren. Wie weit weiß ich noch nicht.«

»Der Mainradweg ist sicher interessant, aber die Etappe von Mainz an Frankfurt vorbei stelle ich mir nicht so toll vor.«

»«Das sehe ich auch so«, sagte Laila. »Wahrscheinlich werde ich diesen Teil der Strecke mit der Bahn überbrücken.«

Andreas nickte. »Gute Idee. Was hältst du davon, wenn wir die Etappe bis Mainz gemeinsam radeln? Dann könnten wir ein wenig plaudern, gemeinsam einen Cappuccino trinken. Es wäre sicher ganz unterhaltsam.«

Sie sah ihn prüfend an. Bevor sie etwas dazu sagen konnte, redete Andreas weiter. »Das war nur ein Vorschlag, ich will dich nicht zu irgendetwas überreden. Ich bin nicht böse, wenn du allein radeln willst. So hast du das ja sicher auch geplant.«

Laila zögerte noch einen Moment und sagte dann: »Ok, wir würden uns sowieso dauernd begegnen. Du hast recht. Abgemacht.« Sie streckte ihm die offene Hand hin, er ergriff und schüttelte sie.

»Hast du einen Plan, wie du nach der Fähre weiterfahren wolltest?«, fragte Andreas.

»Ich denke, wir müssen nach Stockstadt, das sind noch rund zehn Kilometer. Dann wollte ich ein Picknick einlegen und danach einfach den Radwegschildern bis Mainz folgen.«

»Super, das sind auch meine Vorstellungen«, antwortete Andreas. »Zum Thema Picknick: Gehst du da normalerweise irgendwo eine Kleinigkeit essen?«

»Nein, eigentlich nicht. Ich kaufe mir immer etwas: Brötchen, Wurst, Käse, etwas Grünzeug.«

Andreas war erfreut. »So mache ich das auch gerne.«

Die Weiterfahrt nach der Fähre ging durch ruhige und grüne Landschaften, die von Feldern und Wiesen geprägt waren. Als sie in Stockstadt ankamen, suchten sie einen am Ortsrand gelegenen kleinen Supermarkt auf, um sich etwas Proviant einzukaufen.

Die Frau an der Kasse strahlte sie an. »So wie Sie ausgerüstet sind, machen Sie sicher eine Radtour. Wo solls denn hingehen?«

»Heute bis Mainz«, sagte Laila.

»Das ist ja nicht mehr sehr weit, so ungefähr dreißig Kilometer. Da habe ich einen Tip für Sie. Sie wollen doch sicher an einem wunderschönen Picknickplatz Rast machen.«

»Für Vorschläge sind wir dankbar«, sagte Andreas.

Die Frau nickte. »Fahren Sie nicht hier den Radweg an der Straße entlang nach Erfelden, sondern nehmen Sie die Brücke über den Altrhein auf die Kühkopf-Insel. Dort gibt es viele wunderschön angelegte Wege und Rastplätze. Wenn Sie dann nach Ihrem Mittagspicknick weiterfahren, kommen Sie zu einer anderen Brücke über den Altrhein nach Erfelden. Dort sind Sie wieder auf dem direkten Radweg. Das ist ein Umweg von maximal einem Kilometer, der sich lohnt.«

Laila und Andreas bedankten sich für die Beratung. Vor dem Supermarkt zog Andreas sein Handy aus dem kleinen Rucksack auf seinem Rücken, tippte kurz und las dann vor. »Der Naturpark Kühkopf-Knoblochsaue ist ein wahres Paradies für Naturliebhaber. Hier können Sie durch ausgedehnte Auenwälder und

Feuchtgebiete radeln, die Heimat zahlreicher Tier- und Pflanzenarten sind. Es gibt gut ausgebaute Rad- und Wanderwege, die Sie durch dieses einzigartige Naturschutzgebiet führen. Halten Sie die Augen offen für seltene Vogelarten und genießen Sie die Ruhe und Schönheit der Natur.«

Laila war erfreut. »Das klingt doch super. Das machen wir.«

Kurze Zeit nachdem sie den Altrheinarm überquert hatten, fanden sie sich in einem lichten Wald mit Stieleichen, Ulmen und Eschen. Der Boden war bedeckt mit Sträuchern und duftenden Wildkräutern. Als sie zu einer Stelle kamen, an der die Sträucher weniger dicht waren und einige Felsbrocken aus dem Boden ragten, sagte Laila »Schau mal, da können wir uns doch hinsetzen und Picknick machen.«

»Ja, das sieht gut aus«, bestätigte Andreas. Sie stellten ihre Fahrräder ab und setzten sich auf den weichen Boden. »Prima«, sagte Andreas und lehnte sich an einen Felsen. Laila ließ sich neben ihm nieder. Sie streckte sich aus und murmelte »Ich fühle mich so entspannt und ruhig, ich könnte jetzt einfach einschlafen.«

Andreas drehte sich zu ihr. Er wollte gerade eine spöttische Bemerkung machen, da sah er den seltsamen Ausdruck ihres Gesichts: Die Augen waren weit offen und starrten, als ob sie etwas ganz Ungewöhnliches sehen würde. »Was ist mit dir, was hast du?«, rief er erschrocken und fasste sie an der Schulter. Und dann war mit einem Schlag alles weg. Er spürte nur noch diese unendlich tiefe Entspannung und Ruhe, sonst nichts.

***

Als Frau Kamka am Morgen ihr Büro aufschließen wollte, stellte sie fest, dass die Tür bereits offen war. Sie war nicht wirklich überrascht. »Mein Gott, warum bin ich immer so nachlässig?«, murmelte sie vor sich hin. »Ich muss mir endlich ein System ausdenken, das mich daran erinnert, beim Verlassen des Zimmers am Abend abzuschließen.« Sie schüttelte den Kopf und ging zum Sideboard an der Wand, um ihre Tasche mit dem

Notebook und einigen Schriftstücken abzulegen. Dann drehte sie sich zu ihrem Schreibtisch um. Ihr Blick fiel auf den Arbeitstisch daneben. Was war das? Das kleine Kästchen, in dem die Handschrift aufbewahrt sein sollte, lag offen auf dem Tisch. Daneben, auf einem der DIN A3 Bretter, lag die Handschrift, aufgeklappt mit den offenen Seiten nach oben. Das Ganze war von einer Staubschicht aus zerfaserten und zerrissenen Papyrusblättern überzogen.

Da war jemand hier und hat sich an der Handschrift zu schaffen gemacht, dachte sie. Von leichter Panik erfasst ging sie näher, um das Ausmaß des Schadens zu überprüfen. Die Handschrift war schon in ziemlich schlechtem Zustand, als sie gestern zu ihr gebracht worden war, aber zu ihrer Erleichterung waren die neuen Beschädigungen nicht so extrem, wie es auf den ersten Blick ausgesehen hatte. Nach ihrer Einschätzung waren nur die drei bis vier nächsten Seiten ziemlich unleserlich.

Sie rief beim Hausmeisterteam der Universität an und meldete den Schaden, den unbekannte Eindringlinge in der Nacht verursacht hatten.

»Herr Lohse aus unserem Team kommt gleich zu Ihnen. Bitte rühren Sie nichts an«, wurde sie instruiert. »Wir melden den Fall bei der Polizei. Die wird die Einbruchsspuren sicherstellen wollen.«

Schon nach wenigen Minuten klopfte es an ihrer Tür. »Herr Lohse?«, fragte sie.

»Ja, ich bin das. Bitte fassen Sie die Türklinke nicht mit der Hand an. Öffnen Sie die Tür mit Ihrem Schlüssel, damit Sie eventuelle Fingerabdrücke der Einbrecher nicht verwischen.«

Die Professorin öffnete, wie es Herr Lohse vorgeschlagen hatte.

»Ich bin untröstlich, die Handschrift wurde beschädigt, das ist alles meine Schuld«, seufzte Frau Kamka.

»Wieso Ihre Schuld?«, wollte der Hausmeister wissen.

»Ich habe gestern vergessen, abzuschließen«, erklärte die Professorin. »Wäre ich nicht so nachlässig gewesen, dann wäre die Handschrift sicher nicht so zugerichtet worden.«

Herr Lohse schüttelte den Kopf. »Wenn Sie Ihre Tür vorschriftsmäßig verschlossen hätten, wäre es Einbrechern sicher sehr schwergefallen, hier einzudringen. Aber egal, es ist besser, wir überlassen die Vermutungen über das wie, was und warum der Polizei.«

Kriminalkommissarin Ingeborg Schaller und zwei Mitarbeiter von der Spurensicherung kamen kurz vor Mittag. Während sich die Spurensicherung gleich an die Arbeit machte, begann die Kommissarin mit der Befragung der Professorin. »Bitte erzählen Sie mir, was es mit dieser Handschrift auf sich hat.«

Die Professorin war unsicher. »Ich weiß nicht so recht, wo soll ich anfangen?«

»Wie und wann ist die Handschrift zu Ihnen gekommen?«, fragte Kommissarin Schaller.

»Gestern bekam ich einen Anruf von Frau Mendel von der Landesbibliothek in Karlsruhe, dass ein Mann angerufen und erzählt habe, eine Bekannte von ihm habe eine alte Handschrift gefunden. Er hatte ein Foto mitgeschickt und Frau Mendel meinte, ich solle mir das doch ansehen. Ich war sofort der Meinung, es könnte tatsächlich ein wertvoller Fund sein. Deswegen habe ich gebeten, man sollte mir doch möglichst noch am gleichen Tag die Handschrift zur Begutachtung übergeben. Kurz darauf brachte die Finderin, eine Frau Toblach aus Heidelberg, den Fund vorbei.«

Die Kommissarin lies sich die Anschrift von Frau Toblach geben und bat auch um Name und Adresse des Anrufers bei Frau Mendel.

»Den kenne ich nicht, aber Frau Toblach oder Frau Mendel können da sicher Auskunft geben«, meinte Frau Kamka.

»Gut, wer außer Frau Toblach, ihrem Bekannten und Frau Mendel weiß noch von der Handschrift?«

»Mein Assistent Dr. Andreas Wallner. Den habe ich gestern angerufen und über den Fund informiert.«

»Bitte geben Sie mir auch die Anschrift Ihres Assistenten.«

Die Professorin nickte. »Klar, aber Sie werden ihn nur telefonisch erreichen. Er ist seit gestern auf einer Radtour und wird erst Ende der Semesterferien wieder zurückkommen.«

»Ich werde Herrn Wallner nachher gleich anrufen«, versicherte die Kriminalkommissarin. Sie hatte während der Besprechung immer gleich Adressen und Telefonnummern der Beteiligten in ihr Smartphone diktiert. Zum Abschluss sah sie die beiden Beamten der Spurensicherung an und fragte: »Ihr habt alles gesichert?« Als diese nickten, verabschiedete sie sich und sagte, dass sie sich melden würde, sobald sie irgendwelche Erkenntnisse oder weitere Fragen hätte.

Als alle gegangen waren, wählte Frau Kamka die Nummer von Andreas Wallner. Sie wollte ihn bitten, die Radtour abzubrechen und sofort mit der Analyse der Handschrift zu beginnen. Sie war sich nicht sicher, ob die Seiten nach der Beschädigung nicht noch weiter zerfallen würden. Leider kam nur die Meldung, dass der Teilnehmer nicht erreichbar sei.

***

Als Klaus Beko nach der Mittagspause an seinen Praktikumsplatz im Team Beschaffung der Badischen Landesbibliothek kam, wurde er von der aufgeregt wirkenden Frau Mendel mit einem Wortschwall empfangen. »Haben Sie schon gehört, bei Frau Professorin Kamka in Heidelberg ist eingebrochen worden. Das ist doch die Professorin, bei der Sie studieren. Wer bricht denn in ein Arbeitszimmer einer Professorin an der Universität ein? Auch noch bei den historischen Grundwissenschaften? Dort findet man doch keine Reichtümer. Und stellen Sie sich vor: Die Polizei hat angerufen und hat mich gefragt, wo ich gestern Abend war. Denken die, ich bin nach Heidelberg gefahren und dort eingestiegen? So ein Unsinn.«

»Bei der Professorin ist eingebrochen worden? Wieso sollte die Polizei denn glauben, dass Sie etwas damit zu tun haben?«, wollte Klaus Beko wissen.

»Sie erinnern sich sicher, gestern habe ich einen Anrufer an Frau Kamka weitervermittelt. Der Mann hatte eine wertvolle Handschrift gefunden und nach meinem Anruf der Professorin gebracht. Darum ging es wohl bei dem Einbruch. Die soll vielleicht 1500 Jahre alt sein.«

Beko schüttelte den Kopf. »Ist die etwa gestohlen worden? Wer klaut den so was? Das ist doch sinnlos, das kann man doch nie verkaufen.«

»Da haben Sie sicher recht. Aber wenn ich die Polizei richtig verstanden habe, ist auch nichts gestohlen worden. Aber die Handschrift wurde anscheinend schwer beschädigt.«

»Das verstehe ich nicht«, sagte Klaus Beko. »Aber interessant ist das schon, ein schönes Rätsel. Informieren Sie mich, wenn Sie dazu etwas Neues hören?«

»Klar, mache ich«, bestätigte Frau Mendel und lachte. »Vielleicht klären wir beide ja diesen geheimnisvollen Kriminalfall.«

Später am Nachmittag rief Klaus Beko bei Herbert Mair an. »Du, ich habe erfahren, dass die Polizei bei Frau Professorin Kamka war. Sie hat den Einbruch in ihr Arbeitszimmer angezeigt. Ich denke, damit hat sich das Thema mit dieser Handschrift für uns wohl erledigt. Wenn irgendjemand erfährt, dass wir darüber etwas wissen, dann sind wir erledigt.«

»Nur keine Panik«, versuchte Herbert seinen Freund zu beruhigen. »Natürlich hast du recht, du kannst dich jetzt nicht mehr mit irgendwelchen bahnbrechenden Erkenntnissen aus diesem Buch profilieren. Auch wenn da wirklich irgendetwas über den Schatz der Nibelungen drinstehen würde, könnten wir das nicht mehr zu unserem Vorteil ausnutzen. Wir bleiben also schön brav still.«

Klaus war erleichtert. »Schön, dass du das auch so siehst. Am besten, du löschst auch die Videoaufnahmen, die du gestern gemacht hast.«

»Ja, das mache ich. Aber wir sollten die Aufnahmen vorher einmal ansehen. Ich bin einfach neugierig, was wir daran erkennen können. Ich selbst verstehe von solchen alten Schinken nichts, aber du studierst das, da kannst du wahrscheinlich etwas lesen. Ich besuche dich heute Abend und bringe die Videoaufnahmen mit. Du hast doch einen sehr guten Bildschirm an deinem PC. Der sollte genügen.«

»Ok, die Idee ist gut, aber bitte nicht vor acht Uhr heute Abend. Und bring was zu trinken mit, mein Kühlschrank ist leer.«

Als Herbert Mair am Abend bei Klaus läutete, hatte der seinen PC schon hochgefahren und zwei Biergläser bereitgestellt. »Du hast doch auch Weingläser«, sagte Herbert. »Ich habe eine Flasche Rotwein mitgebracht. Wenn wir uns mit so einem kulturell hochstehenden Thema wie antiken Handschriften beschäftigen, können wir doch nicht einfach schnödes Bier trinken.«

Klaus grinste. »Das hätte ich mir denken können. Hast du den Weinkeller deines alten Herrn heimgesucht? Was trinken wir?«

»Einen Ca' del Baio 2018 Barbaresco Vallegrande Riserva DOCG, kostet mindestens 80 Euro die Flasche.«

Klaus nahm den genannten Preis kommentarlos zur Kenntnis. »Dann mache schon mal die Flasche auf. Gib mir die SD-Karte mit der Aufnahme, ich lade inzwischen die Datei.«

Als die Gläser gefüllt und der PC bereit war, stießen sie an. »Dann wollen wir mal sehen, was das für eine Handschrift ist«, sagte Klaus.

Der Film begann zunächst mit unscharfen Bildern, doch schon nach wenigen Sekunden stellte die Kameraautomatik ein gestochen scharfes Bild ein. Klaus hielt das Video an.

»Was ist das für eine seltsame Schrift?«, fragte Herbert neugierig.

»Soweit ich es erkennen kann, handelt es sich um Unzial. Eine uralte Schriftform. Aber schau dir das Papier an – extrem vergilbt, die Tinte fast vollständig verblasst. Ohne spezielle Ausrüstung wird es unmöglich sein, den Text komplett zu entziffern. Es ist wirklich schade, dass wir so etwas nicht zur Hand haben. Ich würde nur zu gerne wissen, was dort geschrieben steht.« Klaus schien von dem Anblick förmlich in den Bann gezogen.

»Mach weiter«, drängte Herbert ungeduldig. Klaus gehorchte und ließ das Video weiter laufen. Beide sahen nun das Missgeschick, das Herbert verursacht hatte. Seine Hand erschien im Bild und zerstörte beim Umblättern die brüchige Seite fast vollständig. Als er versuchte, die winzigen Papyrusfetzen beiseite zu wischen, zerriss auch die darunterliegende Seite. Klaus drückte erneut auf Stopp, als die Kamera endlich scharf fokussiert hatte.

»Und, sag schon, kannst du da etwas entziffern?«, wollte Herbert wissen.

»Leider ist nur wenig zu erkennen. Du hast ganze Arbeit geleistet, als du die Seite gewendet hast.«

»Das ist nun mal passiert und nicht mehr rückgängig zu machen. Dann lies schon vor!«, drängte Herbert ungeduldig.

»Langsam, Unzial ist nicht die Schrift, in der meine E-Books geschrieben sind. Ich habe nur Anfängerkenntnisse.« Nach einer kurzen Pause sagte er: »Aber das ist seltsam.«

»Was?« wollte Herbert wissen.

»Die Schrift auf dieser Seite ...« Klaus zögerte. Sollte er wirklich sagen, dass das auf dieser nächsten Seite seiner Meinung nach kein Unzial war, sondern eine moderne Schrift, Druckbuchstaben? Das konnte keine wirklich alte Handschrift sein. Er entschied sich dagegen, Herbert zu informieren, denn damit würde er sicher seine Begeisterung für ihr Abenteuer zerstören. »Das ist wirklich extrem schwer zu lesen«, erklärte er.

»Mensch, musst du das so spannend machen?«, motzte Herbert.

Zögernd begann Klaus zu buchstabieren:. »s … u … b … m. Das könnte der Anfang des Wortes *submersa* sein, was *versenkt* bedeutet.« Er las weiter vor: « … i … n … h … e … n … o… . Vielleicht *in Rheno*, also *im Rhein versenkt*. Das ergibt keinen Sinn.«

»Der Schatz der Nibelungen!«, rief Herbert elektrisiert. »Der soll doch im Rhein versenkt worden sein, und man hat ihn nie gefunden. Ob da jemand beschreibt, wo das ist? Lies weiter!«

»Ein Hinweis auf den Nibelungen-Schatz in einer alten Handschrift, geschrieben wahrscheinlich hunderte Jahre vor dem Nibelungenlied? Das ist doch absurd. Und außerdem: Der Nibelungenhort wurde schon unzählige Male gesucht, ohne Erfolg. Historiker sind sich einig, dass es sich nur um eine Legende handelt.«

»Du sollst lesen, nicht spekulieren!«, ermahnte Herbert.

»Mehr kann ich nicht entziffern, dank deiner Ungeschicklichkeit beim Umblättern«, warf Klaus ihm vor. »Aber warte, hier ist noch etwas halbwegs lesbar.«

»Mensch, dann lies es doch endlich! Muss ich dich immer wieder daran erinnern?«

»Hier steht… d … u … o …, und dann… d … i … e … . Das könnte *zwei Tage* bedeuten. Und weiter … i … t … e … r … f … a … c ….Wenn ich das richtig deute, könnte es so viel wie *iter facere* heißen.«

»Du musst nicht mit deinen Lateinkenntnissen protzen. Was heißt das auf Deutsch?«

»Wörtlich *Weg machen*. Das könnte man als *reisen* interpretieren, aber ich bin nicht sicher.«

»Das ist es!«, rief Herbert triumphierend. »Zwei Tage am Rhein entlang reisen!«

Klaus lachte spöttisch. »Zwei Tage, aber von wo? Und in welche Richtung? Ich wünsche dir viel Vergnügen bei deiner Suche.«

***

Als Laila die Augen öffnete, spürte sie sofort, dass etwas nicht stimmte. War sie etwa eingenickt? Seltsam, sie war doch überhaupt nicht schläfrig gewesen. Sie drehte sich um und sah, dass auch Andreas eingeschlafen war. Verwundert schüttelte sie den Kopf.

Die Umgebung war ... anders. Sie waren nicht mehr an der Stelle, an der sie sich zu einem kurzen Picknick hingesetzt hatten. Sie konnte zwar ein paar Felsbrocken sehen, aber sie war unsicher, ob das die waren, an die sie sich angelehnt hatten. Und die Wiese war jetzt dunkel und feucht.

»Andreas«, flüsterte sie und rüttelte ihn sanft. »Wach auf.«

Andreas öffnete blinzelnd die Augen und setzte sich auf. »Was ist los?«, fragte er verschlafen, doch als auch er sich umdrehte, weiteten sich seine Augen vor Verwunderung. »Wo sind wir?«

Sie standen auf und sahen sich um. Alles schien irgendwie vertraut, und doch war alles anders. Sie blickten in eine Landschaft, die sie nicht wiedererkannten. Dichter Wald umgab sie, neblig und still, bis auf die Stimmen der Vögel.

»Unsere Räder sind weg«, rief Andreas. »Die standen doch gleich neben uns. Hat die etwa jemand geklaut?«

Sie gingen ein paar Schritte und suchten ihr Umfeld ab, doch ihre Fahrräder waren nirgends zu sehen.

»Zum Glück sind unsere Rucksäcke noch hier«, sagte Andreas und kramte sein Handy heraus. »Ich rufe die Polizei«, sagte er. Doch er fand kein Netz für das Smartphone. Laila versuchte ihr Glück mit ihrem Gerät, doch auch hier – nichts. Kein Signal. »Das kann doch nicht sein«, murmelte sie.

Eine Welle von Panik stieg in beiden auf. »Ich schaue mal auf meiner Navigationsapp nach, wo wir sind«, versuchte Andreas zu beruhigen. Doch auch das klappte nicht. »Kein GPS-Signal«, musste er feststellen. »Aber halt, ich habe doch mit der App unsere Tour aufgezeichnet«, rief er. »Da brauche ich jetzt kein GPS, die Daten sind gespeichert. Hier sind wir.« Er zeigte auf die Stelle der Landkarte im Display, an der die rot markierte Strecke der heutigen Tour endete. »Da ist die Brücke, über die wir gekommen sind. So sind wir gefahren«, erklärte er. »Und der Kompass im Handy funktioniert auch«, ergänzte er erleichtert.

Laila griff nach Andreas Hand. »Denkst du, wir finden den Weg hier raus?« Ihre Stimme zitterte.

Andreas riss sich zusammen und versuchte, ganz rational und nüchtern zu denken. »Ich glaube schon. Wir müssen nur ruhig bleiben und zum nächstgelegenen Ort kommen. Wenn wir von hier strikt nach Norden gehen, müssten wir den Altrhein erreichen. Dann gehen wir nach rechts am Fluss entlang zur Kühkopf-Brücke bei Erfelden.« Er zeigte Laila auf seiner Handy-App, wie sie gehen sollten. »Dort werden wir uns wieder richtig orientieren.«

Laila und Andreas kämpften sich durch den stillen, unheimlichen Wald. Immer wieder mussten sie wegen umgestürzter Bäume oder sumpfiger, morastiger Stellen von der vorgesehenen Richtung abweichen. Die Verzweiflung in ihnen wuchs. Die Sonne hing tief am Himmel, ihre Strahlen durchdrangen den Nebel nur schwach. Gerade als sie vermuteten, dass sie trotz Kompass die richtige Richtung verfehlt hatten, hörten sie in einiger Entfernung das Rauschen von Wasser. Das musste der Altrhein sein. Doch dann glaubten sie, ihre Augen würden ihnen einen Streich spielen: Durch den lichter werdenden Wald sahen sie einen annähernd zweihundert Meter breiten Flusslauf, der sich schäumend dahin wälzte.

»Das gibt es doch nicht«, rief Andreas erschrocken aus. »Der Altrhein dürfte hier doch höchstens zwanzig Meter Breite haben.« Doch bevor er noch überlegen konnte, was das für sie bedeutete, entdeckte Laila etwas zwischen den Bäumen.

»Andreas, schau da vorne!«, rief sie und zeigte auf eine Hütte, die halb verborgen im Schatten der Bäume auf einem kleinen Hügel unweit des Flussufers lag.

Sie war alt und aus groben Holzstämmen gebaut. Durch eine kleine Lücke im Dach stieg ein dünner Rauchfaden in die Luft, und es duftete nach brennendem Holz. Andreas und Laila sahen sich an, ihre Herzen schlugen schneller. Wer auch immer dort lebte, er könnte ihnen vielleicht helfen, könnte erklären, was passiert war.

Sie näherten sich der Hütte mit Bedacht, als könnte jeder Schritt die Stille des Waldes durchbrechen. Andreas hob zögerlich die Hand, bereit, an die hölzerne Tür zu klopfen, doch noch bevor seine Finger das raue Holz berührten, schwang die Tür mit einem leisen Knarren auf. Ein alter Mann, dessen tiefe Falten die Spuren eines langen Lebens trugen, stand in der Schwelle, und seine Augen verrieten die Last seiner Lebensjahre.

***

Nachdem die Spurensuche der Polizei abgeschlossen war, hatte die Professorin die aufgeschlagene Seite des Buches fotografiert und es dann vorsichtig in das Aufbewahrungskästchen gelegt. Dann hatte sie Buch und Behälter zur Altersbestimmung des Papiers und der Tinte in das Labor gegeben.

Als sie auf dem Bildschirm die Fotografie der gerade aufgenommenen Seite betrachtete, glaubte sie, ihren Augen nicht trauen zu können. »Das ist unmöglich«, rief sie aus. Sie erkannte Lettern, die zwar teilweise zerstört, aber eindeutig moderne Druckschrift waren. Die Buchstaben erinnerten sie stark an die Schrift Courier, die sie von ihrem PC kannte. Sie machte sich gar nicht erst die Mühe, den Text zu entziffern, sondern schaltete den PC ab. Nach kurzem Nachdenken griff sie zum Telefon und wählte die Nummer der Kommissarin, die den Einbruch in ihr Büro untersuchte.

»Kommissarin Schaller, Kriminalpolizei Heidelberg«, meldete sich ihre Gesprächspartnerin.

Die Professorin berichtete über ihre neuen Erkenntnisse. »Stellen Sie sich vor, bei der vermeintlich alten Handschrift handelt es sich um eine Fälschung, sie ist nicht echt.«

»Was heißt das, *sie ist nicht echt*? Wie kommen Sie darauf?«

Frau Kamka konnte ihre Enttäuschung nicht verbergen. »Leider ist sie offensichtlich gefälscht. Ich habe eine Seite entdeckt, die in modernen Druckbuchstaben geschrieben ist. Obwohl alles sonst uralt aussieht, diese moderne Schrift gibt es erst in unserer Zeit, aber nicht vor mehreren Hundert Jahren.«

»Das verstehe ich nicht«, erklärte die Kommissarin. »Warum sollte jemand eine alte Handschrift fälschen wollen?«

»Ich könnte mir vorstellen, dass da jemand berühmt werden wollte.«

Frau Schaller war skeptisch. »Sie meinen, die angeblichen Finder wären mit dieser Sensation in den Medien erschienen, zu Interviews und Vorträgen eingeladen worden? Ein etwas aufwendiger Weg, an Geld zu kommen. Das Buch herzustellen muss doch eine Heidenarbeit und auch sehr kostspielig gewesen sein.«

»Da haben Sie recht«, bestätigte die Professorin. »Und dann hätten die wahrscheinlich auch nicht so einen dicken Fehler gemacht und moderne Schrift verwendet. Aber es könnte auch sein, dass der Einbrecher vielleicht den Fehler gemerkt hat und eingebrochen ist, weil er verhindern wollte, dass die Fälschung entdeckt wird.«

»Ja, das ist gut möglich«, meinte Kommissarin Schaller. »Aber wenn das Buch eine Fälschung ist, dann ist ja kein wirklicher Schaden entstanden. Da werden wir zwar zum Einbruch weiter ermitteln, aber nicht mit höchster Priorität.«

Kurze Zeit darauf klingelte das Telefon von Professorin Kamka. Ein Mitarbeiter des Labors meldete sich. »Wir haben erste Befunde der mikroskopischen Analyse der Papyrusstruktur. Die lassen vermuten, dass das Papier mehr als 1500 Jahre alt ist. Auch die verwendete Tinte hat nach der chromatografischen Untersuchung dieses Alter.«

Obwohl ihr gerade eigentlich positive Ergebnisse berichtet wurden, sagte Frau Kamka verstört: »Das kann doch nicht sein!«

»Wieso sagen Sie das? Zweifeln Sie an der Genauigkeit unserer Analyse?«, reagierte der Labormitarbeiter beleidigt.

»Nein, nein, entschuldigen Sie, so war das nicht gemeint«, beschwichtige die Professorin den Mann. »Ich habe nur festgestellt, dass in dem Dokument auch moderne Druckbuchstaben vorkommen. Könnte das alles eine Fälschung sein?«

Der Labormitarbeiter schwieg einen Moment und sagte dann: »Sie haben recht, darauf hatten wir gar nicht geachtet. Jetzt sehe ich das auch. Das ist wirklich seltsam. Da müssen wir wohl warten, bis die Ergebnisse der Radiokohlenstoffdatierung vorliegen. Das wird ungefähr eine Woche dauern.«

***

Als der Alte die beiden erblickte, fiel er unvermittelt auf die Knie. Seine knochigen Hände hoben ein Kreuz, das aus zwei schlichten Holzstäben gebunden war, in Richtung der Fremden, während er den Kopf gesenkt hielt. Seine Lippen formten Worte, die Andreas nur bruchstückhaft vernahm – alt, fremdartig, schwer verständlich. Doch ein Ausdruck drang durch: »Pax vobiscum.«

Laila blickte fragend zu Andreas. »Verstehst du, was er sagt?«, flüsterte sie, die Unsicherheit in ihrer Stimme war spürbar.

Andreas runzelte die Stirn, über die Worte sinnierend. »Es... es ist Latein«, murmelte er nachdenklich. »Aber nicht das Latein, das ich gewohnt bin zu hören. Seine Aussprache ist anders, archaisch. Er sagte: *Friede sei mit euch*. Auch seinen Namen hat er genannt: Jakobus. Er muss ein frommer Mann sein ... vielleicht ein Eremit.«

Dank seines Studiums und seiner beruflichen Erfahrung war Andreas mit Latein vertraut, doch die tiefe, fremde Klangfarbe des Mannes forderte seine ganze Konzentration. Er lauschte angestrengt, als der Alte erneut sprach, seine Stimme leise, aber fest.

»Er bittet uns, gnädig zu sein, und will wissen, wer wir sind und woher wir kommen«, übersetzte Andreas fast flüsternd. Mit einem schnellen Entschluss wandte er sich direkt an den Mann, die alten Floskeln mühsam aus dem Gedächtnis hervorrufend. »Der Herr sei mit dir«, sprach er feierlich und zeichnete das Kreuz über den knienden Mann. »Mein Name ist Andreas, und das ist Laila.«

Ein schüchternes freudiges Lächeln erhellte das verwitterte Gesicht des Alten, während Andreas ihm erklärte, dass sie Reisende seien, die sich verirrt hatten. »Wo sind wir hier?«, fragte er schließlich, in der Hoffnung auf eine Antwort, die etwas Licht in die surreale Begegnung bringen würde.

Der Eremit nickte langsam und musterte verwundert Andreas moderne Kleidung, während er jeden Blick zu Laila vermied. »Ihr seid im Land der Vangionen«, sagte er schließlich, »nahe der Hauptstadt Borbetomagus.«

Andreas Atem stockte für einen Moment. Er konnte kaum fassen, was er hörte: Borbetomagus war der alte keltische Name der Stadt Worms.

Er erklärte Laila, dass sie wohl immer noch in der Nähe von Worms seien, und stellte schnell die nächste Frage, die ihm auf der Seele brannte. »In welchem Jahr des Herrn leben wir?«

Der Alte verharrte in schweigendem Nachdenken, bevor er schließlich ein Stück Holz nahm und einige Buchstaben mit ruhiger Hand in den sandigen Boden ritzte: CDXL.

Andreas starrte auf die Zeichen, als ob sie eine unsichtbare Tür zu einer anderen Zeit aufgestoßen hätten. »Was heißt das?«, fragte Laila mit zitternder Stimme.

»Das bedeutet... wir sind im Jahr 440 nach Christus«, antwortete Andreas tonlos, seine Augen immer noch auf die eingeritzten Zeichen gerichtet, als könnte er die Zahl dadurch verschwinden lassen.

Laila schüttelte heftig den Kopf, ihre Hände zitterten, während ihr die unheimliche Erkenntnis bewußt wurde. »Das ist unmöglich.« Ein Schauer überlief ihren Körper, ihre Stimme hob sich vor Panik. »Was sollen wir tun?«

Auch Andreas war ratlos. Im ersten Moment nach dem Aufwachen hatte er noch an die Fernsehserie *Verstehen Sie Spaß* gedacht, in der arglose Menschen mit unvermuteten und unglaublichen Situationen konfrontiert werden. Aber angesichts der Veränderungen in der Umwelt hatte er diesen Gedanken schnell wieder verworfen. Als der Alte aus seiner Hütte gekommen war, war die Vermutung noch einmal kurz in ihm aufgeblitzt. Aber er wusste, dass ihre jetzige Situation unmöglich nur gespielt sein konnte.

»Lass uns erst einmal die Fakten zusammentragen, die unsere aktuelle Lage kennzeichnen«, begann er und sah auf seine Armbanduhr.

»Erstens: Wir sind in einer Umwelt, die sich innerhalb von ... zwei Stunden ... nicht so radikal verändern kann. Also sind wir nicht mehr an dem Ort, an dem wir vor dieser Zeit waren.« Ein

Blick auf Laila zeigte ihm, dass sie sich auf ihn und seine Gedanken zu konzentrieren begann.

»Zweitens: Wir sind auf einen Menschen gestoßen, der nach seinem Aussehen, seinen Lebensumständen und seiner Sprache nicht aus unserer Zeit stammt. Er sagt, dass wir das Jahr 440 nach Christus schreiben.«

»Ist das glaubwürdig?«, fragte Laila.

»Ob das Jahr 440 stimmt, können wir nicht beurteilen, aber dass es ewig lange vor unserer Zeit ist, das glaube ich«, bekräftigte Andreas seine Gedanken. »Was ist für dich die Schlußfolgerung aus diesen Fakten?«

Laila schwieg einen Moment in Gedanken, bevor sie zögernd antwortete. »Irgendwer oder irgendwas hat uns weit in die Vergangenheit geschleudert, anscheinend fast 1600 Jahre. Aber das heißt auch, dass wir geografisch immer noch an dem Ort sein können, wo wir vor 2 Stunden waren. Hat der Eremit nicht gesagt, wir wären in der Nähe von Worms?«

»Du hast recht. Das habe ich so nicht bedacht. Wir haben offenbar eine Zeitreise gemacht. Die Frage ist: Wie ist das passiert? Und gibt es eine Möglichkeit, das umzukehren?«

Laila schüttelte den Kopf. »Zeitreise, das ist doch ein Thema der Science Fiction. Ich kenne da nur den Roman *Ein Yankee aus Connecticut am Hof von König Artus*, von Mark Twain.«

»Wodurch ist der in die Vergangenheit geraten? Und kam er wieder zurück?«

»Wenn ich mich richtig erinnere, hat er einen Schlag auf den Schädel bekommen, der ihn in die Vergangenheit beförderte. Zurück kam er durch einen Zauber von Merlin.«

»So einen Zauberer haben wir nicht zur … . Bevor Andreas weiterreden konnte, tippte ihm Jakobus aufgeregt auf die Schulter, legte den Finger auf den Mund und signalisierte ihnen, sich flach auf den Boden hinter ein paar Felsbrocken und das Gebüsch vor ihnen zu drücken.

Auf der anderen Flussseite, fast dreihundert Meter entfernt, galoppierten zwei Reiter über das Ufer. Ihre Pferde peitschten durch den Schlamm, die Hufe versanken tief, doch sie schienen kaum langsamer zu werden.

Ein Mann flüchtete am Rand des Flusses vor den Reitern. Er zog einen kleinen Karren hinter sich her, den er losließ, um schneller zu sein. Die Schreie des Mannes hallten durch die Luft.

»Das sind Chuni. Sie jagen immer wieder die Menschen, bei denen sie glauben, etwas holen zu können«, flüsterte Jakobus. Seine Stimme war rau, seine Augen funkelten vor Wut und Entsetzen.

Laila verbiss sich einen Aufschrei. Die Reiter schossen gnadenlos ihre Pfeile ab, die scharfen Spitzen erreichten den Flüchtenden noch nicht, blieben aber schon im Karren stecken. Der Mann stürzte sich ins Wasser, wo er von der Strömung mitgerissen wurde. Er tauchte unter. Es war nicht zu erkennen, ob er getroffen worden war. Die Reiter schossen noch einige Pfeile in das Wasser, aber der Mann tauchte nicht mehr auf.

»Hoffentlich ist er entkommen«, sagte Andreas leise, während er seinen Blick nervös hin und her gleiten ließ. »Wir müssen hier weg. Wenn sie uns entdecken…«

Jakobus schüttelte den Kopf und legte die Hand auf Andreas Rücken. Jede Bewegung sei gefährlich, sollte das bedeuten. – ein falscher Schritt, ein Geräusch, und es würde ihnen genauso gehen wie dem, der auf der anderen Seite des Flusses gejagt wurde.

Andreas und Laila lagen wie gelähmt da, gefangen zwischen Angst und Mitleid. Sie hofften inständig, nicht gesehen zu werden, solange der Tod über das Land jagte. Sie erkannten, dass es keinen sicheren Ort für sie gab. Nicht hier, nicht jetzt, in dieser Zeit, in der sie gestrandet waren.

Es dauerte lange, bis Jakobus aufstand und so signalisierte, dass die Gefahr vorbei sei.

Als Jakobus das Entsetzen und die Angst in ihren Augen bemerkte, versuchte er sie zu beruhigen. Die Hunnen würden ihn, den frommen Einsiedler, seit Langem kennen und in Ruhe lassen. Möglicherweise respektierten sie ihn sogar, weil er so ein einsames und genügsames Leben führte. »Aber du und deine Frau«, machte er Andreas klar, »ihr bleibt besser unsichtbar, solange ihr hier seid. Sonst werden sie vielleicht neugierig. Und hinter jungen Frauen sind sie immer her«, sagte er mit einem kurzen, scheuen Blick auf Laila.

»Trotzdem«, sagte Laila zu Andreas, »lass uns weiter überlegen, was wir jetzt konkret tun wollen. Ich kann mir nicht vorstellen, den Rest meines Lebens unter den hier herrschenden Bedingungen zu verbringen.«

Andreas gab ihr recht. »Gut, das machen wir. Vorhin hast du davon gesprochen, dass der Yankee durch Merlin in seine Zeit zurückgezaubert wurde. Wir haben aber keinen Zauberer. Ich kenne auch einen Roman, in dem es einen Zeitreisenden gab: *Das Jesus-Video* von Andreas Eschbach. Dort ist ein Mensch durch eine nicht näher beschriebene Art Zeitfalle 2000 Jahre zurückversetzt worden, aber er ist nie mehr zurückgekommen.«

»Wenn es nicht so eine katastrophale Situation wäre, müsste ich lachen. Wir sind tatsächlich durch die Zeit gereist, und bis vor wenigen Stunden hätten wir beide jeden ausgelacht, der uns allen Ernstes erklärt hätte, dass es Zeitreisen wirklich gibt.« Bei Laila machte sich wieder Resignation bemerkbar.

»Ich glaube nicht, dass wir schnell eine realistische Lösung finden werden. Bevor wir uns endlos die Köpfe zerbrechen, lass uns erst etwas essen und dann ein wenig ausruhen. Dann überlegen wir weiter«, schlug Andreas vor.

Er sah Laila beschwörend an. Nach kurzem Nachdenken nahm sie seinen Vorschlag an. »Okay. Wir sollten aber das, was wir noch haben, mit Jakobus teilen.«

Sie nahmen das für die Mittagspause gekaufte Picknick aus ihren Rucksäcken und zeigten es Jakobus. Er machte große Augen, als er die schön gebackenen Brötchen, den Käse, die Salami, Gurken und Tomaten sah. Als sie ihm klar machten, dass er mit ihnen essen sollte, lud er sie in seine Hütte ein. Sie war relativ geräumig mit einem großen Lager aus sauberem Stroh, einer Bank an der Wand und einem Tisch davor. An der Wand gegenüber standen diverse Töpfe, Kannen und Körbe, daneben war ein kleiner Ofen aus gebrannten Lehmziegeln gebaut. Über einer Öffnung oben köchelte ein Brei aus irgendwelchen Körnern, daneben brutzelten zwei Fische auf einem Blech.

Sie legten das mitgebrachte Essen auf den Tisch. Jakobus stellte einfache Becher aus Keramik daneben, und eine Kanne mit Wasser.

»Ob man das trinken kann?«, fragte Laila.

»Das glaube ich schon, außerdem habe ich etwas zur Geschmacksverbesserung und zum Desinfizieren: Obstler«, sagte Andreas. Er zeigte ihr eine flache Edelstahlflasche. Laila schüttelte den Kopf. »Ich trinke keinen Schnaps, höchstens mal Wein«, sagte sie.

Auch Jakobus schüttelte verneinend den Kopf, nachdem er an der Flasche geschnuppert hatte.

In einer mühsam geführten Unterhaltung war Andreas bemüht, Jakobus ihre Situation zu erklären. Als er verstand, dass sie mehr als 1500 Jahre aus der Zukunft stammten, schlug er ein Kreuz, schüttelte heftig den Kopf und rief »Deus Magnus et Potens est.« Es war nicht klar, ob er ihnen glaubte oder nicht.

Nach dem Essen erklärte er, dass Laila und Andreas in der Hütte schlafen könnten, er würde sich draußen auf Strohballen unter einem kleinen Verschlag hinlegen.

»Ich werde natürlich auch draußen schlafen«, erklärte Andreas.

»Nein, ich will heute nicht allein sein«, rief Laila in einem Anflug von Panik. »Andreas, bleib bitte hier bei mir.«

»Gut, ich kann mir ja etwas Stroh auf den Boden packen«, stimmte Andreas zu.

Jakobus hatte wieder das kleine Holzkreuz in der Hand und zeigte wie zum Segen in ihre Richtung. Dann verließ er die Hütte.

Laila sank auf das Strohlager und hatte Mühe, die Tränen zurückzuhalten. »Andreas, ich habe Angst. Was passiert hier gerade mit uns?«, flüsterte sie mit zittriger Stimme.

Andreas ging es ähnlich. »Ich weiß auch nicht, wo mir der Kopf steht. Ich … .« Seine Stimme brach mit einem Schluchzen ab.

»Bitte, bitte, nimm mich in den Arm, ich möchte einen Menschen bei mir spüren«, sagte Laila leise.

Andreas legte vorsichtig seine Hand auf Lailas Arm. Beide zitterten, doch es war nicht die Kälte. Es war das Wissen, dass sie hier fremd waren, verloren und von der feindlichen Umgebung bedroht. Sie sahen sich in die Augen, und in diesem Moment erlebten sie ein stummes Einverständnis. Sie drückten sich fest aneinander, als ob sie sich dadurch stärker fühlen könnten. Es war die einzige Wärme, die sie spürten – ein kleiner Trost inmitten des Chaos.

Beide wussten, dass es keine Garantie gab, hier heil herauszukommen. Doch für diesen Moment fanden sie Halt in der Nähe des anderen. Sie atmeten im Einklang, lauschten den Geräuschen, und versuchten, durch die Verbindung zueinander wenigstens ein bisschen Ruhe in sich selbst zu finden.

Schließlich fielen sie in einen tiefen Schlummer.

***

Am Morgen wachte Laila wie gerädert auf. Die Schrecken des gestrigen Tages waren ihr sofort wieder bewußt, und damit stieg auch gleich die Angst wieder in ihr hoch. Wenn sie keine Möglichkeit zur Rückkehr in ihre Zeit fänden, wären sie wohl zum Tode verurteilt.

Sie registrierte, dass auch Andreas wach war. Er lag neben ihr, einen Arm auf ihre Schulter gelegt.

»Wir werden einen Ausweg finden«, flüsterte er. »Es gab einen Weg hierher, dann muss es auch einen Weg zurück geben.« Seine Hand streichelte sanft ihren Arm. »Nicht weinen, nicht den Mut verlieren.«

Er stand auf und zog sie hoch. »Komm, wir sehen nach unserem Gastgeber.« Noch bevor er die Tür erreichte, klopfte es. Jakobus hatte gehört, dass sie wach waren, und kam herein. Er fachte schweigend ein neues Feuer im Ofen an, stellte einen Krug mit Wasser darauf und warf eine Handvoll Kräuter hinein.

»Dürfen wir heute hier bei dir bleiben?«, wandte sich Andreas an ihn. Jakobus nickte und sagte: »ut dum voles.«

Laila sah Andreas an. Der kam ihrer Frage zuvor. »Ich habe darum gebeten, dass wir heute hierbleiben können, und er meinte, so lange wir wollen.«

»Wir sollten ihm anbieten, draußen nach etwas Essbarem zu suchen«, schlug Laila vor. Das entlockte Andreas ein freudiges Lächeln. »Das ist ein sehr praktischer Vorschlag«, sagte er, sichtlich erleichtert, dass Laila sich von ihren Ängsten nicht fesseln lassen wollte. »Aber ich habe leider keine Ahnung, was wir hier finden könnten.«

»Ich kenne mich etwas in der Pflanzenwelt aus, schließlich bin ich Biologie-Lehrerin.«

Andreas erklärte Jakobus ihr Vorhaben. Erschrocken wehrte Jakobus mit einem Wortschwall ab.

»Was sagt er«, wollte Laila wissen.

»Er hält das für keine gute Idee. Wir sollen hier drin bleiben, damit uns keine umherstreifenden Hunnen oder andere Krieger entdecken. Er sagt, er habe genug Vorräte. Er habe ausreichend Getreide, seine Hühner im Verschlag hinten würden Eier legen, und es gebe genug Fische.«

Inzwischen hatte Jakobus unter der Bank an der Wand eine kleine Truhe hervorgezogen. Er öffnete sie und winkte dann Andreas heran. In der Truhe lag ein Stapel Papier, der zwischen zwei dünnen Holzdeckeln befestigt war. »Mein Buch«, sagte Jakobus stolz.

Es waren Seiten aus Papyrus, die sorgsam mit schwarzer Tinte beschrieben waren.

»Wahnsinn«, rief Andreas sichtlich begeistert. »Ich kenne solche Schriften nur, wenn sie mehrere Hundert Jahre alt sind, und nun sehe ich eine in jungfräulichem Zustand.«

»Was uns wieder deutlich macht, was unser Problem ist«, erwiderte Laila nüchtern.

»Du hast recht, ich sollte mich bremsen. Wir müssen über Lösungen nachdenken, und nicht über diese Schriften, ob alt oder neu.«

Doch Laila wurde nachdenklich. »Vielleicht doch«, meinte sie. »Ich habe gerade gedacht….« Sie unterbrach. Dann sagte sie: »Du musst mich bremsen, wenn ich Unsinn rede.«

»Unsere Situation ist so verrückt, dass man kaum Unsinniges dazu von sich geben kann. Sag schon, was hast du gedacht.«

»Wir sind doch in die Vergangenheit gereist. Wo wir herkommen, ist es fast 1600 Jahre später. Könnte es nicht sein, dass dort gerade jetzt, oder vor Kurzem, oder auch in naher Zukunft, dieses Buch gefunden wird, das Jakobus hier hat?«

»Mensch Laila, das ist eine grandiose Idee«, rief Andreas begeistert aus. »Ich könnte etwas über uns in dieses Buch schreiben, einen Hilferuf. Vielleicht findet jemand eine Möglichkeit, uns zurückzuholen.«

Dann schüttelte er aber wieder resigniert dem Kopf. »Aber die Wahrscheinlichkeit ist minimal. Solche Bücher werden üblicherweise in Klöstern geschrieben und sorgfältig gepflegt. Wie soll das hier 1600 Jahre überdauern, bei einem Einsiedler in einer windschiefen Holzhütte, in dieser feuchten und sumpfigen Umgebung? Und selbst wenn es erhalten bleibt, ob es dann überhaupt gefunden wird?«

Aber Laila gab nicht nach. »Frage doch einfach Jakobus, warum er dieses Buch schreibt und was er damit vorhat?«

»Gut das mache ich«, willigte Andreas ein.

Jakobus hatte die ganze Zeit verständnislos, aber trotzdem geduldig ihren Disput verfolgt. Andreas erklärte ihm kurz, worum es dabei ging. Dann lies er sich von Jakobus den Inhalt seines Buches erklären.

»Es ist die Geschichte des Krieges zwischen den Burgundern und den Römern, die von Hunnen unterstützt wurden«, sagte Jakobus. »Der Krieg ist seit einiger Zeit vorbei, aber ich will, dass die Christenheit weiß, was da vorgefallen ist. Du kannst das Buch lesen, aber es ist noch nicht ganz fertig.«

Andreas übersetzte für Laila.

Und dann blitzte auf einmal ein Gedanke durch sein Hirn. Er klatschte sich auf die Stirn. »Da ist mir gerade etwas durch den Kopf gegangen. Aber nein, das ist zu verrückt.«

»Was ist verrückt?«, fragte Laila.

»Am Abend meiner Abreise habe ich in Worms einen Anruf meiner Professorin bekommen. Sie wollte, dass ich sofort meinen Urlaub abbreche und zurück an den Lehrstuhl komme.«

»Ich verstehe nicht....«

»Sie hat mich informiert, dass überraschend eine anscheinend mehr als 1500 Jahre alte Handschrift an einem ganz ungewöhnlichen Ort aufgetaucht sei. Ich solle sie bei der Analyse der Handschrift unterstützen. Ich habe abgelehnt, weil ich der Meinung war, nach den Semesterferien sei auch noch Zeit dafür.«

»Denkst du etwa, das könnte dieses Buch sein, an dem Jakobus gerade arbeitet?«

»Das könnte doch sein. Ist es nicht eigenartig, dass ich gerade dann 1600 Jahre in die Vergangenheit katapultiert werde, wenn eine Handschrift aus dieser Zeit auftaucht?«

»Ach, du glaubst, dass da eine höhere Macht wirksam ist?«, fragte Laila ironisch. »Und wieso sollte diese Macht gerade dich in die Vergangenheit zu diesem Buch schicken? Und mich dazu?«

»Ich bin einer der Spezialisten, die sich an der Universität mit solchen alten Schinken beschäftigen, sie analysieren und auswerten.«

»Ich wusste zwar, dass du irgendwo an der Uni arbeitest, aber nicht, was du da konkret machst. Jetzt verstehe ich auch, weshalb du so begeistert warst, als du das Material von Jakobus gesehen hast. Aber zurück zu unserer Situation: Was hilft uns der Gedanke, dass unsere Zeitreise und das Auftauchen dieser Handschrift etwas miteinander zu tun haben könnten?«

»Vielleicht sind wir hier, damit ich etwas in dieses Buch schreibe. Und wenn ich das erledigt habe, werden wir möglicherweise wieder zurück in unsere Zeit kommen.«

»Ein frommer Wunsch, allein mir fehlt der Glaube. Aber solange wir keine bessere Idee haben, solltest du das machen«, stimmte Laila zu.

Als Andreas Jakobus fragte, ob er auch etwas in das Buch schreiben dürfe, antwortete dieser zustimmend: »Das ist schön, ich habe gehofft, dass du mich fragst. Euer Erscheinen hier kommt mir wie ein Akt der Vorsehung vor, denn ihr seid ganz gewiss ein Teil der Geschichte dieses Ortes.«

Er gab Andreas ein Blatt Papyrus und holte einen Krug seiner selbst angesetzten Tinte aus einem Loch im Lehmboden in einer Ecke seiner Hütte. Andreas sah zu Laila, die sichtlich mit dem beißenden Geruch der Tinte kämpfte. »Lass uns einen Moment nach draußen gehen und überlegen, was ich schreiben soll«, sagte er.

Laila nickte erleichtert.

Draußen sprach Andreas weiter. »Ich habe leider noch keine Idee, wie ich anfangen soll. Ich kann doch nicht einfach schreiben, dass wir 1600 Jahre in die Vergangenheit gefallen sind und die Leser dieser Handschrift bitten, uns zurückzuholen.« Er wirkte ratlos.

»Warum nicht?«, fragte Laila.

»Ich weiß nicht. Würdest du das ernst nehmen, wenn du das lesen würdest? Ich würde denken, da hat sich jemand eine Science-Fiction Story ausgedacht und mit Unterstützung von künstlicher Intelligenz ein verdammt echt aussehendes Buch daraus gemacht.«

»Und wenn du einfach unsere Namen und das Datum schreibst, an dem wir aus unserer Welt verschwunden sind? Wir brauchen doch das Thema Zeitreise gar nicht erwähnen. Irgendjemand wird uns doch vermissen und nach uns suchen lassen?«

Andreas schüttelte zweifelnd den Kopf. »Ich würde denken, dass sich da ein Pärchen gefunden hat, das aus seinem bisherigen Leben ausgestiegen und untergetaucht ist. Die liegen wahrscheinlich auf dem Grund des Rheins. Oder sie leben jetzt vielleicht auf einer schönen einsamen Insel in der Karibik. Das sind erwachsene Menschen, die sich unabhängig und frei für ihre Zukunft entschieden haben.«

Sie sahen sich ratlos an. »Los, fantasieren wir weiter«, versuchte Andreas wieder, sie beide anzukurbeln.

Laila hatte die nächste Idee. »Du hast gesagt, dass das Buch eine Art Geschichtsbuch ist, über den Krieg zwischen den Burgundern und den Römern. Kannst du nicht etwas beisteuern, was die Menschen in unserer Zeit so nicht wissen können, was absolut neu für sie ist?«

»Die Idee gefällt mir. Ich frage Jakobus nach ein paar Ereignissen aus dem Krieg. Da gibt es sicher einiges, was den Historikern unserer Zeit unbekannt ist.« Andreas sprang auf und eilte in die Hütte zu Jakobus. Schon nach wenigen Minuten kam er wieder zurück.

»Ich hab's.« Er war ganz begeistert. »Die Historiker unserer Zeit glauben, dass der letzte Burgunderkönig Gundahar in der Schlacht 435/436 gefallen ist. Jakobus sagt aber, er habe überlebt, sei geflohen und erst im letzten Jahr gefangen worden. Die Römer hätten ihn dann erschlagen und sein Schiff ganz in der Nähe von Jakobus Hütte im Rhein versenkt.«

»Ich bin mir jetzt nicht mehr sicher, dass so eine bisher unbekannte Information wirklich hilfreich ist«, sagte Laila. »Ich hatte zwar den Gedanken, aber ich habe leider keine Idee, wie das funktionieren könnte.« Sie schien wieder zu resignieren.

»Das geht. Ich schreibe das, lateinisch, ganz im Stil von Jakobus.«

»Und wie sollen die Menschen, die das möglicherweise in der Zukunft finden und lesen, auf die Idee kommen, dass da jemand in die Vergangenheit geraten ist und Hilfe braucht?«

»Ich schreibe das zwar im Stil von Jakobus, aber in moderner Schrift. Experten werden das merken und erst glauben, dass das eine Fälschung ist. Aber sie werden nachforschen, wie dieser von der normalen Unzial-Schrift abweichende Text in das Buch geraten ist.«

»Würden die das nicht auch machen, wenn da unsere Namen geschrieben wären?«, rief Laila.

»Ich glaube nicht. Sie kennen meinen Namen und würden eher denken, dass jemand meinen Ruf als Wissenschaftler ausnutzt, um seine Fälschung echt aussehen zu lassen. In meinem Plan aber werden einfach nur wissenschaftliche, nachprüfbare Fakten berichtet. Man wird den Widerspruch zwischen Alter und benutzter Schrift registrieren. Deshalb wird man das Papier und die Tinte analysieren und merken, dass beides echt antik ist. Also wird man nachforschen, wie dieser Widerspruch entstanden sein könnte. Und die einzige Erklärung dafür ist: Zeitreise.«

»Laila schien überzeugt. »Gut, wenn du glaubst, dass das funktioniert, dann mache es so.«

Andreas arbeitete den Rest des Tages, bis es dunkel wurde. Zufrieden legte er dann die Schreibfeder zurück. »Jetzt weiß ich erst wirklich, was die Menschen in der Vergangenheit beim Schreiben ihrer umfangreichen Bücher geleistet haben. Ich bin ganz geschafft, und das waren nur zwei Seiten.«

Das von ihm benutzte Blatt war ein in der Mitte gefaltetes Doppelblatt, von dem er nur die Vor- und Rückseite der ersten Hälfte beschrieben hatte. Auf der zweiten Hälfte waren die Silhouetten der sorgsam abgeschabten Buchstaben einer früheren Beschriftung noch ganz schwach zu erkennen.

Anfangs hatte Laila Andreas geduldig zugesehen, aber dann war sie nur noch still und nachdenklich dagesessen. Jetzt rutschte sie etwas aufgeregt auf der Bank hin und her. »Du, ich habe nachgedacht. Mir ist etwas eingefallen, was für uns interessant sein könnte«, wandte sie sich schließlich zu Andreas.

»Was ist das?«

»Ich erinnere mich doch noch an ein anderes Buch, in dem Zeitreisen eine Rolle spielen. Kennst du die Bücher von Diana Gabaldon?«

»Nein, kenne ich nicht. Was ist damit?«

»Dort reist die Protagonistin durch einen mystischen uralten Steinkreis in die Vergangenheit. Im Buch wird die Meinung zitiert, dass man angeblich an genau dieser Stelle wieder zurück in die Zukunft kommt, also in seine ursprüngliche Zeit.«

Andreas blickte Laila verständnislos an. »Wieso ist das für uns interessant?«

»Erinnerst du dich an den Platz, an dem wir uns zur Rast hingesetzt haben, an dem wir eingeschlafen und dann 1600 Jahre vor unserer Zeit aufgewacht sind?«

»Ja, ich erinnere mich. Aber was ist dort?«

»Das war auch ein Steinkreis. Mehrere Felsbrocken lagen da rum, ich glaube, annähernd kreisförmig. Wir haben uns an die angelehnt und sind eingeschlafen.« Laila sah sehr nachdenklich aus.

»Das war ein Steinkreis? Ist mir nicht aufgefallen. Du meinst also, das wäre so ein seltsamer Ort, von dem wir auch wieder zurückkommen?«

Laila nickte energisch. »Zumindest versuchen könnten wir es. Ich bin sicher, wir finden die Stelle wieder.

»Ich bin skeptisch. Das Buch dieser Autorin ist nur ein Roman. Das mit dem Steinkreis ist mit Sicherheit nur erfunden und kein Tatsachenbericht. Aber du hast recht. Wir haben ja nichts zu verlieren«, stimmte Andreas zu. »Es ist einen Versuch wert, das machen wir gleich morgen früh.«

Am Abend gab es wieder gebratenen Fisch, der von Jakobus mit vielen Kräutern gewürzt wurde. Andreas probierte erst vorsichtig, aß aber dann mit sichtlichem Wohlbehagen. »Das schmeckt sehr gut, obwohl ein wenig mehr Salz nicht schlecht wäre«, sagte er.

Laila lachte. »Ißt du sonst stark gesalzen? Das ist ungesund. Wenn wir zurück sind, solltest du dir das abgewöhnen.«

Andreas wurde sofort wieder ernst. »Je nachdem, wie das hier ausgeht, ist das möglicherweise irrelevant für uns.«

Auch Lailas Lächeln verschwand von ihrem Gesicht. Schweigend aßen sie weiter.

Jakobus hatte den Stimmungsumschwung bemerkt. Er stand auf, faltete die Hände und sprach ein Gebet. Dann senkte er den Kopf, deutete mit einer Handbewegung an, dass er ihnen wieder die Hütte überlassen wollte, und ging hinaus.

»Das tut mir leid, was ich gesagt habe, ich wollte dir keine Angst einjagen«, erklärte Andreas betreten.

»Nein, das braucht dir doch nicht leidzutun. Ich hätte mehr an das hier und jetzt denken sollen, und nicht meine Rolle als Lehrerin spielen dürfen.«

Sie schwiegen und blickten beide verlegen zu Boden. Nach einiger Zeit fragte Laila: »Das war wohl ein Gebet von Jakobus, ich habe nur das Amen verstanden. Was hat er gesagt?«

»Er hat uns Gottes Segen gewünscht und dass wir auf Gott vertrauen sollten, er würde uns nicht im Stich lassen.«

Laila stand auf, ging zu Andreas und schlang ihre Arme fest um ihn. »Ja, wir dürfen die Hoffnung nicht aufgeben. Ich bin so froh, dass du hier bei mir bist. Halt mich bitte fest.«

Eng umschlungen sanken sie auf das Strohlager. »Auch ich brauche dich. Nichts soll uns trennen«, murmelte Andreas. Nach kurzer Zeit waren sie eingeschlafen.

***

Am Morgen übergab Andreas den auf Vor- und Rückseite einer Blatthälfte beschriebenen Papyrus an Jakobus. Der betrachtete es verwundert und fragte. »Was sind das für Buchstaben? Wer kann das Lesen?«

»Das ist die Schrift der Zeit, aus der wir kommen«, erklärte Andreas. »Bitte nimm das Blatt in dein Buch auf.«

Jakobus nickte. »Ja, das mache ich. Es ist nun fast fertig. Ich werde nur noch die zwei von dir nicht beschrifteten Seiten füllen.«

»Was wirst du dann damit machen?«, wollte Andreas wissen.

»In ein paar Tagen breche ich nach Altenmünster auf. Dort gibt es eine Bruderschaft, die eine Andachtsstätte für Pilger betreibt. Sie haben ein aus Stein gebautes Gotteshaus, in dem viele Bücher aufbewahrt werden. Da wird es seinen Platz finden und das Wissen über unsere Zeit an die nächsten Generationen weitergeben. Wollt ihr mich nach Altenmünsterbegleiten?«

Andreas überlegte einen Moment. Altenmünster? Das war doch der Ort, in dessen Nähe später im Mittelalter das berühmte Kloster Lorsch existierte. Er freute sich über diese Information, denn dadurch stieg ein klein wenig die Wahrscheinlichkeit, dass das Buch von Jakobus die 1600 Jahre bis in ihre Zeit überdauern würde.

Aber natürlich würden sie nicht mit nach Altenmünster aufbrechen. »Nein Jakobus, wir können nicht mit dir gehen. Wir wollen versuchen, an dem Ort in unsere Zeit zurückzukehren, an dem wir hier angekommen sind.«

»Das ist schade«, sagte Jakobus bedauernd. »Wir könnten noch so viel voneinander lernen. Ich weiß noch gar nichts von eurer Zeit und eurem Leben. Aber ich verstehe, dass ihr zurückwollt. Wann werdet ihr gehen?«

»Noch heute«, sagte Andreas. »Genau gesagt, jetzt gleich.«

»So bald schon? Aber wenn ihr die Pforte in eure Zeit zurück nicht findet, dann kommt wieder hierher zu mir. Mit Gottes Hilfe werdet ihr hier weiter in Frieden leben können. Ich werde auf jeden Fall für euch beten.«

Jakobus machte das Zeichen des Kreuzes über ihnen und zog sich ohne weitere Worte in seine Hütte zurück.

»Was für ein Segen für uns, dass wir Jakobus getroffen haben«, sagte Laila. »Er verkörpert für mich die Hoffnung, dass alles wieder gut wird.«

»Du hast recht, ich weiß nicht, was wir ohne ihn hätten machen können. Wahrscheinlich wären wir Hunnen in die Hände gefallen und wären schon tot. Wenn es mit unserer Rückkehr nicht klappt, sollten wir wirklich mit ihm nach Altenmünster gehen. Aber jetzt lass uns aufbrechen und diesen Steinkreis suchen. Es wäre sicher gut, wenn wir noch bei Tageslicht dahin kommen.«

Laila nahm ihr Handy aus ihrem Rucksack und überprüfte den Ladestatus. »Die Batterie ist ziemlich am Ende, aber vielleicht reicht es noch, um wenigstens für kurze Zeit Licht zu machen.«

»Hoffentlich hat mein Handy noch genügend Power für den Kompass«, sagte Andreas. Nach einer schnellen Prüfung nickte er erleichtert. »Das reicht noch für ein paar Stunden, wenn ich es immer nur kurz zur Orientierung einschalte.«

Sie machten sich auf den Weg durch den dichten Wald, ohne sich noch einmal umzudrehen. Andreas hatte das Smartphone in der Hand, schaltete es immer wieder ein und versuchte, möglichst auf einer geraden Linie nach Süden zu bleiben. Aber wie bei ihrer Ankunft mussten sie häufig die Richtung ändern, weil das Gelände den direkten Weg nicht zuließ.

»Sind wir noch richtig?«, fragte Laila immer, wenn sie ein Stück nach rechts oder links gegangen waren.

Als sie ungefähr zwei Stunden unterwegs waren, sagte Andreas: »Wenn mich meine Erinnerung nicht täuscht, müssten wir allmählich in die Gegend kommen, wo diese Felsbrocken liegen. Ich schlage vor, du gehst hier in einem kleinen Bogen nach links und ich nach rechts, um die Stelle zu finden.«

Laila sah Andreas einen Moment verunsichert an und meinte dann: »OK, aber wir sollten in Rufweite bleiben, ich möchte dich nicht verlieren.«

Andreas nahm sie in den Arm, küsste sie sanft und sagte: »Ich will dich auch nicht verlieren, nie mehr.«

Sie trennten sich und drangen durch das Gebüsch, wie sie es besprochen hatten. Es waren noch keine zwei Minuten vergangen, als Andreas das Schnauben eines Pferdes vernahm. Erschrocken blieb er stehen und lauschte. Dann hörte er Laila entsetzt schreien. Es war nicht weit weg. In großen Sprüngen brach er durch die Büsche in Richtung der Schreie. Ein Pferd hielt neben Laila. Darauf saß ein Mann, ein Krieger mit einem kurzen Schwert an der Seite. Er hatte Laila im Genick an ihrer Jacke gepackt und versuchte, die sich heftig Wehrende vor sich auf das Pferd zu ziehen.

In wenigen Sätzen war Andreas auf der anderen Seite neben dem Reiter. Er ergriff mit der rechten Hand die Zehen und mit der Linken das Knie des Kriegers. Als er mit einer starken ruckartigen Bewegung die Zehen des Mannes nach außen drehte und das Knie gegen den Pferdekörper drückte, war das Knirschen des Kniegelenkes und das Reisen der Bänder zu hören.

Laut schreiend stürzte der Reiter neben Andreas vom Pferd. Andreas sprang mit ausgestreckten Beinen auf seinen Brustkorb, um ihn außer Gefecht zu setzen. Doch der Mann hatte sein kurzes Schwert gezogen und traf ihn in der Wade. Er trug einen tiefen Schnitt davon. Andreas stürzte, aber der fremde Krieger war nicht mehr in der Lage, das auszunutzen, denn Andreas Sprung auf seinen Oberkörper hatte ihm das Genick gebrochen.

Das Pferd war mittlerweile davon galoppiert. Andreas schleppte sich mit schmerzverzerrtem Gesicht zu Laila, die reglos dalag, die Schultern auf einem Felsen. Anscheinend war sie gestürzt und mit dem Kopf aufgeschlagen, als der Reiter sie losließ. Er beugte sich über sie und erkannte wieder den seltsamen Ausdruck ihres Gesichts, den er schon einmal bemerkt hatte: Ihre Augen waren weit offen und starrten, als ob sie etwas ganz Ungewöhnliches sehen würde. »Laila, nimm mich mit, lass mich nicht alleine hier«, rief er mit vor Entsetzen und Angst krächzender Stimme. Er berührte ihr Gesicht mit beiden Händen. Dann war es wieder da, dieses friedliche, tief entspannte Gefühl.

***

Herbert Mair runzelte die Stirn, als sich sein Vater telefonisch bei ihm meldete. Normalerweise bedeutete das, dass er etwas Unangenehmes mit ihm besprechen wollte: Zum Beispiel, dass er eine neue, eher lästige oder unangenehme Aufgabe für ihn hatte, oder dass er ihn wegen irgendwelcher Fehler kritisieren wollte. Er war auf etwas dieser Art gefasst und reagierte überrascht, als sein Vater fragte, ob er nicht Lust habe, am Abend mit ihm Essen zu gehen. In einem seiner Lieblingsrestaurants habe ein neuer, sehr berühmter Spitzenkoch angeheuert, und den wolle er gerne testen.

Axel Mair war ein erfolgreicher Unternehmer, der Beteiligungen an mehreren Buch- und Zeitschriftenverlagen hielt. Bei einigen war er sogar alleiniger Eigentümer.

Sein Sohn Herbert war nach dem Abitur als sein Assistent eingestellt worden. »Du brauchst kein Studium, aus dir wird auch ohne etwas. Bei mir lernst du alles, was nötig ist, um Geld zu verdienen«, hatte er ihm garantiert.

Herbert hatte sich zunächst gefreut. Kein endloses Büffeln irgendwelcher Lernstoffe, kein Prüfungsstress. Aber schnell hatte er gemerkt, dass auch die von seinem Vater vorgesehene Laufbahn kein Zuckerschlecken war. Sein natürlicher Hang zur Faulheit und die Ansprüche seines Vaters passten nicht zueinander.

»Und was willst du wirklich von mir? Du lädst mich doch nicht ohne einen Hintergedanken zum Essen in einem Nobelrestaurant ein«, versuchte Herbert, seinen Vater aus der Reserve zu locken.

»Klar will ich etwas. Du weißt, dass keine meiner Handlungen Selbstzweck ist. Ich erzähle dir heute Abend, worum es geht. Sei um 20 Uhr am Eingang unseres Hauses.«

Pünktlich stand Herbert vor der Tür, und schon fuhr die Luxuslimousine seines Vaters vor. Der Chauffeur stieg aus und öffnete die Türen. Herberts Vater trat aus dem Haus. Er stieg ein und rief »Herbert, brauchst du eine Extraeinladung, steig ein.«

Herbert folgte der Aufforderung, und schon fuhr der Wagen los. Axel Mair schwieg. Herbert wusste, dass es keinen Sinn hatte, seinen Vater zu fragen, worum es ging. Er würde die Katze dann aus dem Sack lassen, wenn es ihm vernünftig erschien.

Schon nach dem Aperitif war es soweit. »Du hast doch diesen Freund, der an der Uni historische Hilfswissenschaften studiert.«

Ein Schreck durchzuckte Herbert. Hatte sein Vater etwas von der nächtlichen Aktion von ihm und Klaus Beko erfahren? Würde er ihn deswegen wieder mit Kritik und beißendem Spott überziehen? Aber nein, wie sollte er. Niemand konnte wissen, dass sie die Handschrift beschädigt hatten.

»Ja, warum fragst du?«, wollte er wissen.

Doch sein Vater ging auf diese Frage nicht ein.

»Kennst du nicht auch Luca Toblach, die hübsche Tochter meines Rechtsanwalts?«, fuhr er fort.

»Ja, die kenne ich. Eine attraktive Frau«, bestätigte sein Sohn.

»Schlag dir die aus dem Kopf, die ist eine Nummer zu groß für dich, aber das ist ein anderes Thema.«

Klar, sein Vater versuchte wieder mal, ihn zurechtzustutzen. Aber er ließ sich nicht provozieren. »Und worum geht es dir?«

»Luca hat in der Hinterlassenschaft ihres Großvaters eine uralte Handschrift gefunden, angeblich mehr als 1500 Jahre alt.«

Wieder war dieser Schreck da. Wusste sein Vater doch von ihrem Abenteuer? Aber Herbert blieb äußerlich gelassen. »Ich habe davon gehört. Und woher weist du das?«

»Das ist eigentlich unwichtig, aber es ist auch kein Geheimnis: Ihr Vater hat es mir erzählt. Aktuell ist diese Handschrift wohl an der Uni, bei einer Professorin Kamka.«

Herbert freute sich, dass er hier seinem Vater demonstrieren konnte, wie gut er im schlussfolgernden Denken war. Vielleicht gab es sogar mal eine der extrem seltenen Anerkennungen. »Aha, deswegen interessierst du dich für Klaus Beko. Er soll dir helfen, etwas über diese Handschrift herauszufinden.«

»Na, vielleicht wird ja doch noch etwas aus dir«, tat ihm sein Vater den Gefallen, aber schränkte sein Lob gleich wieder ein. »Das war aber auch nicht schwer zu erraten.«

»Was versprichst du dir davon?«, fragte Herbert.

»Du siehst wohl nicht, welche Chancen in diesem Fund liegen.« Axel Mair schüttelte den Kopf. »Denk doch mal nach: Eine Handschrift, ca. 1500 Jahre alt. Nachdem sie hier gefunden wurde, stammt sie vermutlich aus der Region. Schon mal was vom Nibelungenlied gehört?«

»Deutsche Dichtung, verfasst im 12. Jahrhundert. Eine Sage«, antwortete Herbert.

Mair nickte. »Erstaunlich, dass du das weißt. Wie ist es mit der historischen Basis dieser Sage?«, setzte er die Prüfung fort.

»Kampf des Burgunderkönigs Gundahar gegen die Römer und Hunnen, beendet ca. 436 mit der Niederlage der Burgunder.«

»Vielleicht ist der Umgang mit diesem Freund von dir… wie heißt er nochmal gleich?«

»Klaus Beko«, half Herbert seinem Vater auf die Sprünge.

»Sag ich doch, der ist anscheinend ganz gut für dich. Jedenfalls, in dieser neuen Handschrift könnte doch etwas über den Schatz der Nibelungen stehen. Wenn ja, möchte ich das möglichst früh wissen. Dein Freund könnte in diesem Fall dabei helfen, den Schatz zu finden. Du kannst ihm eine saftige Belohnung versprechen.«

»Was ist in diesem Fall saftig?«

»Na ja, der Nibelungenhort, der ist schon was wert, sicher einige Millionen. Wenn ich in die Schatzsuche investiere und erfolgreich bin, könnte ich ihm möglicherweise tausend Euro abgeben. Für so einen armen Schlucker ist das eine Menge Geld.«

Herbert nickte grinsend. »Zehn tausend wären besser.«

»Erst einmal müssen wir wissen, ob da etwas über den Schatz drinsteht, und wenn ja: wo er ist. Meinetwegen kannst du ihm zweitausend bieten, wenn er mir die richtige Information liefert.«

»Klaus wird sich freuen. Mach den Betrag schon mal locker«, sagte Herbert triumphierend. Aber am liebsten hätte er sich gleich auf die Zunge gebissen, weil ihm diese Bemerkung so spontan und unüberlegt rausgerutscht war.

»Ich sagte, wenn er die richtige Information liefert. Anscheinend weißt du etwas darüber. Dann mal raus mit der Sprache.«

Herbert überlegte nur kurz. Er wußte, dass sein Vater ihm mit Sanktionen drohen würde, wenn er etwas verschwieg. Er hatte manchmal das zusätzlich zu seinem Gehalt bezahlte Taschengeld gekürzt, wenn er etwas durchsetzen wollte.

»Klaus hat mir die Handschrift gezeigt, da steht wirklich etwas über den Nibelungenschatz drin. Zumindest kann man das so interpretieren«, schränkte er die Aussage gleich wieder ein.

»Du kennst die Handschrift, weißt, was da drin steht, und bist nicht gleich zu mir gekommen? Und was meinst du mit interpretieren? Steht da etwas drin oder nicht?«

Herbert war sicher, dass sein Vater vor Wut ausrasten würde, wenn er die Zerstörung der Handschrift beichten würde, deshalb drehte er die Reihenfolge der Ereignisse um. »Die Schrift war sehr undeutlich und vergilbt, deshalb haben wir die entsprechenden Passagen mit einer hochempfindlichen Videokamera aufgenommen. Da kann man einiges ganz gut erkennen. Die Originalseite mit der relevanten Aussage habe ich dann unkenntlich gemacht. Wir wollen doch nicht, dass uns jemand zuvorkommt.«

»Soviel Weitsicht hätte ich dir wirklich nicht zugetraut, aber du scheinst dich zu entwickeln. Wir holen nach dem Essen die Aufnahme gleich bei dir ab. Hat dein Freund auch ein Exemplar?«

»Nein, ich habe das Video auf seinem PC gleich gelöscht und die SD-Karte mit der Aufnahme wieder eingesteckt. Hier ist sie«, sagte Herbert grinsend, holte den Datenträger aus der Hosentasche und gab ihn seinem Vater.

Mit offenem Mund schaute Axel Mair seinen Sohn an. Wie kann es sein, dass ich bisher so ein unzureichendes – nein – unzutreffendes Bild von den Fähigkeiten meines Sohnes hatte, fragte er sich. Das hätte ich selbst nicht besser arrangieren können. »Kompliment«, lobte er Herbert, »das hast du super gemacht. Jetzt trinken wir erst ein Glas Champagner, und dann genießen wir das Menü. Danach kommst du mit mir nach Hause und erklärst mir, was auf dem Video zu sehen ist.«

Hoffentlich beschränkt sich seine Anerkennung nicht nur auf ein paar hohle Worte und den Champagner, dachte Herbert. Aber er schwieg.

***

Flüsternde Stimmen schreckten Andreas auf. Wer war das? Ein Krieger? Aber er hatte nicht nur einen gehört. Ein furchtsamer Gedanke durchfuhr ihn. Wo war Laila? Sie war gestürzt. Er sprang auf. Ein stechender Schmerz in der rechten Wade ließ ihn zusammenzucken. Aber er würde Laila verteidigen, und wenn es ihn selbst das Leben kosten würde.

»Du, der Penner ist aufgewacht«, rief jemand. »Lass uns abhauen.« Eilige Schritte entfernten sich.

Was war das für eine Sprache? Mühsam bewegte sich Andreas vorwärts. Sein Blick fiel auf ihre Fahrräder, die mit geöffneten Packtaschen neben einem Baum standen. Wäsche war herausgerissen und achtlos auf den Boden geworfen.

Andreas schüttelte den Kopf. Waren sie zurück? Hatte es wirklich geklappt mit der Reise durch den Steinkreis? Er drehte sich um. Wo war Laila?

Sie lag auf dem Boden, neben einem der großen Gesteinsbrocken. Mein Gott, dachte er, hoffentlich ist ihr nichts passiert. Mühsam humpelte er zu ihr. Ein Glück, sie regte sich.

Stöhnend richtete sie sich auf. »Einfach schrecklich, ich hatte einen fürchterlichen Albtraum«, sagte sie.

Dann sah sie an sich herab und registrierte den Überwurf aus sackartigem Stoff, den sie von Jakobus erhalten hatte, um ihren eng anliegenden Radfahrer-Dress zu kaschieren.

»Was ist das denn?«, rief sie. Dann fiel ihr Blick auf Andreas, der ebenfalls so einen Überwurf trug. »Das war kein Traum«, entfuhr es ihr entsetzt, »wir waren wirklich dort.«

Stöhnend ließ sich Andreas neben Laila nieder, fasste sie an der Hand und streichelte sie. »Wir waren weg, aber wir sind wieder da, wieder in unserer Welt. Ich bin so glücklich.«

»He, du bist ja verletzt«, sagte Laila, als sie den tiefen Schnitt am immer noch blutenden Bein von Andreas sah. »Das sieht ganz heftig aus. Ich werde das mal verbinden, dann musst du schnell ärztlich versorgt werden, nicht, dass du eine Blutvergiftung oder Schlimmeres bekommst. Wie ist das denn passiert?«

»Das war der Typ, der dich auf sein Pferd zerren und entführen wollte. Aber ich habe ihn davon abhalten können. Leider hat er mich dabei mit seinem Schwert erwischt.«

»Mein Gott, bin ich froh, dass du mich retten konntest. Aber zu welchem Preis. Das ist eine ziemlich böse Wunde.« Nach einem kurzen nachdenklichen Schweigen fragte sie: »Und was ist mit dem Mann?«

Andreas überlegte kurz, was er sagen sollte. »Das willst du gar nicht so genau wissen. Vielleicht hat er sich das Genick gebrochen, als er vom Pferd stürzte. Aber das war vor 1600 Jahren, das braucht uns heute nicht zu kümmern.«

Laila beugte sich zu Andreas und küsste ihn sanft. »Du hast mein Leben gerettet, oder mir ein noch schlimmeres Schicksal erspart. Wie kann ich das jemals wieder gut machen?«

»Du könntest diese Säcke, in die wir gehüllt sind, von uns nehmen und irgendwo verstecken. Wir sehen leider auch dann noch nicht wirklich vertrauenerweckend aus, und unser Geruch .... Aber zuerst rufe bitte den Notarzt, ich glaube nicht, dass ich mit dem Rad fahren kann.«

Laila nickte. »Du hast recht. Mein Handy müsste ja noch gehen, ich habe es auf unserem Weg nicht gebraucht.«

Tatsächlich zeigte ihr Handy noch einen ausreichenden Batteriestatus und auch ein erreichbares Netz. Sie wählte die 112.

Als sie verbunden war, schilderte sie die Situation. »Mein Partner ist mit dem Fahrrad gestürzt und hat eine tiefe, stark blutende Wunde an der Wade. Er kann nicht gehen oder radfahren.«

»Ist er ansprechbar, bei Bewusstsein?«

»Ja.«

»Gut. Versuchen Sie, die Blutung zu stoppen. Drücken Sie ein Tuch, ein Hemd oder irgendeinen anderen Stoff kräftig auf die Wunde, bis wir kommen. Sie müssen uns nur sagen, wo Sie sind.«

Andreas hatte, während Laila anrief, sein Handy aus dem Rucksack genommen und die Navigationsapp aktiviert. Er hielt Laila das Handy entgegen und zeigte auf das Display.

Laila las vor: »Naturpark Kühkopf-Knoblochsaue, GPS 49.82481 und 8.45788.«

»Das ist ja perfekt, dass Sie sogar die Koordinaten haben. Ich sehe, dass wir da nicht mit einem Fahrzeug hinkommen. Ein Hubschrauber wird Ihren Partner holen.«

Während Laila mit dem Mann vom Notruf sprach und ihre und Andreas persönliche Daten durchgab, hatte Andreas das Datum und die Uhrzeit vom Handy gelesen. »Das ist interessant«, sagte er zu Laila, als sie ihr Handy ausgeschaltet hatte. »Wir waren am 15. Juli um die Mittagszeit hier, und dann zwei Tage in der Vergangenheit. Wir haben jetzt den 17. Juli, kurz vor zwei Uhr, also ist auch hier genau die gleiche Zeit vergangen.«

Laila schaute Andreas nachdenklich an. »Glaubst du, dass wir gefragt werden, was wir in diesen zwei Tagen gemacht haben. Wir sollten uns auf jeden Fall eine plausible Story ausdenken.«

»Du hast recht. Ich sehe gerade, dass Professorin Kamka mehrfach versucht hat, mich anzurufen. Da werde ich mich nachher gleich zurückmelden. Aber eine Story zu den zwei Tagen: Hast du eine Idee, was wir gemacht haben könnten?«

Laila kicherte. »Was hältst du davon: Wir wollten einfach mal ausprobieren, wie das so ist mit dem ursprünglichen Leben, ohne all die modernen Errungenschaften unseres Zeitalters. Deshalb haben wir zwei Tage einfach so im Wald verbracht, auf dem Boden geschlafen und von Beeren und Wurzeln gelebt.«

»Ob uns das jemand abnimmt?«, fragte Andreas. »Eine etwas plausiblere Variante wäre, dass wir gezeltet haben. In meiner Packtasche am Rad müsste ein kleines Zelt sein, das auch für zwei Personen reicht. Hol das doch bitte und packe es aus. Zieh es einmal kräftig hier über das Gras und die Erde, ein klein wenig Verschmutzung würde das durchaus glaubwürdig machen.«

Laila musste schon wieder kichern. »Dir war unser gemeinsames Strohlager wohl nicht eng genug, da muss es schon ein Minizelt sein.« Dann wurde sie wieder ernst. »Ist es nicht seltsam, wie vertraut miteinander wir in nur zwei Tagen geworden sind? Mir kommt es vor, als wären wir auf einer ewig lang andauernden gemeinsamen Reise gewesen.«

»Die Reise war auch lang: 1600 Jahre, hin und wieder zurück. Über einen Aspekt dieser Reise bin ich aber sehr dankbar: Ich habe dich kennengelernt, und das macht mich glücklich.«

Bevor Laila etwas erwidern konnte, sprach Andreas weiter: »Aber unsere Reise durch die Zeit sollten wir für uns behalten, wer weiß, welche Folgen das sonst für uns hätte.«

In diesem Moment läutete sein Handy. »Das ist die Professorin, ich nehme das mal an.«

Aus dem Telefon kam eine Salve vieler hektischer und laut gesprochener Sätze, unter denen … *versuche seit Ewigkeiten, dich zu erreichen* … und … *warum meldest du dich denn nicht* … zu erkennen waren.

Andreas wartete geduldig und nutzte dann eine Pause im Wortschwall. »Katrin, ich war in einer handyfreien Zone und bin erst jetzt wieder zurück.«

»Dann komme so schnell wie möglich. Hier ist eingebrochen worden, und mit der Handschrift von neulich ist einiges nicht in Ordnung. Ich brauche dich, niemand wird den Zustand so kompetent wie du beurteilen können.«

»Bei einem so massiven Kompliment würde ich natürlich am liebsten sofort zu dir eilen«, antwortete Andreas mit leichter Ironie, »ich habe nur ein neues Problem: Ich hatte einen kleinen Unfall und muss erst ins Krankenhaus. Ich melde mich am Abend, wenn ich untersucht worden bin. Dann kann ich sicher sagen, wann ich wieder einsatzbereit bin.«

»Das ist ja schrecklich. Ich hoffe für dich, dass dir nichts Schlimmes passiert ist, und drücke dir auf jeden Fall beide Daumen. Ich freue mich auf deinen Anruf heute Abend, auch wenn es sehr spät werden sollte.«

Inzwischen war in einiger Entfernung schon das Geräusch des sich nähernden Hubschraubers zu hören. »Katrin, da kommt jetzt der Helikopter, der mich abtransportieren soll. Bis dann, ich melde mich.« Andreas beendete das Gespräch und wandte sich an Laila. »Das war Frau Kamka. Ich denke, sie hat ein ernsthaftes Problem und will mich deswegen unbedingt sprechen. Kannst du dir bitte ihre Nummer notieren und sie informieren, dass ich mich dann morgen früh melde, wenn ich heute Abend zu müde bin und schon schlafe?

»Klar, das mache ich. Jetzt lass dich zuerst richtig versorgen und werde gesund. Ich möchte dich als gesunden Partner an meiner Seite haben.« Dann ergänzte sie mit leichtem Lächeln, aber auch fragendem Blick: »Wenn ich eine Chance gegen deine Chefin habe. Immerhin seid ihr schon per du.«

Andreas lachte auf. »Das sollte ich mir wirklich überlegen. Sie ist ja nur zwanzig Jahre älter als ich.«

Als der Hubschrauber gelandet war, wurde Andreas hineingetragen und von einem Notarzt versorgt. Laila durfte mit ihren beiden Rucksäcken ebenfalls einsteigen. »Die Fahrräder werden wir morgen oder übermorgen sicherstellen«, sagte der Pilot. »Jetzt zunächst zur ärztlichen Versorgung. Sie wohnen beide in Heidelberg, wir bringen Ihren Partner dort in die Uni-Klinik. Wie der Doc festgestellt hat, ist die Verletzung nicht so gefährlich, dass eine sofortige OP nötig wäre.«

***

Am Tag, nachdem er mit seinem Sohn Herbert die Videoaufnahme angesehen hatte, rief Axel Mair gleich morgens beim Nibelungenmuseum in Worms an. Herbert hatte ihm die Textabschnitte gezeigt, die Klaus Beko erkannt und übersetzt hatte. Die Übersetzungen hielt er für glaubwürdig, da sein Sohn ihm erklärt hatte, dass sein Freund sehr ernsthaft und mit großem Erfolg das Fach historische Grundwissenschaften studiere. Er habe schon einige mit der Note sehr gut bewertete Abschlussklausuren von Beko gesehen. Und in Latein sei er schon in der Schule mit Abstand der Klassenprimus gewesen.

Der Verleger wurde sofort zum Leiter des Museums durchgestellt, nachdem er seinen Namen genannt und erklärt hatte, er wolle dem Museum ein großzügiges Angebot machen.

»Guten Tag, Herr Mair. Mein Name ist Egon Schütze. Ich bin der aktuelle Geschäftsführer des Nibelungenmuseums. Es ehrt Sie, dass Sie als einer der renommiertesten Verleger in Deutschland unserem Museum eine großzügige Spende zukommen lassen wollen. Sie wissen sicher, dass es um unsere Finanzen nicht so gut steht, da wir umfangreiche Sanierungen an unserem Gebäude durchführen müssen. Die sind wesentlich teurer als ursprünglich veranschlagt. Ihre Hilfe wird den Ruf unserer Institution als wichtiger Kulturträger festigen.«

Axel Mair musste innerlich grinsen. Der würde Augen machen, wenn er feststellen würde, dass er kein Geld erhalten, sondern im Gegenteil etwas bezahlen sollte. »Über mein Angebot würde ich gern mit Ihnen vertraulich und unter vier Augen sprechen. Das soll nicht öffentlich werden und gleich die Spekulationen in den Medien und sozialen Netzwerken anheizen. Ich schlage vor, wir treffen uns in unserem Verlagsgebäude in Worms. Wann passt es Ihnen am besten?«

Erwartungsgemäß hatte der Museumsdirektor noch am selben Tag Zeit. »Gut, ich lasse Sie um 15 Uhr von meinem Chauffeur am Museum abholen. Ich freue mich auf unser Gespräch.«

Als der Museumsdirektor Schütze pünktlich zur vereinbarten Zeit aus der Pforte des Nibelungenmuseums trat, stand schon die große Limousine von Axel Mair bereit. Neben der an der Rücksitzbank geöffneten Wagentür stand ein Mann in dunklem Anzug und einer Schirmmütze auf dem Kopf: »Herr Direktor Schütze, ich begrüße Sie im Namen von Herrn Mair. Bitte steigen Sie ein, ich habe die Ehre, Sie zum Büro des Chefs bringen zu dürfen.«

Nach einer kurzen Fahrstrecke von ungefähr fünf Minuten hielt der Wagen vor einem nüchtern wirkenden Bürogebäude. An der Eingangstür gab es eine schlichte Aluminiumtafel mit der Aufschrift *Mair Verlagsgesellschaft*. Der Chauffeur blickte in das Objektiv der audiovisuellen Gegensprechanlage und sagte: »Ich bringe Herrn Direktor Schütze zur Besprechung.« Die Tür öffnete sich. Im Inneren stand schon ein Lift bereit, der sie nach oben brachte.

Axel Mair stand in der Tür und streckte dem Museumsdirektor die rechte Hand entgegen. »Herzlich willkommen, Herr Schütze. Ich bin Axel Mair. Ich freue mich, dass Sie so kurzfristig für mich Zeit haben. Bitte treten Sie ein.« Er begleitete seinen Gast in einen zweckmäßig eingerichteten großen Büroraum. Seitlich zum Fenster stand ein großer Schreibtisch, daneben ein Aktenschrank mit geschlossenen Türen. In einer gegenüber dem Fenster befindlichen großen Nische gab es einen Besprechungstisch mit sechs Stühlen. »Nehmen Sie Platz. Die Stühle sehen zwar sehr futuristisch aus, sind aber wirklich sehr bequem, skandinavisches Design eben. Was darf ich Ihnen zu trinken anbieten: Kaffee, Tee, Wasser?«

Einen Kaffee nehme ich gerne, danke.«

»Einfachen Kaffee, Cappuccino, Espresso?«

Egon Schütze entschied sich für einen Cappuccino.

»Sie sind sicher neugierig, was ich Ihnen anbieten will«, begann Axel Mair. Bevor der Museumsdirektor antworten konnte, fuhr Mair schon fort. »Darauf komme ich gleich zu sprechen. Aber vorher möchte ich Sie bitten, mir eine Frage zu beantworten, die mich als Verleger und Publizist schon immer interessiert hat. Ich hoffe, dass Sie mir darauf antworten dürfen.«

Schütze lachte. »Fragen Sie. Ich habe kein Wissen über Staatsgeheimnisse, also darf ich Ihnen fast jede Frage beantworten. Und falls nicht, werde ich das auch sagen.«

»Nun, ich hoffe, meine Frage ist eigentlich einfach«, begann Axel Mair. »Es geht um den Nibelungenhort. Gibt es den tatsächlich? Sie als Leiter des Nibelungenmuseums haben dazu sicher eine realistische Einschätzung.«

»Diese Frage ist aber nicht einfach, ... oder doch. Ich gebe Ihnen jedenfalls eine einfache Antwort: Kein Mensch weiß, ob es den Schatz der Nibelungen wirklich gibt. Warum fragen Sie?«

»Darauf komme ich gleich. Aber angenommen, der Schatz würde existieren, was wäre der Wert? Ich meine den ideellen Wert des historisch bedeutsamen Fundes. Und natürlich auch den materiellen Wert.«

Schütze schüttelte den Kopf. Worauf wollte der Medienmogul hinaus? Wollte er ihn auffordern, eine neue Suche nach dem Nibelungenhort anzuregen? Wollte er etwa so eine Suche finanzieren? Er konnte sich aber nicht vorstellen, dass ein erfolgreicher Geschäftsmann wie Mair sich solchen Gehirngespinsten hingab. Aber interessant war die Spekulation trotzdem. Er würde zunächst einmal mitspielen.

»Eine Original-Münze des Liberty Dollar von 1794 wurde meines Wissens vor einigen Jahren für fast acht Millionen Dollar versteigert. Da müsste man bei dem sagenumwobenen Goldschatz der Nibelungen vielleicht mit fünfzig Millionen Euro rechnen. Obwohl wir natürlich keine Ahnung haben, wie umfangreich der Hort sein könnte, falls es ihn wirklich geben sollte«, sagte er und fixierte Mair. »Aber jetzt mal raus mit der Sprache: Worum geht es Ihnen? Ich ging davon aus, dass Sie mir ein großzügiges Angebot für eine Spende machen wollten.«

»Darauf komme ich gleich. Mal angenommen, ich finde den Schatz, und er ist tatsächlich 50 Millionen Euro Wert. Was bekomme ich dann als Finderlohn?«

Jetzt musste Schütze laut lachen. »Sie sind ein Witzbold. Na ja, nehmen wir einmal an, Sie hätten etwas gefunden. Dann bekämen Sie wirklich einen Finderlohn, wahrscheinlich aber deutlich weniger, als Sie sich ausrechnen. Die entsprechende Vorschrift bei uns in Rheinland-Pfalz sieht einen Finderlohn für Schatzfunde im Rahmen der verfügbaren Mittel des Landeshaushalts vor. Wenn Sie die Mittel des Landeshaushalts realistisch einschätzen, können sie sich vielleicht den Finderlohn ausrechnen.«

»Wollen Sie mir damit sagen, dass es sich für den Finder des Nibelungenschatzes nicht lohnen würde, ihn zu bergen?«, fragte Mair.

Inzwischen war sich der Museumsdirektor sicher, dass Axel Mair nicht vorhatte, dem Nibelungenmuseum etwas zu spenden. Es ging ihm offensichtlich um den Nibelungenhort. Wollte er ihm weismachen, er hätte den Nibelungenhort gefunden? Glaubte er womöglich, er könne mit dieser absurden Idee etwas für sich oder sein Medienimperium herausschlagen?

»Nun erklären Sie mir doch endlich, was Sie von mir wollen«, sagte er mit ärgerlichem Tonfall.«

»Gut. Ich sehe, dass ich Ihre Geduld mit meiner Fragerei wirklich zu lange strapaziert habe. Ich mache es kurz: Ich habe eine absolut sichere Information, in welcher Gegend der Hort der Nibelungen versteckt ist. Ich möchte klären, ob es sinnvoll ist, dieses Wissen preiszugeben. Ich könnte auch Geld für Maßnahmen zur Bergung des Schatzes bereitstellen. Aber, wie gesagt, es muss sich lohnen.«

»Wieso kommen Sie mit diesen Fragen zu mir? Ich bin nicht der richtige Ansprechpartner für Sie«, erklärte Schütze.

»Sie sind der Leiter des Nibelungenmuseums, und damit sollten Sie doch für alles zuständig sein, was die Nibelungen betrifft. Die Bedeutung Ihres Museums würde enorm gesteigert, wenn hier der Schatz der Nibelungen ausgestellt würde.«

Schütze schüttelte den Kopf. »Träger des Museums ist die Stadt Worms, und für finanzielle Aspekte von übergeordneten Themen müssen Sie sich an das Ministerium der Finanzen von Rheinland-Pfalz wenden. Ich kann Ihnen nur einen kostenlosen

Rat geben: In den historischen Wissenschaften ist man sich einig, dass die Nibelungensage auf einem Mythos beruht, insbesondere, was den Nibelungenhort betrifft. Sie werden niemanden finden, der Ihnen Ihr Märchen von dem gefundenen Schatz abkauft. Man wird nur über Sie lachen und denken, dass Ihre Sinne ganz offensichtlich von den in Ihrem Imperium publizierten Fantasyromanen verwirrt wurden. Und man würde genauso über mich lachen, wenn ich so ein absurdes Vorhaben unterstützen würde.«

Mair erhob sich aus seinem Stuhl, fixierte seinen Gesprächspartner und schüttelte ärgerlich grinsend den Kopf. »Damit ist unsere Unterredung wohl beendet. Ich bin mir ziemlich sicher, dass man Ihnen in Kürze vorwerfen wird, eine einmalige Chance zur Bergung des Nibelungenhorts nicht genutzt zu haben.« Mair verließ grußlos den Raum. Die Tür ließ er offen.

Auch der Museumsdirektor stand auf und ging auf den Flur. Niemand ließ sich blicken. Nach kurzem Zögern ging er ins Treppenhaus und fuhr mit dem Lift nach unten. Weder die Limousine von Mair noch sein Chauffeur waren zu sehen. Verärgert über diese Behandlung machte sich Schütze zu Fuß auf den Weg in das Museum.

Später rief Axel Mair bei seinem Sohn Herbert an. Er erklärte ihm, der Direktor des Nibelungenmuseums habe sich geweigert, etwas zur Suche und Bergung des Nibelungenhorts zu unternehmen. Nach dessen Meinung sei das ein Hirngespinst. Er forderte Herbert auf, sich noch mal mit seinem Freund zu treffen. Er solle noch genauere Informationen aus ihm herauskitzeln. Mair wollte möglichst den exakten Wortlaut wissen, der in dieser Handschrift stehe. Sicher könne man das dann auch von irgendwelchen Experten beurteilen lassen.

***

Herbert Mair war sicher, dass Klaus stinksauer reagieren würde, wenn er ihm gestand, dass er seinen Vater über die Handschrift informiert hatte. Aber da musste er wohl durch. Er griff zum

Telefon und wählte den Anschluss von Klaus. Genau in dem Augenblick, als Klaus sich meldete, hatte er eine Idee, wie er sich rechtfertigen konnte. »Du, mein Vater hat mitgekriegt, dass wir neulich seine Profi-Kamera ausgeliehen hatten. Ich habe sie wohl nicht genau an der Stelle zurückgelegt, wo sie vorher war.«

»Mir schwant Unheil, wenn ich das von dir höre. Hast du ihm etwa erzählt, was wir gemacht haben?«

»Er hat mich einem peinlichen Verhör unterzogen. Wollte wissen, wozu ich die Kamera gebraucht habe, ob ich Pornos drehe, zweifelhafte Videos ins Internet hochlade, und so weiter. Ich bin kaum zum Luftholen gekommen und war am Ende so durcheinander und nervös, dass ich mich schließlich verraten habe.«

Klaus Beko dachte nach. Der Verleger Mair hatte den Ruf, im Umgang mit Mitarbeitern und Autoren nicht wählerisch zu sein, wenn er ein Geschäft für einen seiner Verlage in Gefahr sah, oder wenn sein guter Ruf auf dem Spiel stand. Ob er mit einem Familienmitglied, seinem Sohn, in so einem Fall rücksichtsvoll umgehen würde? Aber halt, bremste er seinen Gedankengang in diese Richtung. Der alte Mair würde Herbert sicher nicht an die Polizei verraten, denn auch das wäre seinem Ruf nicht zuträglich. Doch schon durchzuckte ihn ein neuer Schrecken. Wenn die beiden die Beschädigung der Handschrift als sein Werk darstellen würden? Herbert könnte behaupten, er habe ihm die Kamera geliehen, ohne zu wissen, was er damit vorhabe. Ich muss zuerst einmal herausfinden, was genau er ihm erzählt hat, überlegte er.

»Mensch ich fass es nicht. Du armer Kerl warst so durcheinander. Willst du mich auf den Arm nehmen? Wie kann man nur so blöd sein! Was genau hast du verraten?«, wollte er wissen.

»Na, dass wir diese Handschrift angesehen haben, weil wir dachten, da könnte etwas über den Schatz der Nibelungen drinstehen. Und das stimmt ja auch.«

»Dein Vater hat dir hoffentlich gesagt, dass du eine blühende Fantasie hast, dass du Unsinn redest.«

Nun nahm die Stimme von Herbert einen triumphierenden Tonfall an. »Nein, er war sofort begeistert und hat gesagt, dass er den Schatz bergen will. Du und ich, wir werden dann eine tolle Belohnung erhalten, wenn das Gold gefunden ist.«

»Aber ich habe dir doch gesagt, dass das mit dem Schatz der Nibelungen eine sehr gewagte Interpretation ist. Es gibt keinerlei konkreten Beleg dafür, dass das stimmt. Und selbst wenn meine Versuche, die Schrift anhand der Videoaufnahmen zu entziffern und den Text zu verstehen, richtig wären: Die Seiten sind zerstört, sie sind nicht mehr lesbar. Es gibt keinen Beweis. Dein Vater müsste eigentlich wissen, dass er aufgrund bloßer Spekulationen nie eine Genehmigung bekommen wird, auf Schatzsuche zu gehen.«

»Die Seiten sind zerstört, das stimmt«, sagte Herbert. Dann klang seine Stimme aber wieder sehr zufrieden. »Es gibt aber die Videoaufnahmen.«

Nun war Klaus völlig entsetzt. »Wir haben doch die Datei von meinem PC entfernt. Hast du etwa die SD-Karte nicht gelöscht?«

»Nein, auf der Karte ist noch alles drauf.«

»Dann lösche sofort alles«, schrie Klaus ins Telefon. »Sofort, alles.«

»Geht nicht, die Karte hat mein Vater.«

Klaus verschlug es fast die Sprache, aber nur für einen Moment. Dann fauchte er: »Dann sag ihm, dass er die Karte in die Tonne stampfen soll, bevor sie bei ihm gefunden wird und sein Sohn wegen Einbruch vor den Kadi kommt. Auf dem Teil sind ja schließlich auch deine Fingerabdrücke.« Da Herbert darauf schwieg, fuhr Klaus in etwas ruhigerem Ton fort: »Übrigens, die Datei ist sowieso nichts wert. Die Handschrift ist eine Fälschung.«

»Wieso eine Fälschung? Wer behauptet das?«

»Das pfeifen inzwischen an der Uni alle Spatzen von den Dächern. Mindestens eine Seite in dem Buch ist mit modernen Druckbuchstaben geschrieben. Das kann unmöglich 1000 Jahre oder noch älter sein. Die Schrift war übrigens auch mir in dem Video gleich aufgefallen.«

Nun war Herbert an der Reihe, wütend zu reagieren. »Du hast das gleich gemerkt und mir nichts gesagt? Wieso? Wolltest du mich lächerlich machen?«

»Nein, ich habe dir gleich gesagt, dass deine Interpretation Unsinn ist. Wie hättest du reagiert, wenn ich das mit der Schrift gesagt hätte? Du hättest gedacht, dass das nur ein Vorwand von mir ist, um dir die Idee mit dem Nibelungenschatz auszureden.«

Herberts Ärger hatte sich noch nicht gelegt. »Wenn du mich richtig informiert hättest, wäre mir die Peinlichkeit erspart geblieben, das jetzt meinem Vater erklären zu müssen. Und ich dachte, du wärst ein Freund. So kann man sich irren.«

»Du musst deinem Vater ja nicht sagen, dass ich das schon gleich bemerkt habe«, versuchte Klaus, dem Freund eine Brücke zu bauen. »Ich weiß, dass erste Analysen zeigen, dass der Papyrus und die Tinte der Handschrift wahrscheinlich mehr als 1500 Jahre alt sind. Man kann nur nicht erklären, wie die modernen Buchstaben dazu passen. Am wahrscheinlichsten ist wohl, dass alles gefälscht ist.«

»Oder ein Mensch aus der Neuzeit ist in die Vergangenheit geraten und hat das in seiner gewohnten Art dazu geschrieben.« In Herberts Stimme war schon wieder die Freude zu spüren, dass seine Idee vom Nibelungenhort noch nicht endgültig vom Tisch war. Er beendete das Gespräch mit Klaus mit der kurzen Ausrede, dass er jetzt noch einen Termin habe.

Dann rief er sofort seinen Vater an. Er erklärte ihm den Widerspruch zwischen dem offensichtlichen Alter der Handschrift und der modernen Schrift. Natürlich verschwieg er dabei, dass seinem Freund diese Ungereimtheit schon beim ersten Betrachten des Videos aufgefallen war. Da sein Vater zu dieser Information keinerlei Kommentar abgab, befürchtete Herbert eine weitere Standpauke. Deshalb beeilte er sich, seine Hypothese vom Zeitreisenden zu berichten. Auch das hörte sein Vater erstaunlich ruhig an. Und dann die Überraschung: Sein Vater hielt das für durchaus möglich. Sein Vater, der sachlich nüchterne, nur an der Vermehrung seines Vermögens interessierte glaubte, dass Zeitreisen möglich seien. Er hatte in dieser Sache auch gleich einen konkreten Auftrag. In einem seiner Verlage würden die Romane des erfolgreichsten Science-Fiction Autors in Deutschland publiziert. Der habe einmal einen Roman geschrieben, in dem ein Zeitreisender Videos von Jesus gedreht hatte. Er solle diesen Schriftsteller in seinem Auftrag anrufen und über die Realisierungsmöglichkeiten von Zeitreisen ausfragen. Wenn nötig, könne er ihm auch ein Honorar für seine Beratung anbieten. Auf Herberts Frage nach dem Namen des Autors sagte sein Vater, der sei ihm nicht geläufig, aber er könne ja den Verlagsleiter anrufen und sich die Kontaktdaten geben lassen. Typisch für den Alten, dachte Herbert, die Namen seiner besten Autoren interessieren ihn nicht, solange sie nur etwas einbrachten.

***

Herbert war nicht wohl bei dem Gedanken, wie sein Vater reagieren würde, wenn er ihm von dem Gespräch berichten würde, das er gerade mit dem Science-Fiction Autor geführt hatte. Er war nach einigem Hin und Her tatsächlich mit dem Schriftsteller verbunden worden. Die einschmeichelnde Eröffnung des Gesprächs, dass es eine Ehre sei, mit dem berühmten Autor reden zu dürfen, hatte der Mann am anderen Ende der Leitung kommentarlos angehört und dann nüchtern gefragt: »Worum geht es? Weshalb wollen Sie mich so dringend sprechen?«

Herbert Mair hatte in Absprache mit seinem Vater eine kurze Story vorbereitet, die ihr Anliegen einigermaßen konkret beschreiben sollte, ohne allzu viele Details zu verraten.

»Einem der Verlage meines Vaters ist ein Buch angeboten worden, das nach der Beschaffenheit des Papiers und der verwendeten Druckfarbe mehrere Hundert Jahre alt sein müsste. Aber es wurde in einer modernen Schrift geschrieben. Die von uns eingeschalteten Wissenschaftler sehen keine Möglichkeit, diesen Widerspruch aufzulösen.«

»Und denkt Ihr Vater etwa, dass ich das kann?«

»Nein, er will kein weiteres wissenschaftliches Gutachten. Aber Sie als Science-Fiction Autor haben ein solches Phänomen einmal beschrieben: Ein moderner Gegenstand ist irgendwie weit vor seiner Zeit aufgetaucht.«

»Ach, Sie reden von meinem Roman *Das Jesus-Video*. Was hat das mit Ihrem Problem zu tun?«

Herbert war froh, dass das Gespräch so schnell zum Thema kam. »Wir vermuten, dass da jemand so wie in Ihrem Roman durch die Zeit in die Vergangenheit geraten ist. Dort hat er dann das Buch geschrieben.«

Ein prustendes Lachen war zu hören. »Wie kommen Sie auf so einen abstrusen Gedanken? Das Jesus-Video ist Science Fiction, kein Tatsachenbericht. Wollen Sie etwa von mir hören, was ich von Ihrer Idee als Entwurf für einen neuen Roman halte?«

»Nein, nein, das ist keine Romanidee. Der von mir geschilderte Sachverhalt existiert wirklich. Zwei Seiten eines nachweislich mehrere Hundert Jahre alten Buches wurden in einer modernen, damals noch nicht bekannten Schrift geschrieben. Wir vermuten einen Zeitreisenden als Urheber. Uns interessiert Ihre Meinung zum Thema Zeitreise: Sie haben sich intensiv damit beschäftigt und wissen sicher, ob und wie Zeitreisen möglich sind.«

»Nein, weiß ich nicht. Ist Ihnen schon mal jemand aus der Vergangenheit oder der Zukunft begegnet? Mir jedenfalls noch nicht. Ich bin Science-Fiction Autor. Der Begriff *Science* ist mit *Fiction* kombiniert. Was Fiction bedeutet, das wissen Sie hoffentlich: Märchen oder freie Erfindung. Ob Zeitreisen möglich sind oder nicht, das recherchieren Sie am besten selbst im Internet. Es gibt jede Menge Seiten zu diesem Thema.« Der Autor beendete das Gespräch mit einem ironischen »Und nun wünsche ich Ihnen viel Erfolg bei der Recherche.«

Die Idee mit der Recherche ist gar nicht so schlecht, dachte Herbert. Das hätte ich gleich machen sollen. Er setzte sich an seinen PC und gab als Suchbegriff *Zeitreisen wissenschaftlich* ein. Relativ schnell stieß er auf den Wikipedia-Artikel mit dem Titel *Zeitreise*. Der schien ihm auch für einen Laien einigermaßen verständlich zu sein. Er fasste die seiner Meinung nach wesentlichen Aussagen für seinen Vater schriftlich so zusammen, wie er sie verstanden hatte. Dazu schrieb er noch einen kurzen Absatz, wie Science-Fiction Autoren in ihren Büchern Zeitreisen geschildert hatten.

1. Die Relativitätstheorie von Albert Einstein sagt, dass eine Reise in die Zukunft prinzipiell möglich ist. Fliegt man mit einem Raumschiff mit annähernder Lichtgeschwindigkeit von der Erde weg, ist bei einer späteren Rückkehr auf der Erde mehr Zeit verflossen als an Bord des Raumschiffs. Man ist dann also in der Zukunft. Allerdings gab es bisher anscheinend nur einen Versuch, bei der ein Raumschiff ca. zwei Nanosekunden in die Zukunft geflogen war. Das theoretische Prinzip ist mit heutiger Technologie nicht realisierbar, wenn man etwas weitere Reisen in die Zukunft machen will.

2. Reisen in die Vergangenheit sind nach derzeitigem Stand der Wissenschaft nicht möglich. Es gibt zwar umstrittene Theorien, dass es doch möglich sein könnte, jedoch sei das durch Menschen aus heutiger Sicht nicht realisierbar.

3. Fazit: Es gibt keine wissenschaftlich gesicherte Methode, um Zeitreisen zu ermöglichen. Deswegen hier noch eine kurze, unvoll-

ständige Fassung literarischer Zeitreisemethoden. Es werden immer wieder Zeitmaschinen erwähnt, deren Wirkungsmechanismen aber nie konkret beschrieben werden. Manchmal funktioniert die Zeitreise durch Magie oder mystische Kräfte, aber auch hierbei ist praktisch nie nachvollziehbar, wie oder warum das funktioniert. Ein anderer Ansatz ist die Einwirkung von Gewalt, wenn z. B. bei Mark Twain ein heftiger Schlag auf den Kopf seines Protagonisten zu dessen Reise in die Vergangenheit führt.

Die Datei mit den drei inhaltlichen Schwerpunkten schickte er als Anhang mit einer E-Mail an seinen Vater. Der meldete sich kurz darauf am Telefon.

»Das, was du mir da geschrieben hast, das hat alles dieser Schriftsteller verzapft? Hätte einem Menschen mit so einer eigentlich ausschweifenden Fantasie gar nicht zugetraut, das Thema so knapp auf den Punkt zu bringen. So kann man sich irren.«

»Die Informationen stammen nicht von ihm, das habe ich selbst recherchiert«, sagte Herbert mit stolzer Stimme.

»Du? Alle Achtung, du entwickelst dich. Und was sagt der Autor zum Thema?«

»Der hat mich ausgelacht. Er habe noch nie eine Person aus der Vergangenheit oder Zukunft getroffen. Er kenne auch niemanden, der Derartiges erlebt hat. Damit wollte er sagen, dass es nach seiner Meinung Zeitreisen nicht gibt. Leider wird diese Ansicht durch meine Recherche bestätigt.«

»Ja. Dann ist es sicher, dass die Handschrift oder zumindest die uns interessierende Passage gefälscht ist. Schade, damit muss ich wohl die Idee aufgeben, den Nibelungenschatz zu finden. Aber halte mich auf dem Laufenden, wenn du von deinem Freund etwas Neues zu der Handschrift hörst.«

***

Als Professorin Kamka den Bericht des Labors mit dem Ergebnis der Radiokarbondatierung der Handschrift erhielt, war sie nicht wirklich überrascht. Schon die mikroskopische Analyse der Papyrusstruktur und die chromatografische Untersuchung der Tinte hatten gezeigt, dass das Buch höchstwahrscheinlich mehr als 1500 Jahre alt war. Nun wurde das durch die Radiokarbondatierung bestätigt.

Sie griff zum Telefon und rief in dem Labor an, das die C14-Datierung durchgeführt hatte. »Ist die Festlegung des Alters auf 1550 Plusminus fünfzig Jahre wirklich als sicher anzusehen? Das gilt sowohl für Papyrus als auch für Tinte?«, wollte sie noch einmal hören, obwohl das genauso im Untersuchungsprotokoll stand.

»Wir haben ja zum Papyrus geschrieben, dass der möglicherweise sogar noch hundert Jahre älter sein kann, aber auf keinen Fall jünger«, erklärte der Untersuchungsleiter des Labors geduldig. Es war ihm klar, dass die Professorin wegen des offensichtlichen Widerspruchs zwischen dem Ergebnis der Altersbestimmung und der neuzeitlich wirkenden Schrift verunsichert war.

»Und das gilt auch für die modernen Buchstaben?«

»Auch da stimmt das Ergebnis. Und um Ihrer möglichen Frage zuvorzukommen: Wir haben sehr sorgfältig auf mögliche Kontaminierungen geachtet. Es gibt keine. Wir haben auch an verschiedenen Stellen Proben zur Analyse entnommen. Das Resultat unserer Untersuchung ist zweifelsfrei, mehr als 99 Prozent sicher. Allerdings gibt es eine Sache, die nicht ganz in Ordnung ist.«

»Was ist das?«, fragte die Professorin alarmiert.

»Wir haben auf der Schatulle der Handschrift DNA-Spuren entdeckt. Da sind Hautschuppen, die erst vor Kurzem dort hin gekommen sein können. Aus der Antike hätten nur knöcherne Partikel bis heute überlebt. Die Spuren könnten zum Beispiel von einer Person sein, die einen Vorrat an echter Tinte aus der fraglichen Zeit besitzt. Damit hätte sie vielleicht Text mit der modernen Schrift auf den alten Papyrus schreiben können.«

»Vielleicht. Aber das können auch Spuren vom ehemaligen Besitzer der Handschrift sein, oder von der Frau, die das Kästchen gefunden hat. Auch die Menschen, die in mein Büro eingestiegen sind und die Handschrift so mißhandelt haben, könnten die Urheber sein.«

Die Professorin bedankte sich beim Laborleiter für die gründliche Untersuchung und den Bericht. Dann überlegte sie: Der Befund mit den DNA-Spuren hatte sie auf den Gedanken gebracht, die im Fall des Einbruchs ermittelnde Polizeibehörde darauf aufmerksam zu machen. Die könnten von den bisher beteiligten Personen Proben entnehmen und mit der DNA auf der Handschrift vergleichen. Sie zögerte nicht und rief gleich die Kommissarin an, die nach dem Einbruch in ihr Büro die Ermittlungen aufgenommen hatte.

Sie hatte Glück, die Kriminalbeamtin war gleich am Apparat. »Kriminalkommissarin Schaller«, meldete sie sich.

Frau Kamka schilderte ihr die Situation. »Ich hatte Sie ja schon informiert, dass Zweifel aufkamen, ob die Handschrift wirklich so alt ist wie anfangs angenommen. Nun hat unser Labor festgestellt, dass die Handschrift zweifelsfrei mehr als 1500 Jahre alt sein muss. Nach dem heutigen Kenntnisstand scheint es unmöglich zu sein, so etwas zu fälschen. Wie das mit der anderen, modernen Schrift zusammenpasst, ist uns immer noch ein Rätsel. Auf den untersuchten Seiten und dem Kistchen zur Aufbewahrung wurden auch DNA-Spuren gefunden, die aus unserer Zeit stammen müssen, da das Ausgangsmaterial – Hautschuppen – nicht so lange Zeit haltbar ist. Könnte Ihnen das bei Ihren Ermittlungen zum Einbruch in mein Büro helfen? Dann lasse ich Ihnen das Ergebnis schicken.«

»Das wäre wirklich nützlich, wenn wir das hätten«, erklärte die Kommissarin. »Bitte schicken Sie mir auch noch eine Liste mit allen Namen der Personen, die von der Handschrift wussten oder inzwischen davon Kenntnis haben. Wir bitten dann alle um eine DNA-Probe, um die Spuren mit denen auf der Handschrift zu vergleichen. Ich hätte auch gern von Ihnen eine Probe. Wann darf ich vorbeikommen?«

»Zurzeit sind ja Semesterferien, da habe ich keine Vorlesungen. Ich bin bis gegen halb sieben hier. Wollen Sie heute noch kommen?«

Die Kommissarin sagte erfreut zu.

Kurz vor sechs Uhr am Abend kam Kriminalkommissarin Schaller. Die Professorin hatte Kopien der C14-Datierung der Handschrift und der DNA-Analyse vorbereitet. Außerdem eine Liste mit den Namen der Personen, die nach ihrer Meinung von der Existenz der Handschrift wussten:

Frau Luca Toblach, Finderin der Handschrift;

Herr Essem, der verstorbene Großvater von Frau Toblach;

Frau Mendel von der badischen Landesbibliothek in Karlsruhe;

Klaus Beko, Student der historischen Grundwissenschaften und aktuell Praktikant an der badischen Landesbibliothek;

Dr. Andreas Wallner, Assistent am Lehrstuhl;

Laila Gassner, die Freundin von Andreas Wallner;

»Herrn Essem habe ich in die Liste aufgenommen, obwohl er schon verstorben ist und deswegen am Einbruch in mein Arbeitszimmer nicht beteiligt gewesen sein kann. Ich habe auch keine Ahnung, seit wann er verstorben ist und ob es überhaupt möglich ist, eine DNA-Probe seiner Person zu bekommen. Aber das werden Sie besser wissen als ich.«

Die Kommissarin nickte. »Das ist gut so. Wir werden Frau Toblach fragen und sehen, was da noch geht. Wieso ist diese Frau Gassner auf der Liste? Hat sie auch etwas mit der Arbeit hier bei Ihnen zu tun?«

»Nein, ich weiß eigentlich nichts von ihr. Sie ist die Freundin meines Assistenten und war gemeinsam mit ihm auf einer Fahrradtour. Ich kann mir nicht vorstellen, dass Herr Wallner ihr nichts von dem Fund erzählt hat, nachdem ich ihn dringend gebeten hatte, die Radtour abzubrechen, weil ich ihn hier am Institut brauche. Übrigens: Herr Wallner ist bei der Tour gestürzt und liegt mit einer anscheinend heftigen Verletzung in der Uni-Klinik hier in Heidelberg. Ich will ihn nachher besuchen.«

»Gut, richten Sie ihm meine Wünsche zur baldigen Genesung aus. Ich werde ihn morgen auch besuchen. Sofern aus medizinischer Sicht keine Einwände bestehen, kann ich dabei auch den DNA-Abstrich machen«, sagte die Kommissarin und griff zu ihrer Tasche. »Darf ich jetzt auch die Probe von Ihnen haben? Ich habe einen Abstrichtupfer für die Mundschleimhaut dabei.«

Die Professorin war einverstanden. Danach verabschiedete sich Kommissarin Schaller. »Vielen Dank für Ihre Unterstützung. Ich melde mich, sobald die Ergebnisse der DNA-Analysen vorliegen.

***

Als Katrin Kamka am späten Abend in die Uni-Klinik kam, um ihren Mitarbeiter Andreas Wallner zu besuchen, traf sie im Gang vor dem Zimmer von Andreas auf Dr. Hans Wohlmüller. »Hallo Katrin, das ist ja eine Überraschung, dich hier zu treffen. Willst du etwa mich besuchen?«, lachte er sie an. Dr. Wohlmüller war ihr Nachbar. Er lebte mit seiner Frau und zwei Töchtern in einem schicken Haus direkt neben ihr und ihrem Sohn. Sie verbrachten im Sommer manchen schönen Abend gemeinsam, entweder bei Familie Wohlmüller im Garten oder bei ihr.

»Hallo Hans, ich muss dich enttäuschen, mein Besuch gilt meinem Mitarbeiter Andreas Wallner. Ist er dein Patient?«, fragte sie lächelnd zurück.

»Andreas Wallner? Ja, der wird von mir behandelt. Ich wusste nicht, dass er dein Mitarbeiter ist.«

»Und, wie geht es ihm? Wird er hoffentlich schnell wieder gesund? Ich brauche ihn dringend zur Klärung offener Fragen zu einer vor Kurzem aufgetauchten antiken Handschrift.«

Dr. Wohlmüller runzelte die Stirn. »Ach, er beschäftigt sich beruflich mit der Antike? Mag er vielleicht sogar Ritterspiele, solche mit Turnieren und Schwertkämpfen?«

»Wie kommst du auf so eine verrückte Idee? Hat er etwas Derartiges gesagt?«, fragte Frau Kamka. »Nein, nein, er ist immer sehr nüchtern und sachlich, zumindest bei der Arbeit.«

»Ich habe mir das eben gerade so zusammengereimt, weil es zu seiner Verletzung passen würde«, rechtfertigte sich Dr. Wohlmüller.

»Was für eine Verletzung hat er denn?«

»Eine ziemlich böse, tief eingerissene Schnittwunde an der rechten Wade. Meines Erachtens stammt die nie von einem Sturz mit dem Fahrrad. Da müsste schon ein antikes Eisen aus dem Boden geragt haben, auf das er gestürzt ist. Wir haben in seiner Wunde rostige Metallspäne gefunden, das könnte auch eine Bronzelegierung sein. Außerdem waren in der Wunde Reste von irgendeinem Fett, vermutlich aus Bucheckern gepresst. Aber bitte, ich habe mich vergessen, ich dürfte dir das gar nicht sagen. Verrate mich bitte nicht«, sagte Dr. Wohlmüller mit gespieltem Flehen.

»«Keine Sorge, ich werde nichts sagen. Aber wird das wieder heilen?«

»Ja, Herr Wallner ist gut in Form, kräftig, kerngesund. Da wird eine gut sichtbare Narbe bleiben, aber es wird ihn nicht behindern. Er soll nur hier in der Klinik bleiben, bis sicher ist, dass sich nichts entzündet und keine Blutvergiftung entsteht. Ich denke, drei bis fünf Tage, dann kann er sicher nach Hause.«

Frau Kamka bedankte sich für die Auskunft und versicherte noch einmal, nicht zu verraten, was er ihr über Andreas Verletzung gesagt hatte. Als Dr. Wohlmüller gegangen war, betrat sie das Krankenzimmer von Andreas Wallner.

»Guten Abend Andreas«, begrüßte sie ihn. »Was machst du denn für Sachen? Kaum hast du den Unfall mit den gebrochenen Rippen überstanden, hat es dich schon wieder erwischt. Ich hoffe, es geht dir einigermaßen gut.«

»Guten Abend Katrin, schön, dass du mich besuchst. Mach dir um meinen Zustand keine Sorgen. Der Arzt meint, dass ich vielleicht in drei Tagen schon wieder gehen kann.« Dann lachte er. »Mit Krücken zwar, aber immerhin.«

»Ja, das hat mir Dr. Wohlmüller gerade gesagt. Ich kenne ihn sehr gut, er ist mein unmittelbarer Nachbar.«

»Das ist ja sehr gut, dann kannst du ihn sicher beeinflussen, dass er mich so schnell wie möglich wieder gesund macht. Ich bin so gespannt, was du mir über diese alte Handschrift erzählen kannst, wegen der ich meinen Urlaub hätte abbrechen sollen. Hast du schon irgendwelche Erkenntnisse?«

Katrin nickte. »Ja, es gibt schon einiges zu berichten, und manches davon gefällt mir nicht und wird auch dir nicht gefallen.«

Dann berichtete sie jedes Detail der Ereignisse, vom ersten Auftauchen der Handschrift bis zum letzten Besuch der Kriminalkommissarin Schaller. Dann zeigte sie ihm die Kopien der Laborbefunde.

»Was mir am meisten Kopfzerbrechen macht, das ist dieser unerklärliche Widerspruch: Alle Analysen sagen, dass das Buch ziemlich genau 1550 Jahre alt ist, und doch ist darin etwas in modernen Buchstaben geschrieben.«

Andreas stimmte ihr zu. »Das ist wirklich seltsam. Kannst du mir bitte morgen ein paar Aufnahmen dieser Schrift bringen? Das interessiert mich sehr. Was den Einbruch in dein Büro betrifft: Das kann doch ein Streich sein, den dir jemand spielen wollte. Ich kann mir kein plausibles Motiv vorstellen, weshalb das jemand tun sollte. Aber wenn morgen diese Kriminalkommissarin kommt, um meine DNA zu holen, werde ich vielleicht von ihr ein paar Erklärungsansätze hören.«

»Das kann sein. Mir hat sie nur gesagt, dass sie alle sprechen will, die von der Handschrift wissen.«

Katrin Kamka wollte sich gerade verabschieden, als es an der Tür klopfte und Laila Gassner den Kopf herein streckte. »Hallo Andreas. Oh, du hast Besuch, dann warte ich draußen.«

»Nein, komm ruhig rein, das ist meine Professorin Katrin Kamka.«

»Guten Tag Frau Professorin, schön, Sie kennenzulernen, Andreas hat in den letzten Tagen viel von Ihnen gesprochen.«

»Hallo Frau Gassner, bitte lassen Sie die Anrede Professorin weg. Ich bin einfach Frau Kamka. Ich freue mich auch, denn Andreas hatte bis jetzt verschwiegen, dass er eine Partnerin hat. Ich dachte bisher, er wäre so einer von den eisernen Junggesellen, die nichts mit Frauen zu tun haben wollen.«

An Andreas gewandt sagte sie: »Hätte ich gewußt, dass du in so netter Begleitung auf die Radtour gehst, hätte ich viel mehr Verständnis für deine Weigerung gehabt, die Tour abzubrechen. Aber jetzt muss ich gehen. Bis morgen, Andreas. Auf Wiedersehen, Frau Gassner. Es ist schön, Sie kennengelernt zu haben.

Als Frau Kamka das Zimmer verlassen hatte, kam Laila an Andreas Bett, küsste ihn lange und sagte dann: »Es ist so schön, wieder in unserer Zeit zu sein. Aber der Ausflug in die Vergangenheit hat sich gelohnt, denn dadurch habe ich dich gefunden. Im Fitnessstudio fand ich dich auch schon ganz nett, aber so überaus höflich und reserviert. Ich dachte genau das, was Frau Kamka gerade gesagt hat: Das ist ein eingefleischter Junggeselle.«

Andreas strahlte. »Ich war schon immer in dich verliebt, aber du hast immer so konzentriert an den Geräten gearbeitet, dass ich dachte, du willst keinen Flirt, du würdest das möglicherweise als Anmachen interpretieren. Jetzt wissen wir es beide besser.«

Nach einer kurzen nachdenklichen Gesprächspause sprach Andreas weiter. »Aber zurück zu unserer aktuellen Situation. Während unseres Ausflugs ist in das Büro von Frau Kamka eingebrochen worden.« Andreas berichtete jedes Detail, das er gerade von Frau Kamka erfahren hatte. »Ich halte es für durchaus möglich, dass diese Handschrift tatsächlich diejenige ist, die Jakobus geschrieben hat und zu der ich einen Text hinzugefügt habe.«

Er informierte Laila auch, dass die Kriminalkommissarin ihn morgen besuchen werde, um ihn zu befragen und eine DNA-Probe von ihm zu nehmen. »Sie will sich auch mit dir unterhalten und einen DNA-Abstrich von dir machen. Es ist wichtig, dass wir bei unserer Story bleiben«, erklärte er. »Ich möchte nicht, dass ein Verdacht aufkommt, ich hätte diese Handschrift gefälscht, um ein großer Star in meinem Beruf zu werden. Wir haben im Wald gezeltet, weil wir ausprobieren wollten, nur auf uns gestellt in der Natur zu leben.«

***

Luca Toblach war überrascht, als es an ihrer Haustür klingelte und ihr Vater Gernot vor der Tür stand. »Das ist aber ein seltenes Vergnügen«, sagte sie. »Du hast mich seit Opas Beerdigung nicht mehr besucht. Ich freue mich, komm rein.«

»Höre ich da einen Vorwurf heraus?«, antwortete er. »Damit hast du wahrscheinlich recht. Ich lasse mich von meinem Beruf auffressen. Ich gelobe Besserung.«

Luca lachte. »Ich bin gespannt, wie lange deine Vorsätze anhalten. Aber immerhin, du hast deine Tochter nicht ganz vergessen.«

Sie ließen sich in der gemütlichen Sitzecke in Lucas Wohnzimmer nieder. Luca holte sich ein Glas Wein aus der Küche. »Ich brauche dir ja keinen Wein anzubieten, als gesetzestreuer

Rechtsanwalt trinkst du ja nichts, wenn du noch Auto fahren musst. Ein Wasser?«

»Wasser ist ok.«

Schweigend nahmen sie jeder einen Schluck aus ihren Gläsern, dann griff Gernot Toblach in die Innentasche seines Sakkos und holte einen Briefumschlag heraus. »Ich muss dir ein Geständnis machen. Ein paar Wochen vor dem Tod von Opa Werner hat er mir einen Brief an dich anvertraut, den ich nach seinem Begräbnis an dich übergeben sollte. In meiner Zerstreutheit und beruflichen Anspannung habe ich diesen Brief vergessen, und erst heute ist er mir wieder in die Hände geraten. Ich hoffe, dadurch habe ich kein ernsthaftes Problem für dich verursacht. Falls doch, werde ich versuchen, das wieder gut zu machen.«

Er übergab ihr den Brief. »Wenn du das erst in Ruhe und allein lesen magst, dann gehe ich solange raus. Du musst mir auch nicht erzählen, was er dir geschrieben hat.«

Luca schüttelte den Kopf. »Nein bleib nur. Ich kann mir gar nicht vorstellen, was Opa mir geschrieben haben sollte. Mit seiner Hinterlassenschaft hat er doch alles rechtzeitig mit deiner Unterstützung erledigt.« Sie öffnete den Brief. »Das ist ja interessant«, rief sie nach einem ersten Überfliegen aus. »Es geht um den von ihm so geheimnisvoll gehüteten Schrank auf dem Dachboden.«

Sie las nun den ganzen Brief.

Meine Liebe Luca,

Ich habe deinen Vater gebeten, diesen Brief erst an dich weiter zu geben, wenn ich nicht mehr lebe. Ich hoffe, dass du meinen Tod überwunden hast und nicht mehr allzu sehr trauerst. Ich bin nun den Weg gegangen, den alle Menschen einmal gehen müssen, aber dein Leben liegt noch vor dir. Gehe deinen Weg und lasse dich nicht beirren.

*Weshalb ich dir diesen Brief schreibe: Du hast mich oft ge-
fragt, was in dem Schrank ist, den ich so streng verschlossen
auf dem Dachboden gehalten habe. Das will ich dir jetzt erklären.*

*Im Schrank habe ich eine uralte in Leder gebundene Holz-
schatulle aufbewahrt. Es handelt sich um das Vermächtnis
eines sehr alten, lieben Patienten von mir, der im Alter von
vierundneunzig Jahren in einem Pflegeheim verstorben ist. Er
hatte lange Zeit als Mönch in einem Kloster nahe bei Heidelberg gelebt. Kurz vor seinem Tod übergab er mir dieses Kästchen mit der Bitte, es gut zu bewahren und zu gegebener Zeit
angemessenen Gebrauch davon zu machen. Ich dürfe so lange
niemanden über die Existenz dieses Gegenstandes informieren,
bis ich sicher sei, nun sei der richtige Zeitpunkt gekommen. Er
konnte mir nicht erklären, was der richtige Zeitpunkt sei. Ich
würde das spüren. Wenn ich diesen Zeitpunkt aber nicht erkenne und mich dem Tode nähere, solle ich die Schatulle an
eine Person meines Vertrauens weitergeben und sie zu eben
diesem Verhalten verpflichten.*

*Das tue ich hiermit. Ich möchte, dass du die Schatulle aufbe-
wahrst. Damit du weißt, was in der Schatulle ist, schreibe ich
dir hier genau das auf, was ich von dem sterbenden Mönch erfahren habe.*

*Die Legende von den himmlischen Boten und dem heiligen
Buch.*

*Vor vielen Jahrhunderten, noch lange vor der Gründung des
Klosters Lorsch, soll in der Gegend von Altenmünster eine
fromme Bruderschaft ein mönchsähnliches Leben geführt haben. Einer dieser frommen Männer habe eines Tages eine Erscheinung gehabt: Zwei himmlische Boten hätten ihn besucht.
Da er gerade an einem heiligen Buch arbeitete, hätten sie ihm
erklärt, dass sie eine Botschaft an die Menschen der Zukunft
in das Buch schreiben wollten. Der Text sei von besonderer Bedeutung. Nur mit der Kenntnis dieses Textes könnten die
Menschen in der fernen Zukunft ihnen selbst Erlösung brin-*

gen. Der fromme Mann habe getan, was ihm aufgetragen wurde.

Die Boten seien danach wieder zurück in den Himmel gezogen. Seither wird dieses geheime Buch von Generation zu Generation von speziell ausgewählten würdigen Menschen gehütet, damit man es lesen kann, wenn der richtige Moment gekommen ist.

Als die Gemeinschaft von Altenmünster in das Kloster Lorsch eingegliedert wurde, sei die Tradition dort weiter geführt worden. Viele Generationen frommer Brüder hätten die Pflicht übernommen und weitergegeben, sobald sie ihren Tod kommen sahen. Als Kloster Lorsch aufgelöst wurde, ging die Pflicht auf das Kloster bei Heidelberg über.

Soweit die Legende. Als der alte Mönch – mein Patient – starb, gab es nur noch wenige Mönche im Kloster, die ebenfalls schon sehr alt waren. Keiner von ihnen hätte das Buch noch lange verwahren können. Er war somit der letzte zu dieser Tradition verpflichtete fromme Bruder. Das Kloster wird wohl demnächst aufgelöst, weil niemand mehr Mönch werden will. Deswegen hat er mich ausgewählt, die Tradition weiterzuführen.

Ich habe seither nichts verspürt, was mich zur Entscheidung gedrängt hätte, das Buch zu öffnen. Ich kann dir, liebe Luca, auch keinen Rat oder Hinweis geben, welches Ereignis der Auslöser dafür sein könnte.

Vielleicht ist es das Beste, du übergibst die Schatulle mit Inhalt an ein noch existierendes Kloster? Entschuldigung, ich wollte dir keinen Rat geben, aber auch keine Verpflichtung aufladen, die du nicht übernehmen willst.

Ich liebe dich,

Dein Opa Werner

»Aber ich habe die Schatulle mit dem Buch doch schon gefunden«, rief sie aus.

»Ja, du hast mir davon erzählt«, bestätigte ihr Vater. »Hast du das nicht an die Uni hier in Heidelberg gebracht?«

»Genau. Und wenn das nun ein Fehler war? Wenn der – wie heißt es doch gleich – richtige Moment noch nicht gekommen ist?« Luca wirkte ratlos.

Ihr Vater hielt ein Plädoyer zu ihren Gunsten. »Entschuldigung Luca, dass ich jetzt als Jurist zu dir spreche. Das, was dein Opa hier berichtet ist eine Legende, die zwar sehr alt sein mag, aber so unspezifisch und unverbindlich formuliert, dass man daraus keine Verhaltensvorschrift ableiten kann. Du hast das Buch Experten übergeben, und dazu warst du sogar verpflichtet, denn bei dem Buch handelt es sich aller Wahrscheinlichkeit nach um ein Kulturgut von herausragender Bedeutung, und das musstest du den zuständigen Stellen übergeben.«

Sie spekulierten noch längere Zeit darüber, was der richtige Moment sei, an dem das Buch gelesen werden dürfe, und woran man den Moment erkennen könne. Sie kamen zu keinem überzeugenden Ergebnis.

»Luca, mache dir nicht zu viel Kopfzerbrechen und Sorgen. Du hast das Richtige getan«, bestätigte ihr Vater noch einmal ihr Verhalten. Dann verabschiedete er sich und ging.

***

Am nächsten Morgen läutete die Kriminalkommissarin bei Luca Toblach. Nachdem sie ihr Anliegen erklärt hatte, bat Luca sie in ihre Wohnung. »Ich verstehe überhaupt nicht, warum irgendjemand diese alte Handschrift mutwillig zerstört haben soll«, sagte Luca. Aber dann stutzte sie. »Einen Moment, vielleicht ist das ja eine Erklärung«, rief sie und holte den Brief von Opa Werner hervor. »Das ist ein Brief von meinem Opa, dem die Handschrift vorher gehört hat. Lesen Sie das doch einmal.«

Kommissarin Schaller war erfreut und zog ein paar sterile Schutzhandschuhe an. »Das ist sehr gut, dass Sie den Brief von Ihrem Großvater haben. Damit kann ich dann auch seine

DNA-Probe machen lassen. Darf ich den Umschlag mitnehmen? Ich hätte auch gerne eine Kopie dieses Schriftstücks.« Luca war einverstanden. Die Kommissarin fotografierte zuerst den Brief und las ihn dann durch. Als sie fertig war, sagte sie: »So ganz verstehe ich den Brief nicht. Wieso könnte das die Zerstörung des Buches erklären?« Da Luca nicht sofort antwortete, sprach die Kommissarin weiter. »Ich glaube, jetzt verstehe ich Ihren Gedankengang. Sie meinen, dass das Buch geheim bleiben sollte, bis der geeignete Moment zum Lesen kommt? Aber nach der Beschädigung kann es doch nie mehr ohne Schwierigkeiten gelesen werden. Dann wäre das völlig sinnlos gewesen.«

Luca nickte. »Ich glaube, Sie haben recht. Das hatte ich nicht bedacht.«

»Gut, dann spekulieren wir jetzt nicht weiter. Ich würde jetzt noch gern Ihre Speichelprobe nehmen.« Als das erledigt war, zeigte Frau Schaller ihre Liste mit den Personen, die bisher über die Handschrift informiert waren. Sie wollte wissen, ob Luca noch weitere Namen anfügen könne. »Meinen Vater«, sagte Luca.

»Gut, dann werde ich ihn auch noch besuchen.« Die Kommissarin verabschiedete sich.

＊＊

Als Andreas am Morgen aufwachte, war er etwas nervös, weil er wusste, dass die mit Laila vereinbarte Geschichte ihres zweitägigen Verschwindens nicht sehr glaubwürdig war. Er war zu einer Radtour aufgebrochen, die ihn zu historisch interessanten Schauplätzen entlang des Rheins führen sollte, wie er vorher seiner Chefin eindringlich erklärt hatte. Dann hatte er sich noch geweigert, trotz einer wichtigen beruflichen Herausforderung diesen Urlaub abzubrechen. Aus welchem Grund hätte er das Vorhaben dann für ein zweitägiges Pfadfinder-Abenteuer unterbrechen sollen? Ich hätte mit Laila einen vernünftiger klingenden Grund ausdenken sollen, dachte er. Zum Glück ist die Handschrift vorher aufgetaucht, sodass man nicht vermuten kann, ich hätte die Handschrift in diesen zwei Tagen gefälscht, wurde ihm bewußt. Bevor er sich in weiteren Gedankenspielen verlieren konnte, erschien die Kriminalkommissarin.

»Guten Morgen, Herr Wallner. Mein Name ist Schaller. Ich bin die für den Fall mit der Handschrift zuständige Kommissarin«, begrüßte sie ihn. »Wie geht es Ihnen? Ich hoffe, ich strapaziere Sie nicht zu sehr.«

»Nein, keineswegs. Ich bin auch stark daran interessiert, dass die Beschädigung der Handschrift aufgeklärt wird. Das ist ja ein durch nichts zu ersetzendes Kulturgut.«

»Das stimmt. Aber ich sehe nicht nur das Problem mit dem Einbruch in das Büro Ihrer Chefin und den dabei verursachten Schaden«, antwortete Frau Schaller.

Andreas dachte schon, dass jetzt sein zweitägiges Verschwinden zur Sprache kämme, und war erleichtert, als die Kommissarin weitersprach.

»Ich möchte auch, dass geklärt wird, ob die Handschrift gefälscht wurde, denn auch das wäre eine Straftat.«

»Ich kann mir nicht vorstellen, wie das gefälscht werden könnte. Frau Kamka hat mir die Untersuchungsbefunde gegeben. Ich habe hier alle Kopien. Die Ergebnisse sind eindeutig: Sowohl das Papier als auch die Tinte sind mehr als 1500 Jahre alt. Es gibt keine Verunreinigungen oder Kontaminationen mit jüngerem Material. Es gibt keine Möglichkeit, mit heutigen Zutaten diese alten Substanzen so nachzubauen, dass die C14-Datierung dieses Alter anzeigt«, erklärte Andreas.

»Aber Ihre Professorin sagt, die Schrift sei auf einigen Seiten modern. Wie erklären Sie das?«, wollte die Kommissarin wissen.

»Ich habe mir die Schrift noch nicht im Detail angesehen, kann dazu also nichts Konkretes sagen. Wenn sie tatsächlich modern aussieht, kann ich mir das höchstens so erklären, dass da ein historischer Mönch in irgendeinem Kloster eine schnelle Schrift brauchte, und deswegen eine alte römische Schrift für seine

Zwecke umgeformt hat. Aber nein, das ist im Moment eine wirklich haltlose Spekulation, streichen Sie das wieder aus Ihrem Gedächtnis.« Andreas hob entschuldigend die Schultern an.

Die Kommissarin lächelte. »Ich bin wirklich gespannt, wie das ausgeht. Was Sie gerade gesagt haben, klingt für mich durchaus verständlich, obwohl – ich habe keine Ahnung, wie römische Schriften aussehen. Aber es gibt noch etwas, was ich nicht verstehe. Das ist zwar für die Ermittlungen belanglos, aber ich finde es trotzdem seltsam.«

»Was ist das?«

»Ihr Unfall, bei dem Sie sich verletzt haben. Sie haben gesagt, dass Sie mit dem Fahrrad gestürzt sind. Das wurde auch von Ihrer Begleitung, Frau Laila Gassner bestätigt.«

Die Kommissarin wurde von Andreas unterbrochen. »Was verstehen Sie da nicht?«

»Nun, inzwischen wurden Ihre Räder von der Insel geholt und bei uns untersucht. Beide sind total in Ordnung: Nichts verbogen, nichts abgerissen, kein sonstiger Schaden, der bei einem so heftigen Sturz, wie Ihrer offensichtlich war, üblicherweise am Fahrrad zu sehen ist.«

Andreas gab sich verwundert.»Meinen Sie nicht, dass man stürzen kann, sich an einem Gegenstand auf dem Boden verletzt, und am Fahrrad ist nichts zu sehen?«

»Doch, das ist schon möglich. Aber …« Andreas unterbrach schon wieder. »Was, aber? Wo ist Ihr Problem dabei?«

»Wir haben von einem Experten ein unfallanalytisches Gutachten anfertigen lassen. Bei unklarem Sachverhalt müssen wir das machen, um mit eventuellen Schadenersatzforderungen angemessen umgehen zu können. Der Experte hat die Stelle, an der Sie verletzt aufgenommen wurden, in weitem Umkreis untersucht. Er hat keinen Gegenstand gefunden, der als Ursache für Ihre tiefe Wunde infrage kommt.«

»Dann war ich nach der Verletzung wohl schon etwas weiter unterwegs, bevor ich ohnmächtig wurde.«

»Es gibt Blutspuren nur da, wo Sie von Ihrer Gefährtin und vom Unfallarzt verbunden worden sind, und keine in der Umgebung. Die Schlußfolgerung ist, dass Sie sich selbst so verletzt haben oder dass es Frau Gassner war.« Die Kommissarin hatte ihren Blick auf Andreas Gesicht fixiert.

»Als ich zu Bewußtsein kam, waren zwei Personen in der Nähe, die wohl unser Gepäck auf den Rädern durchwühlt haben. Ich hörte den Satz *Lass uns abhauen*. Könnten das nicht die beiden gewesen sein?«

Die Kommissarin war überrascht. »Davon haben Sie bisher nichts gesagt. Warum nicht?«

»Wahrscheinlich haben wir das in der Aufregung vergessen«, antwortete Andreas. Dann ergänzte er: »Aber der Hubschrauberpilot hat vielleicht etwas gesehen.«

»Die Kommissarin stimmte zu. »Das könnte sein, wir werden ihn und den Notarzt befragen. Noch mal zu Ihrer Verletzung: Auch wenn es andere Personen waren, es wäre hilfreich, wenn ich Ihren Arzt hier zur Art Ihrer Verletzung befragen könnte. Das geht nur mit Ihrer Zustimmung. Sind Sie einverstanden?«

Da Andreas das akzeptierte, rief die Kommissarin den Arzt Dr. Wohlmüller dazu. Sie erklärte ihr Anliegen. Andreas sagte, er befreie Dr. Wohlmüller in dieser Angelegenheit von der ärztlichen Schweigepflicht.

»Es handelt sich um eine ungefähr zwanzig cm lange, tief eingerissene Schnittwunde an der rechten Wade. Meines Erachtens kommt das von einem großen, scharfkantigen Gegenstand mit einigen Scharten, zum Beispiel eine Art Buschmesser oder Schwert, wie es manche Wirrköpfe für Ritterspiele benutzen. In der Wunde fanden sich kleinste Rostsplitter von Metall. Das könnte auch Bronze sein. Es gibt auch Spuren von einem alten Fett, vermutlich aus Bucheckern gepresst.«

»Das unterstützt Ihre Aussage, dass andere Personen in der Nähe waren. In Ihrem sichergestellten Fahrradgepäck gab es nur ein Taschenmesser mit kurzer Klinge«, schlussfolgerte Frau Schaller. »Da müssen wir Ermittlungen gegen Unbekannt aufnehmen.«

Dr. Wohlmüller verabschiedet sich. Die Kommissarin nahm noch den DNA-Speichelabstrich von Andreas und sagte dann auch auf Wiedersehen.

***

Kommissarin Schaller war zufrieden. Sie hatte alle gewünschten DNA-Proben erhalten und mit denen auf der Schatulle vergleichen lassen. Es war klar, dass die Spuren von Luca Toblach und ihrem Großvater Werner Essem darauf waren. Da Professorin Kamka das Kästchen nur mit sterilen Handschuhen angefasst hatte, war von ihr natürlich nichts zu finden. Soweit waren die Ergebnisse erwartbar gewesen. Interessant war, das auch Spuren von Klaus Beko, Student bei Frau Kamka und Praktikant im badischen Landesmuseum, zu finden waren. Daneben gab es noch Abdrücke einer weiteren, unbekannten Person.

Die Kommissarin überlegte. Klaus Beko wusste von der Handschrift, weil Anna Mendel von der Landesbibliothek in Karlsruhe mit ihm darüber gesprochen hatte. Aber das war Karlsruhe, und die Professorin hatte nichts davon gesagt, dass er in Heidelberg bei ihr war und das Buch oder das Kästchen in der Hand gehabt hätte. Herr Beko musste ihr das erklären. Sie rief ihn an.

»Herr Beko, wann haben Sie die alte Handschrift oder den Aufbewahrungskasten dazu in Heidelberg in der Hand gehabt?«

Klaus Beko bestritt sofort, diese Gegenstände jemals berührt zu haben. »Wie kommen Sie auf diese Idee? Wann hätte ich das tun sollen? Ich lebe während meines Praktikums in Karlsruhe, und die Handschrift ist meines Wissens in Heidelberg im Institut bei Professorin Kamka«, sagte er.

»Auf dem Kästchen, in dem die Handschrift aufbewahrt wird, finden sich Ihre Spuren. Wie sollten die dahin gekommen sein, wenn nicht durch Sie selbst?«

»Keine Ahnung. Das müssen Sie herausfinden. Vielleicht hat Ihr Labor da geschlampt?«, behauptete Klaus Beko. Aber es war ihm bewußt, dass diese Aussage unsinnig war.

Die Kommissarin ging nicht darauf ein. »Wo waren Sie denn am Abend des 24. Juli?«, setzte sie ihre Befragung fort.

»Lassen Sie mich nachdenken. 24. Juli, sagten Sie?«

»Ja, der zweite Tag der Semesterferien.«

»Da war ich in Karlsruhe, in meinem für die Dauer des Praktikums gemieteten Apartment. Warum fragen Sie?«

Die Kommissarin ging auf diese Frage nicht ein. »Kann das jemand bezeugen?«

Ohne lange nachzudenken, antwortete Beko: »Da hat mich mein Freund Herbert Mair besucht. Er wollte sehen, wo ich während meiner Zeit in Karlsruhe lebe.«

»Gut, das werden wir nachprüfen. Geben Sie mir bitte die Adresse und Telefonnummer Ihres Freundes.« Nachdem sie die geforderte Auskunft bekommen hatte, beendete die Kommissarin das Gespräch.

Klaus rief sofort bei Herbert Mair an und schilderte ihm die aktuelle Situation: »Da hat mich gerade eine Kriminalkommissarin aus Heidelberg angerufen. Die haben auf dem Kästchen mit der Handschrift meine DNA gefunden und wollten nun wissen, was ich am 24. Juli am Abend gemacht habe. Ich habe gesagt, dass du mich da in Karlsruhe besucht hast. Das stimmt ja auch. Die DNA kann also nicht von mir sein. Wenn die Kommissarin sich bei dir meldet, dann bestätige bitte mein Alibi.«

Herbert Mair sagte zunächst gar nichts. Dann polterte er los: »Sag mal, bist du bescheuert, oder was? Wieso ziehst du mich da mit rein?«

»Was meinst du mit *ich ziehe dich da mit rein?* Warst du bei mir oder nicht? Das kannst du doch bestätigen, oder wo ist das Problem?«

»Ich habe diese blöde Kiste doch auch angefasst, die werden also auch meine Spuren darauf finden.«

Klaus sah noch immer kein Problem. »Die Polizei hat doch deine DNA nicht … oder doch? Ich glaube eher nicht. Woher sollten die also wissen, dass du das in der Hand gehabt hast?«

»Woher die wissen sollten, dass ich das in der Hand gehabt habe? Ich habe bisher wirklich geglaubt, dass du ein logisch denkender Mensch mit gesundem Verstand bist. Ich erkläre es dir: Du willst, dass ich dir, einem Tatverdächtigen, ein Alibi gebe. Natürlich wird die Polizei wissen wollen, ob sie meine Aussage glauben können. Wir könnten ja gemeinsam in der Uni eingestiegen sein. Auf der Kiste haben die außer deiner mindestens eine weitere Spur unbekannter Herkunft entdeckt. Also werden sie meine DNA haben wollen, und dann finden sie heraus, dass auch ich das Ding in der Hand hatte.«

»Wenn du ihnen erlaubst, einen DNA-Abstrich bei dir zu machen. Das ist freiwillig, du kannst das verweigern.«

»Und dann? Das steigert den Verdacht doch nur, dass etwas nicht stimmt. Die werden dann weiter bohren«, rief Herbert noch immer voller Zorn. »Die Tiefgarage der Uni wird sicher per Video überwacht. Die werden dann feststellen, dass wir beide mit meinem Wagen spät abends in der Uni waren. Da hast du uns ein riesiges Problem eingebrockt. Lass mich in Ruhe nachdenken. Ich melde mich, wenn ich eine Idee habe, wie wir da rauskommen. Lass du dir auch was einfallen.« Herbert beendete grußlos das Gespräch. Dann rief er sofort bei seinem Vater an und schilderte ihm die Situation.

Der beruhigte ihn. »Ich glaube, da kommst du ganz einfach raus. Natürlich weigerst du dich nicht, einen DNA-Abstrich machen zu lassen. Am besten gibst du gleich zu, das Objekt berührt zu haben. Dein Freund hat dir ganz begeistert von dem

Fund erzählt und dich gebeten, ihm bei Videoaufnahmen zu helfen. Er hat zu dir gesagt, dass er als Student an diesem Lehrstuhl jederzeit derartige Funde ansehen könne. Es war dir nicht klar, dass da etwas nicht in Ordnung sein könnte. Wenn die Polizei damit nicht zufrieden sein sollte, sollen sie sich an mich wenden. Ich glaube nicht, dass sie das Risiko eingehen, durch mich eine schlechte Presse zu bekommen.«

Als Kommissarin Schaller am späteren Nachmittag bei Herbert Mair anrief und fragte, wo er am Abend des 24. Juli war, antwortete der ganz gelassen: »Da war ich in Karlsruhe bei meinem Freund Klaus Beko. Warum fragen Sie?«

»Wie lange waren Sie dort?«, fragte die Kommissarin weiter.

»Nur kurz. Ich habe Klaus abgeholt, weil er noch dringend in die Uni wollte.«

Am anderen Ende der Leitung hörte Mair einen Laut der Überraschung. »In die Uni wollte Herr Beko noch? Warum, und so spät?«

Herbert Mair musste grinsen. Gut, dass das kein Videotelefonat ist, dachte er. »Da war doch so eine seltene alte Handschrift aufgetaucht. Die wollte Klaus unbedingt sehen und auf Video aufnehmen.«

»Und dann sind Sie beide einfach so in das Büro von Frau Professorin Kamka eingestiegen?«

»Wieso eingestiegen? Das Büro war doch offen. Klaus sagte, die Tür von Frau Kamka sei nie abgeschlossen, da könne man jederzeit rein.«

Wieder schwieg die Kommissarin einen Moment. Dann fragte sie: »Das kam Ihnen nicht verdächtig vor? Spät am Abend, oder schon in der Nacht, steht eine Bürotür zu einem Raum offen, in dem sich ein kostbares Objekt befindet?«

»Wieso verdächtig? Ich kenne mich mit den Gebräuchen an Universitäten nicht aus. Man hört aber immer wieder, dass es dort nicht so streng zugeht.«

»Gut lassen wir das. Was ist mit dem Video?«

»Das hatten wir mit einer Kamera von meinem Vater aufgenommen. Klaus hat es wieder gelöscht, weil er Angst hatte, es würde rauskommen, dass er die Handschrift beschädigt hat.«

»Diese Kamera, Sie sagen, die ist von Ihrem Vater. Was ist das für eine Kamera?«, fragte Frau Schaller.

»Das ist ein professionelles Gerät, mit einer sehr hohen Auflösung, sehr lichtstark. Details dazu kenne ich nicht, da müssen Sie bei meinem Vater nachfragen. Ich habe die Kamera für die geplanten Aufnahmen von ihm ausgeliehen«, antwortete Herbert.

»Dann haben Sie die Aufnahmen gemacht? Und das Video danach haben Sie nicht doch selbst gelöscht?«

»Ist das wichtig?«, fragte Herbert irritiert. »Es ist jedenfalls nicht mehr da.«

»Gut, ich werde mich bei Ihnen melden, falls neue Fragen auftauchen. Ihr Vater, das ist der Verleger Axel Mair?«

Als Herbert das bestätigte, hakte die Kommissarin nach: »Und weiß er von dieser Handschrift und Ihrem Abenteuer in der Universität?«

»Klar, ich habe ihm alles erzählt, auch weil ich ja die Kamera benötigt habe. Er war sehr interessiert und hat inzwischen wohl mit dem Leiter des Nibelungenmuseums über die Handschrift gesprochen.«

»Wieso das denn?«

»Nun, bevor das Video gelöscht wurde, konnte Klaus lesen, dass es anscheinend um den Schatz der Nibelungen geht. Deswegen der Kontakt mit dem Nibelungenmuseum.«

Die Kommissarin war verblüfft. »Das konnte Ihr Freund lesen? Und, hat er auch die Professorin informiert? Die müsste das auf jeden Fall erfahren.«

Herbert sagte mit seltsam triumphierender Stimme: »Ich weiß es nicht. Aber lesen kann sie das nicht mehr. Die Seite ist doch zerstört. Und das Video ist gelöscht.«

»Oje, das wird die Professorin maßlos ärgern. Aber nun muss ich unser Gespräch beenden. Ich danke Ihnen für Ihre Antworten.«

Bei einem schnellen Anruf im Nibelungenmuseum erhielt die Kommissarin die Bestätigung, dass der Verleger Axel Mair sich gemeldet habe. Er verfüge über die angeblich absolut sichere Information, wo der Nibelungenhort zu finden sei. Dieses Wissen wollte er verkaufen. Herr Schütze, der Museumsleiter, sei auf dieses Angebot nicht eingegangen, da Herr Mair sehr unseriös gewirkt habe. Herr Schütze hielt die Information für absolut unglaubwürdig.

Am nächsten Tag bestellte die Kommissarin Klaus Beko zu einer weiteren Unterredung in die Polizeidienststelle.

»Herr Beko, Sie haben mich angelogen«, eröffnete sie das Gespräch. »Sie wissen sehr wohl, wie Ihre DNA auf die Schatulle gekommen ist.«

Beko sah sie nur schweigend an.

»Herr Mair hat Sie in Karlsruhe abgeholt. Dann sind Sie nach Heidelberg gefahren, sind in der Universität in das Zimmer von Professorin Kamka eingedrungen und haben dort Videoaufnahmen der alten Handschrift gemacht.«

»Hat Herbert das gesagt? Dann hat er Ihnen hoffentlich auch gestanden, dass er mich geradezu genötigt hat, in dorthin zu begleiten. Er wollte unbedingt wissen, ob in der Handschrift etwas über den Nibelungenschatz steht, weil er mit seinem Vater diesen Schatz bergen will.«

»Und, steht etwas Derartiges drin?«

»Das kann man so interpretieren. Die Professorin kann Ihnen sicher Näheres dazu sagen, ich bin ja erst am Anfang meiner Ausbildung in Paläografie.«

Frau Schaller sah Klaus Beko irritiert an. »Mir wurde erzählt, dass die Handschrift so beschädigt ist, dass man den Text kaum noch entziffern kann.«

»Es gibt doch eine sehr gute Videoaufnahme«, sagte Klaus Beko.

»Herr Mair hat ausgesagt, dass das Video gelöscht wurde.«

»Ich glaube nicht, dass der Vater von Herbert das gelöscht hat. Außerdem habe ich eine Kopie behalten, von der Herbert nichts weiß.«

Die Kommissarin sah Beko mit großen Augen an. »Eine eigenartige Freundschaft, die Sie da mit Herrn Mair haben«, sagte sie gedehnt. »Sie versuchen, sich gegenseitig auszutricksen.«

Klaus Beko kommentierte diese Bemerkung mit einem Schulterzucken.

»Schicken Sie mir eine Kopie der Aufzeichnung«, verlangte die Kommissarin.

»Können Sie gleich haben«, meinte Beko und holte eine SD-Karte aus seiner Brieftasche. »Ich habe mehrere Kopien.«

Die Kommissarin nahm die Speicherkarte dankend entgegen und beendete das Gespräch.

***

Kommissarin Schaller hatte Professorin Kamka und den Verleger Axel Mair zu einer Lagebesprechung in das Krankenzimmer von Andreas Wallner gebeten. Axel Mair hatte eine Teilnahme abgelehnt mit den Worten: »Ich weiß nicht, warum ich an dieser Besprechung teilnehmen sollte, ich habe mit dieser Handschrift nichts zu tun.«

Andreas hatte gefragt, ob seine Freundin Laila ebenfalls kommen könnte. Frau Schaller hatte keine Einwände.

»Ich habe Sie zu dieser Besprechung gebeten, weil es Erkenntnisse zu der Frage gibt, wer nachts in das Büro von Professorin Kamka eingedrungen ist und dort die Handschrift beschädigt hat«, begann die Kommissarin. »Dabei ist ein Video der zwei Seiten entstanden, die – soweit ich weiß – jetzt ziemlich zerstört sind.« Sie zeigte die SD-Karte. »Außerdem ist ein Schreiben mit Hinweisen zur Geschichte der Handschrift aufgetaucht.«

»Können wir mit dem Video beginnen?«, fragte Andreas sichtlich aufgeregt.

Auch die Professorin war sehr interessiert. »Das würde ich auch gern sehen, ich bin sehr gespannt darauf. Aber haben wir …?

»Einen PC?«, lachte Andreas. »Ja, meinen.« Er zog den Servicewagen neben seinem Bett heran und klappte das darauf liegenden Notebook auf.

Die Kommissarin schüttelte den Kopf und sagte: »Ich kann Ihr wissenschaftliches Interesse gut verstehen, aber ich würde lieber die anderen Themen zuerst besprechen, denn ich kann zu diesem Video und seinem Inhalt nichts beitragen. Sie haben hinterher alle Zeit der Welt, um das anzusehen und zu diskutieren.« Sie gab die Speicherkarte an Frau Kamka weiter.

Der Vorschlag wurde von Laila Gassner unterstützt und von Andreas Wallner und Katrin Kamka akzeptiert.

Frau Schaller begann mit der Schilderung des Einbruchs in das Büro. Die Täter seien zwei junge Männer: Andreas Beko, Student bei Frau Kamka, und Bekos Freund Herbert Mair, Sohn des bekannten Verlegers Axel Mair. Von beiden seien genetische Spuren auf dem Kästchen der Handschrift gefunden worden.

»Woher wussten die von der Handschrift, und warum haben sie das gemacht?«, fragte die Professorin. »Ich kann mich an Herrn

Beko erinnern, eigentlich ein sehr engagierter und auch qualifizierter Student.«

»Beko macht zurzeit ein Praktikum am Landesmuseum in Karlsruhe und hat dort von dem Fund gehört. Eine Handschrift sei aufgetaucht, angeblich über den Untergang des Burgunderreiches. Das hat er seinem Freund erzählt und beide haben sich gegenseitig angestachelt, die Handschrift zu filmen. Beko wollte vermutlich mit seinen Fähigkeiten und dem Wissen über alte Schriften glänzen, und bei Mair war es wohl die Abenteuerlust. Er hatte die Hoffnung, dass da etwas über den Schatz der Nibelungen zu finden wäre. Das hat er seinem Vater erzählt und der war dann später tatsächlich in Worms und wollte dem Nibelungenmuseum sein angebliches Wissen über den Nibelungenhort verkaufen.

»Wie kommt denn ein erfolgreicher Geschäftsmann wie Mair auf so eine seltsame Idee?«, wollte Laila Gassner verblüfft wissen.

»Beko sagte, den Text auf der Handschrift könne man so interpretieren. Und das hat sein Freund dann an seinen Vater als vermeintliche Tatsache weitergegeben«, antwortete Frau Schaller. »Wie dem auch sei: Beko und Mair haben Ihr Büro ohne Erlaubnis betreten, Frau Kamka, und die Beschädigung von Kulturgütern mit wissenschaftlichem oder historischem Wert stellt nach deutschem Recht eindeutig strafwürdiges Verhalten dar. Welche Straftatbestände im Einzelnen erfüllt sind, hängt von den genauen Umständen und der Motivation der Täter ab. Für mich ist der Fall damit geklärt. Ich gehe davon aus, dass Anklage gegen die beiden erhoben wird«, schloss die Kommissarin.

»Gut, wir werden sehen, wie groß der Schaden wirklich ist, wenn wir die Videoaufnahmen sehen«, sagte Andreas. »Nun interessiert mich aber, was Sie über die Geschichte der Handschrift sagen können.«

Frau Schaller nickte. »Sie wissen wahrscheinlich, dass Frau Luca Toblach die Handschrift in einem Schrank auf dem Dachboden gefunden hat. Ihr verstorbener Großvater hat immer ein großes Geheimnis darum gemacht, was er in diesem Schrank versteckt hielt. Er hat aber dazu einen Brief an sie geschrieben, der Ihr nach seinem Tod übergeben werden sollte. Das ist leider erst mit einiger Verspätung geschehen. Ich lese Ihnen diesen Brief einfach mal vor.«

Die Kommissarin las langsam und deutlich. Als sie zu der Stelle kam, an der in der alten Legende die beiden himmlischen Boten auftauchten und etwas in das Buch schreiben wollten, hielt Laila erschrocken den Atem an. Zum Glück hatten alle den Blick auf die Vorleserin gerichtet und niemand konnte ihr sichtliches Zusammenzucken bemerken. Ihr Blick wanderte zu Andreas, aber der hatte eine stoische Miene aufgesetzt.

»Dass diese Handschrift als geheimes Buch von einer Generation zur nächsten weitergegeben wurde, klingt für mich sehr märchenhaft«, sagte die Professorin, »aber immerhin könnte es einigermaßen erklären, wie das Buch die Jahrhunderte überdauert hat, ohne in irgendeiner historischen Bibliothek aufzutauchen.«

»Aus Ihren Worten entnehme ich, dass für Sie die Frage nach dem Alter der Handschrift definitiv geklärt ist. Sie ist 1600 Jahre alt und absolut sicher nicht gefälscht?«, schaltete sich die Kommissarin ein. »Und was ist mit der modernen Schrift?«

Andreas meldete sich. »Diese Schrift muss ich mir unbedingt mal ansehen. Ist es absolut sicher, dass die modern ist? Wurde das systematisch überprüft?«

»So eine Schrift habe ich noch nie auf einem historischen Schriftstück gesehen. Sie muss modern sein.« Die Professorin ergänzte dann, etwas verlegen: »Doch es ist richtig, eine echte Prüfung, ob das wirklich Courier oder eine vergleichbare Schrift ist, das haben wir noch nicht gemacht. Das war ein Fehler.«

Andreas sah die Professorin an. »Du sagst, die Schrift sehe aus wie Courier auf dem PC? Ich stelle mir gerade vor, wie die alte römische Schrift *Capitalis Monumentalis* aussieht, wenn man die Variationen der Strichstärke weglässt. Die Schrift wurde nicht nur in Stein gehauen, sondern auch für offizielle Dokumente verwendet. Wenn ein ungeübter Schreiber schnell sein wollte, kann er das so gemacht haben. Das sollten wir prüfen.«

»Du hast recht. Das machen wir.«

Die Kommissarin meldete sich wieder. »Ich habe auch noch nicht erwähnt, dass die Herren Beko und Mair eine Hypothese haben, die für mich in die Kategorie *Science Fiction* gehört. Sie waren der Meinung, es könne doch einen Zeitreisenden gegeben haben. Der sei 1600 Jahre in die Vergangenheit gereist, um zu erforschen, was mit dem Nibelungengold geschehen sei. Dann habe er das in dieses Buch geschrieben.«

»Ein guter Witz. Das zeugt von überbordender Fantasie«, kommentierte Andreas.

»Mir ist nur gerade die Idee gekommen, dass die zwei in dem an Frau Toblach gerichteten Brief erwähnten himmlischen Boten doch Zeitreisende gewesen sein könnten. Falls man an so etwas wie Zeitreisen glauben will«, ergänzte Frau Schaller.

Die Professorin meldete sich zu Wort. »Es gibt durchaus Theorien, dass Zeitreisen möglich sind. Nur hat noch niemand einen Beweis erbringen können, dass diese Theorien tatsächlich funktionieren. Also geht man in der Wissenschaft eher davon aus, dass dieses Thema wirklich nur in Romanen existiert.«

»Das glaube ich auch«, bestätigte Andreas. »Dem Geheimnis der anscheinend modernen Schrift werden wir nachgehen. Ich wage mal die Hypothese, dass da ein Mönch für sich eine einfache neue Schrift ausprobieren wollte. Das ist sicher wesentlich näher an der Realität als ein Zeitreisender.«

»Gut, dann überlasse ich Sie jetzt dem Videoschauen. Bitte informieren Sie mich, wenn es zu Ihrem spannenden Rätsel neue

Erkenntnisse oder sogar eine Lösung gibt. Ach, ehe ich es vergesse, Herr Wallner, es haben sich tatsächlich Zeugen gefunden, die von zwei jungen Männern sprechen, die zur Zeit Ihres vermeintlichen Unfalls in aller Eile über die Kühkopf-Brücke bei Stockstadt gerannt sind. Dort haben sie dann einen Motorroller bestiegen und sind davon. Es gibt leider keine detaillierte Beschreibung der Personen und auch keine Information über den Roller oder das Kennzeichen. Wir werden also wahrscheinlich nicht aufklären können, wer Ihnen diese Wunde zugefügt hat.«

Damit verabschiedete sich die Kriminalkommissarin.

Im Krankenzimmer von Andreas herrschte danach einen Moment Stille. Dann sprach die Professorin zögernd und etwas verlegen: »Andreas, Laila«, – darf ich Laila sagen?«

Als Laila zustimmend nickte, fuhr sie fort: »Ich habe einen Verdacht. Den Text in der modernen Schrift hast möglicherweise du geschrieben, Andreas. Ich habe ein, zwei Buchstaben gesehen, die solchen in deinen handschriftlichen Notizen zum Verwechseln ähnlich sind. Und so wie du bin ich Sachverständige nicht nur für alte Schriften. Für mich ist es weniger die Frage, ob du das geschrieben hast, sondern nur, wann und unter welchen Umständen.«

Andreas sah die Professorin ruhig und gelassen an, während Laila erschrocken und hörbar tief Luft holte. Dann sagte Andreas: »Hast du auch eine Vermutung, wie, wann und warum ich das gemacht haben sollte?«

Katrin Kamka schüttelte den Kopf. »Die Fakten sind: Du und Laila, ihr wart zwei Tage wie vom Erdboden verschluckt. Ihr sagt, ihr hättet einfach mal das Leben fern aller Zivilisation ausprobieren wollen.«

»Genau«, sagte Andreas, »das wollten wir.«

»Ich kenne dich seit mehr als zehn Jahren, wir arbeiten fast täglich mehrere Stunden zusammen, wir wissen sehr viel Persönliches voneinander. Du bist nicht der Typ, der so knall auf Fall eine für ihn derart neue Idee entwickelt und sie von jetzt auf gleich in die Tat umsetzt. Du hättest nie behauptet, eine Studienreise zu Altertümern längs des Rheins machen zu wollen, wenn das nicht deine ernsthafte Absicht gewesen wäre.«

»Und doch haben wir das getan. Wir sind zwei Tage fern der Zivilisation untergetaucht.«

Die Professorin nickte. »Das ist ja das Rätsel. Und dazu kommt noch, dass du in weiblicher Begleitung verschwunden bist. Du hast ja ab und zu davon gesprochen, dass da im Fitnessstudio eine Frau trainiert, die du überaus sympathisch findest, die du aber nie ernsthaft anzusprechen gewagt hast, obwohl ich dir mehrfach dazu geraten habe, wie du dich erinnern kannst.«

»Das ist ja hochinteressant«, murmelte Laila lächelnd. »Du hast dir das wirklich nie anmerken lassen.«

»Und nun habt ihr euch ohne Weiteres zu so einer intimen gemeinsamen Reise verabredet? Das klingt für mich wenig überzeugend«, sagte Katrin.

»Katrin, ich habe mich ganz spontan getraut, sie anzusprechen und ihr diesen Vorschlag zu machen. Das war, als wir uns zufällig auf der Rheinfähre getroffen haben. Ohne dein Zureden in der Vergangenheit hätte ich das möglicherweise nicht gewagt. Dafür sind wir dir dankbar, nicht wahr, Laila?«

»Wirklich, wenn das auf Ihren Einfluss zurückgeht, Katrin, dann auch von mir: tausend Dank«, strahlte Laila.

»Laila, lass doch bitte auch das förmliche Sie weg.«

Laila nickte. »Gerne, Katrin, danke.«

Katrin setzte ihre Erklärung fort. »Es gibt noch etwas, was mir zu schaffen macht.«

»Was ist das?«

»Deine Verletzung, Andreas. Ich glaube nicht, dass zwei junge Wanderer mit einem Schwert durch den Naturpark wandern und schlafende Menschen suchen, um sie zu verletzen und auszurauben. Deine Wunde muss anders entstanden sein.«

»Und wie, glaubst du, kann sie entstanden sein?«, fragte Andreas mit hochgezogenen Augenbrauen.

»In deiner Schnittwunde wurden Rostsplitter und auch Spuren von Bronze, wahrscheinlich antike, gefunden. Außerdem Reste von einem Fett, ziemlich sicher aus Bucheckern. Wir wissen, dass es in der Völkerwanderungszeit noch keinen rostfreien Stahl gab. Marodierende Banden haben wahrscheinlich noch Bronzeschwerter benutz. Die Waffen wurden, so gut es ging, durch Einfetten gegen Rost geschützt. Für mich heißt das, deine Verletzung wurde mit so einer alten Waffe verursacht. Aber die Polizei hat in weitem Umkreis um die Stelle, an der ihr lagt, nichts dergleichen gefunden.«

Laila sah Katrin mit aufgerissenen Augen an und fragte: »Wie sollte Andreas mit so einer Waffe verletzt werden, wenn es keine gab?«

»Es gibt noch einen Aspekt, den wir da berücksichtigen können: Das Schreiben, das Luca Toblach von ihrem Großvater bekommen hat. Ihr erinnert euch, dass in der dort erwähnten Legende die Rede war von zwei himmlischen Boten, die plötzlich aufgetaucht sind und eine Botschaft an die Menschen der Zukunft schreiben wollten. Nur mit der Kenntnis dieses Textes könnten die Menschen in der fernen Zukunft den beiden helfen. Diese himmlischen Boten, das wart ihr. Ich glaube, du wolltest einen Hilferuf an unsere Gegenwart schicken, aber ihr seid auch so zurückgekommen. Und bei eurem Abenteuer in der Vergangenheit ist Andreas verletzt worden.«

»Eine wilde Story, die du dir da zusammengereimt hast«, sagte Andreas gedehnt.

»Ja, sehr wild und unglaublich, ich glaube ja selbst nicht richtig daran, aber es ist die einzige Geschichte, die alle Ereignisse und Fakten in diesem Fall berücksichtigt.«

»Was willst du mit dieser Geschichte machen?«, fragte Laila ängstlich.

»Ich verlange keine Aussage von euch zu dieser Geschichte. Ich werde sie tief in meinem Innersten vergraben und hoffentlich irgendwann vergessen. Ich bin froh, dass ihr da seid und dass Andreas und ich in Ruhe weiterarbeiten können.«

Zu Andreas gewandt ergänzte Katrin: »Wir sollten zusehen, dass deine angedachte Erklärung der Schrift Bestand hat. Ich komme morgen, dann sehen wir uns die Videoaufnahmen an und besprechen das weitere Vorgehen. Für heute würde ich gern Schluss machen.«

Als die Professorin gegangen war, sagte Laila: »Eine bemerkenswerte Frau. Ich mag sie sehr. Glaubst du, sie wird diese Geschichte für sich behalten?«

»Da bin ich absolut sicher. Sie weiß, dass wir keine ruhige Minute mehr hätten, wenn die sozialen Medien und sensationsgierige Reporter uns mit Anfragen und immer weitergehenden Spekulationen nachstellen.«

»Hoffentlich hast du recht«, seufzte Laila.

Dann verabschiedete auch sie sich.

***

Eine Woche später saß Andreas schon wieder an seinem Schreibtisch. Das in einem hoch spezialisierten Studio inzwischen angefertigte Bildmaterial der Handschrift war gerade eingetroffen. Andreas hoffte, dass kein weiterer größerer Schaden entstanden war und dass der Text außer auf den zwei von Beko und Mair zerstörten Seiten einigermaßen zuverlässig zu analysieren war.

Andreas wollte gerade die erste Bildsequenz auf seinem Monitor ansehen, als das Telefon läutete. Es war Katrin Kamka.

»Andreas, da ist dieser Verleger Mair am Apparat. Er will einen Artikel über die neue Handschrift auf der Homepage eines seiner Verlage veröffentlichen und bittet mich um eine Unterredung. Darf ich das dir überlassen?«

Andreas stöhnte. »Der kommt mir gerade recht, aber okay, ich übernehme das. Mal sehen, ob ich ihn abwimmeln kann. Stelle ihn einfach zu mir durch.«

Als sich Andreas mit seinem Namen meldete, schnauzte ihn Axel Mair sofort an: »Wieso hat mich die Professorin an Sie weitergegeben? Ich wollte einen kompetenten Ansprechpartner.«

»Herr Mair, hier bei uns gibt es nur kompetente Mitarbeiter. Was kann ich für Sie tun?«

Axel Mair gab ein paar undefinierbare Laute von sich und bellte dann: »Bei Frau Kamka wurde doch eine bisher unbekannte Handschrift abgegeben, die 1500 Jahre oder noch älter sein soll. Was können Sie mir darüber sagen?«

Andreas blieb gelassen. »Es stimmt, eine solche Handschrift wurde abgegeben. Was konkret wollen Sie dazu wissen?«

»Alles«, antwortete Axel Mair.

»Sie müssen schon etwas konkreter werden, was Sie interessiert. Ich kann mir nicht vorstellen, dass das die Werte der Laboranalysen zur Altersdatierung sind.«

»Natürlich nicht. Mich interessiert der Inhalt.«

»Dazu können wir erst etwas sagen, wenn wir die Texte analysiert haben. Die Handschrift wurde gerade digitalisiert. Die Ergebnisse sind erst heute Morgen hereingekommen.«

»Aber Sie haben doch die Videoaufnahmen von zwei Seiten, die vor einigen Tagen schon gemacht wurden«, rief Axel Mair ärgerlich. »Dazu könnten Sie doch schon etwas sagen.«

Andreas musste innerlich grinsen. »Was sollte ich denn dazu sagen können?«, fragte er.

»Ich habe gehört, dass da möglicherweise das Versteck des Nibelungengoldes beschrieben wird. Ich möchte wissen, ob das stimmt«, ließ Mair die Katze aus dem Sack.

»Herr Mair, Sie haben doch eine Kopie dieser von Ihrem Sohn und seinem Freund illegal hergestellten Aufnahme, bei der die Handschrift dann zerstört wurde. Lesen Sie einfach den Text auf diesem Video, dann werden Sie vielleicht wissen, ob das stimmt.«

Es war eine Freude für Andreas, zu hören, wie der Anrufer am anderen Ende der Verbindung nach Luft schnappte. Ein paar Sekunden war nur der Atem von Mair zu hören, der sich allmählich wieder zu beruhigen schien.

Dann klang seine Stimme wieder sachlich. »Ich habe auch gehört, dass in dieser Handschrift Text teilweise in einer modernen Schrift geschrieben ist, die nicht mit der Altersbestimmung übereinstimmen kann. Man munkelt, dass es vielleicht Zeitreisende gegeben hat, die diesen Teil der Handschrift verfasst haben.«

»So munkelt man? Wer munkelt denn diesen Unsinn?«

»Mein Sohn hat das aus kompetenter Quelle gehört«, behauptete Axel Mair.

»Und von wem will Ihr Sohn des gehört haben? Nein, Herr Mair, bisher haben nur Sie, die beiden Einbrecher und wir hier im Institut die Aufnahmen gesehen. Sie werden doch nicht glauben, dass wir hier als Wissenschaftler ernsthaft über eine Zeitreise spekulieren. Das gehört in den Bereich Fantasy oder Science Fiction und kann nur von Ihrem Sohn oder Herrn Beko in die Welt gesetzt worden sein.«

»Und die Schrift?«

»Wir werden die Schriften auf den Aufnahmen genau unter die Lupe nehmen. Aber glauben Sie mir, wenn es tatsächlich unterschiedliche Schrifttypen geben sollte, wird es sicher plausible Erklärungen dafür geben. Aber ich möchte das Gespräch jetzt beenden, wenn Sie keine Fragen haben, die ich als Spezialist für Paläografie beantworten kann.«

Axel Mair beendete ohne weiteren Kommentar grußlos das Gespräch.

Dann war zunächst nichts mehr von ihm zu hören. Aber zwei Tage später rief Anna Mendel von der Landesbibliothek in Karlsruhe aufgeregt bei der Professorin in der Universität an. »Sind Sie schon informiert, was man heute auf der Homepage des Mair-Verlagsservice lesen kann?«

»Nein. Was steht da? Etwas über uns?«, fragte Frau Kamka.

»Ja, eine ziemlich bösartige Unterstellung. Dort steht ein Artikel mit der Überschrift *Geheimniskrämerei um den sensationellen Fund einer neuen antiken Handschrift*. Sie behaupten, dass in dieser Handschrift konkrete Hinweise darauf gefunden worden seien, wo Hagen von Tronje nach dem Tod der letzten Burgunderkönige den sagenumwobenen Schatz der Nibelungen versteckt habe.«

»Aber das ist doch keine Unterstellung, sondern einfach eine dumme Behauptung. Damit disqualifiziert sich Herr Mair selbst«, erklärte die Professorin.

»Doch, es wird nämlich gesagt, dass das Team der Universität Heidelberg konkrete Informationen zurückhalte, um möglicherweise selbst den Schatz zu bergen. *Will das Team um die leitende Professorin sich eine goldene Nase holen?* ist in dem Artikel wörtlich zu lesen.«

»Ja, das ist heftig. Ich lasse prüfen, ob man Herrn Mair wegen Verleumdung und Beleidigung belangen kann. Auf jeden Fall verlange ich von ihm eine Entschuldigung.«

»Bei uns in Karlsruhe gibt es schon erste Anfragen von Journalisten, was an dieser Behauptung dran ist. Was soll ich denen sagen?«, fragte Frau Mendel.

»Sie können sagen, dass die Handschrift und sämtliche Dokumente dazu vor zwei Tagen zur weiteren Untersuchung an das EU-Projekt DIGIPAL am Kings College in London weitergegeben wurden. Anfragen zum Inhalt sollten am besten dorthin gerichtet werden.«

»Das ist gut«, sagte die Bibliothekarin. »Das sollte diese Verleumdungskampagne stoppen können.«

Schon kurz nach dem der Artikel bei Mair-Verlagservice online war, setzte der übliche Shitstorm in den sozialen Medien ein, in dem die Professorin, ihre Mitarbeiter und Mitarbeiterinnen namentlich benannt und angegriffen wurden.

Es gab aber auch Nachfragen und darauf folgende realistische und positive Berichte seriöser Redaktionen.

Aber erst als vom Kings College veröffentlicht wurde, dass die von Laien aufgestellte Behauptung mit Sicherheit falsch sei, in einem Textabschnitt der Handschrift werde das Versteck des Nibelungenschatzes beschrieben, legte sich die Aufregung. In der fraglichen Textpassage stehe die Information, dass einige burgundische Flüchtlinge zwei Jahre nach der Schlacht von 436 nach Christus auf der Flucht von Hunnen im Rhein ertränkt worden seien.

Das alles schien Axel Mair und sein Verlagsimperium anscheinend nicht mehr zu interessieren, bis kurz darauf eine neue Meldung durch die Presse ging. Der Verleger Mair suche Investoren, die bereit seien, mit ihm die Suche nach dem Nibelungenhort durchzuführen. Er sei im Besitz konkreter Informationen, an welcher Stelle die Suche wirklich erfolgreich sein könne. Es sei damit zu rechnen, dass die Suche genehmigt würde.

Es ist nicht bekannt, wieviele Menschen diesem Aufruf gefolgt sind und in das Vorhaben Geld investierten. Auch wurde Axel

Mair und seinen möglichen Geldgebern nie eine Genehmigung zur Suche erteilt.

Die Wahrheit über den Mann aus der Zukunft

Diese Geschichte ist eine Weiterführung der Handlung von *Der Mann aus der Zukunft*. Den Namen des Protagonisten – in Eschbachs Original *Peter Brück* – habe ich zu *André Bach* geändert. Eine kleine Anleihe habe ich auch bei *Der Albtraummann* gemacht.

Ich war gespannt auf die Unterredung mit André Bach. Wann hat man als unbekannter Hobby-Autor schon einmal die Ehre, von einem so berühmten und geehrten Science-Fiction Schriftsteller zu einem Gespräch empfangen zu werden. Nach den üblichen Begrüßungsformalitäten hatten wir uns in einer gemütlichen Sitzecke seines Arbeitszimmers niedergelassen.

»Dann legen Sie mal los. Sie haben angedeutet, dass Sie eine meiner Kurzgeschichten ganz besonders interessiert. Welche ist das?«, eröffnete er das Gespräch.

»Es geht um die Geschichte über einen Mann, der am Silvesterabend einsam an einem schmierigen Fenster steht, durch alte graue Gardinen auf einen hässlichen Hinterhof hinausschaut und davon träumt, ein erfolgreicher Schriftsteller zu werden«, sagte ich.

»Ah, Sie meinen die Story *Der Mann aus der Zukunft*. Was ist damit?«

»Die Story hat mich gleich sehr begeistert. Sie ist nach meiner Einschätzung ganz besonders gut gelungen. Sie haben das doch zuerst als Hörspiel in eigener Produktion herausgebracht.«

»Ja«, bestätigte er. »Eines meiner frühen Werke.«

Ich nickte. »Ich fand es faszinierend, wie Sie Ihren Lesern ein Mosaiksteinchen nach dem anderen über diesen für sie so seltsamen Gast offerieren, bis die anfängliche vage Vermutung, was es mit ihm auf sich hat, zur Gewissheit wird.«

»Sie schmeicheln mir. Aber ich denke heute noch sehr gern an diese alte Geschichte. Das war wirklich eines meiner Meisterwerke als Short Story. Aber Sie haben das doch sicher nicht nur erwähnt, um mir Honig ums Maul zu schmieren.«

Nach kurzem Zögern kam ich auf den Punkt. Ich wollte ihn provozieren. »Sie haben nie öffentlich bekannt, dass Sie selbst der Mann sind, der am Fenster steht und träumt, ein berühmter Autor zu werden. Aber die Story ist nach meiner Meinung autobiografisch. Und der Mann aus der Zukunft ist keine von Ihnen erfundene Fantasiegestalt, sondern er war tatsächlich zu Besuch bei Ihnen.«

Er lachte laut auf. »Sie haben eine blühende Fantasie. Die braucht man, wenn man Science-Fiction schreiben will. Ich denke, Sie könnten in diesem Metier vielleicht auch erfolgreich werden.«

»Wieso Fantasie?«, entgegnete ich. »Meine Schlußfolgerung ist doch sehr plausibel.«

Er nickte. »Es könnte so gewesen sein, da haben sie recht. Aber Plausibilität ist kein Beweis.«

»Ja, das sehe ich ein, ein Beweis ist das nicht. Aber gehen wir doch Ihre Geschichte einmal Schritt für Schritt durch, und ich werde Ihnen die Punkte darlegen, die meine Einschätzung stützen.«

André Bach dachte einen Moment nach und sagte dann: »Ich habe einen anderen Vorschlag: Sie überlegen sich, wie die Geschichte vom Mann aus der Zukunft ausgesehen hätte, wenn ich das wirklich so erlebt hätte. Dann schreiben Sie Ihren vermeintlichen Tatsachenbericht darüber. Sie schreiben das, was sich Ihrer Meinung nach wirklich ereignet hat. Ich gebe Ihnen ein paar Wochen Zeit, diese Variante zu entwickeln. Dann kommen Sie wieder und lesen mir Ihre – natürlich rein hypothetische – Geschichte vor. Wer weiß, vielleicht werde ich dann zugeben und sagen, dass es so war. Vielleicht auch nicht.«

Der Vorschlag klang faszinierend. André Bach, ein anerkannter, weltberühmter Autor forderte mich, einen Hobby-Schriftsteller auf, die Wahrheit über eine seiner angeblich frei erfundenen Fiktionen herauszufinden und niederzuschreiben. Ich stimmte seinem Vorschlag selbstverständlich sofort zu.

Und hier ist sie, die Variante zu *Der Mann aus der Zukunft*, erzählt von Attila Geole.

***

André Bach erinnert sich auch heute noch gut an diesen 31. Dezember 1994, der seine Entwicklung als Science-Fiction Schriftsteller so nachhaltig beeinflusste. Es war das versöhnliche Ende eines schwierigen Jahres. Nach langen, teilweise sehr frustrierenden Bemühungen war es ihm endlich gelungen, einen Verleger zu finden, der sein Erstlingswerk publizieren wollte. Wie viele Versuche hatte er gemacht. Die meisten Verlage reagierten gar nicht auf sein Manuskript, einige wenige schrieben höfliche, aber nichtssagende Ablehnungen. Aber ein Verleger erbarmte sich, und eigentlich hätte er froh sein müssen. Doch dann kam mit der ersten Tantiemenabrechnung die nächste Ernüchterung: So wenig verkaufte Exemplare seines Werkes. Er wurde das Gefühl nicht los, mit diesem Buch den Flop des Jahres gelandet zu haben.

So wird es niemanden wundern, dass er an diesem 31. Dezember ziemlich trübsinnig am Fenster lehnte und ernsthaft darüber nachdachte, ob er wirklich eine Karriere als Schriftsteller anstreben sollte, oder ob es nicht doch vernünftiger wäre, in seiner ganz einträglichen hauptberuflichen Tätigkeit als Softwareentwickler auszuharren.

Er neigte eigentlich nicht zu Depressionen, aber an diesem Abend kam einiges zusammen. Die ärgerliche Erfahrung mit seinem Roman wurde schon erwähnt. Heute litt er aber auch besonders unter der Einsamkeit, hier allein in seiner kleinen Wohnung, während andere, glücklichere Menschen in fröhlicher Gesellschaft das neue Jahr erwarteten. Das trübselige, feucht-klamme Winterwetter tat sein Übriges dazu.

Da stand er also am Fenster, starrte hinaus auf den Hinterhof und redete sich ein, unter einer massiven Schreibblockade zu leiden, obwohl er gerade die Idee hatte, dass dieses stumpfsinnige Glotzen eines eher minderbegabten Schriftstellers eine ganz gute Eröffnung einer interessanten Geschichte sein könnte.

Doch er konnte den Gedanken nicht weiter spinnen, weil er durch das Läuten der Türglocke abrupt unterbrochen wurde. Eigentlich wollte er nicht öffnen, aber irgendetwas trieb ihn doch zur Tür. Wahrscheinlich war er einfach nur froh, dass er nicht länger darüber nachdenken musste, wie er aus seiner Idee eine tolle Story entwickeln könnte. Er öffnete.

Ein ihm bis dato unbekannter Besucher stand vor der Tür. Bevor er ihn höflich wieder abwimmeln konnte, redete der sofort darauf los. »Entschuldigen Sie die Störung. Mein Name ist Hans, Hans Schmidt. Ich bin gerade hier im Haus eingezogen und bin jetzt ganz allein in meiner kleinen Wohnung. Ich habe registriert, dass Sie auch alleine sind. Wir könnten uns zusammentun: Hätten Sie nicht Lust, diese Flasche mit mir zu leeren?« Er hielt ihm eine Flasche Sekt vor die Augen. Und was er dann sagte, das war sozusagen der Zauberschlüssel, der André Bachs damals normalerweise gut verschlossene Tür öffnete.

»Ich muss Sie unbedingt persönlich kennenlernen. Im September haben Sie einen Roman veröffentlicht, den ich gelesen habe. Es ging um die komplizierten, verwickelten Ereignisse in einer fernen Galaxis. Das haben Sie ganz eindringlich geschildert. Der Roman hat mir außerordentlich gut gefallen.« Es ist wahrscheinlich jedem klar: Wenn ein junger Autor am Anfang seiner schriftstellerischen Laufbahn mit so positiven Worten überfallen wird, dann ist das wie himmlische Musik in seinen Ohren.

Der kurz darauf knallende Sektkorken heizte die euphorische Stimmung weiter an, in die er geriet. Hans Schmidt wischte zwei Wassergläser ab, die ungewaschen in Bachs Spüle standen. Dann füllte er sie mit dem prickelnden Getränk. Nach einem ersten tiefen Zug aus dem Glas brach es aus Bach heraus: »Ich habe gerade eine neue Idee. Ich glaube, ich könnte vielleicht einen sehr schönen Roman daraus machen.«

Normalerweise neigte er nicht zu solchen plötzlichen unüberlegten Äußerungen. Deshalb war er zunächst sehr erschrocken. Er hatte Angst, dass er mit diesem Ausbruch ziemlich überheblich wirken könnte.

»Ja, Sie werden einen sehr guten Roman schreiben«, entgegnete der Besucher ruhig. »Nicht nur einen. Sie werden viele schreiben, und Sie werden ein gefeierter Schriftsteller.«

»Woher wollen Sie das wissen?«, fragte er.

»Ich habe Ihren Roman gelesen, das macht es für mich klar. Nur eines, das sollten Sie überlegen.«

»Was meinen Sie damit?«, wollte André wissen.

Der Besucher sagte: »Sie sehen die Welt zu pessimistisch.«

Was André seinem Gast darauf antwortete, das war ihm damals offensichtlich sehr wichtig, und heute ist es für die Menschheit wichtiger denn je. Deswegen sei hier noch einmal wörtlich zitiert, was er ihm geantwortet hat: »Schauen Sie sich doch um in der Welt – wir vergiften die Luft, die wir atmen, das Wasser, das wir trinken, den Boden, auf dem wachsen soll, was wir essen. Und es sind sechs Milliarden Menschen, die essen wollen, und nichts – außer einem Atomkrieg vielleicht – wird verhindern, dass sich diese Zahl noch verdoppelt. Man nennt es Wirtschaftskrise, aber in Wirklichkeit wird einfach um die letzten Reste Leben gekämpft. Und wir, die wir nichts abbekommen, betrinken uns, nehmen Drogen oder tanzen uns bei hypnotischer Musik zu Tode.«

Das hat André Bach im Jahr 1994 gesagt und so niedergeschrieben. Und heute, im Jahr 2025, sind wir schon mehr als acht Milliarden Menschen auf der Erde, und nichts hat sich gebessert, im Gegenteil. Im Jahr 2100 werden wir mehr als zehn Milliarden sein.

Aber zurück zur Geschichte. Um es kurz zu machen: André hatte auf der Sektflasche die Jahreszahl 1999 gelesen, aber es wurde gerade das Jahr 1994 geschrieben. Natürlich hätte das eine Fälschung sein können, weil Hans Schmidt sich einen Scherz mit ihm leisten wollte. Aber als er ihn auf die Jahreszahl ansprach, merkte er an seiner erschrockenen Reaktion, dass es stimmte. Und Hans gab es auch zu: Er sei aus der Zukunft. Aha, ein Zeitreisender, glaubte André damals. So unglaublich es auch war. Hans sagte, er sei Historiker, der die Vergangenheit untersuche, um die Entwicklung der Welt besser zu verstehen.

André fragte ihn, wieso er gerade ihn bei seiner Reise in die Vergangenheit besucht habe.

Seine Antwort: »Ich habe alle Bücher gelesen, die Sie noch verfassen werden, und ich will Ihnen Mut machen, sie zu schreiben.«

André wollte ihn schon fragen, wieso er ihm zum Schreiben seiner Bücher Mut machen wollte, wo er doch anscheinend wisse, dass er sie schreiben würde. Wie sonst hätte er sie lesen können? Aber seltsam, er wusste auf einmal, dass sein Besucher das nicht beantworten würde, also sagte er nichts.

Dann erzählte ihm Hans noch einige Allgemeinplätze über die Welt, wie sie sich entwickeln würde. Er verriet keine Details, das sei ihm verboten. Er gab nur einige pauschale Sprüche ab: »Das Leben wird immer chaotisch bleiben. Freude und Leid, Geburt und Tod, Niederlagen und Siege, das alles wird es immer geben.«

Während er das sagte, hatte André sich zum Fenster gedreht, weil die ersten Silvesterraketen zu hören und zu sehen waren. Als er wieder zu seinem Besucher blickte, war der nicht mehr da. Auch die Sektflasche war verschwunden, die Gläser standen wieder schmutzig wie vorher im Waschbecken.

Die Erzählung von damals über den Zeitreisenden endet mit seinem Verschwinden. Was bisher noch nie geschrieben und auch niemandem erzählt wurde: In Wirklichkeit ging die Geschichte weiter.

Ein paar Tage später war er wieder da.

André Bach ging gerade mit einer Tasse Kaffee zum Computer, da stand der Besucher vom Silvesterabend dort. André hatte den PC wie immer heruntergefahren, als er am Tag vorher sein Schreibpensum erledigt hatte. Nun aber war er eingeschaltet. Woher kannte der Unbekannte sein Passwort? Idiot, sagte er in Gedanken zu sich selbst, er ist ein Zeitreisender. Er hat dir sicher schon oft über die Schulter geschaut.

»Genau«, hörte er ihn sagen. »Das mit dem über die Schulter schauen stimmt. Aber ich bin kein Zeitreisender, so wie du dir das vorstellst, lieber André.« Er war zum vertraulichen *DU* gewechselt und redete ihn mit *lieber André* an. Meinetwegen, dachte André, das war für ihn in Ordnung.

Was aber nicht in Ordnung war, oder besser gesagt, was ihn zutiefst verwirrte: Er hatte *Zeitreisender* und *über die Schulter geschaut* nur gedacht. Er hatte es mit absoluter Sicherheit nicht ausgesprochen.

»Das ist richtig. Du hast das nicht gesagt, aber du hast es gedacht, und diese Gedanken habe ich empfangen, genauso wie ich es gehört hätte, wenn du es ausgesprochen hättest. Ich gehöre zur Gilde der Connectoren.«

Gilde der Connectoren? Davon hatte er noch nie gehört. »Was ist das für eine Gilde? Was sind Connectoren?«, fragte er.

»Unsere oberste uns alle steuernde Intelligenz ist unersättlich dabei, zu lernen. Sie will unter anderem auch alles wissen, was in den Köpfen der Menschen vor sich geht. Daher braucht sie Zugang zu den Gehirnen der Menschen.«

Das Gesicht von André war wie ein großes Fragezeichen.

»Besonders befähigte Menschen werden deshalb zu Connectoren ausgebildet. Sie werden Spezialisten, die sich mental in andere Gehirne einloggen und dann sämtliche Sinnesempfindungen, Emotionen und Gedanken dieser Gehirne aufnehmen und nachvollziehen können.«

André war entsetzt. »Das heißt, Sie wissen alles über mich, ich bin wie ein offenes Buch für Sie?«

»Nur wenn ich mich aktiv einklinke. Meistens schalte ich aber meine Sensoren offline. Übrigens, du kannst mich auch duzen. In meiner Welt gibt es den Unterschied zwischen DU und SIE nicht. Ich heiße …« nach kurzem Zögern sagte er »… nenne mich einfach Hans, so wie ich mich an Silvester vorgestellt habe.«

»Ok Hans. Ich vermute, das ist nicht dein richtiger Name. Aber wenn du alles über mich weißt, dann habe ich auch das Recht, alles über dich zu wissen. Wer bist du? Woher kommst du? Aus welchem Jahr stammst du?«

Er war hochgradig gespannt, geradezu erregt. Wenn man sich das vorstellt: Einem Science-Fiction-Autor am Beginn seiner Karriere begegnet ein Wesen aus einer anderen Welt. Die einmalige Chance, Stoff für seine nächsten Erzählungen und Romanc zu sammeln, wollte André nutzen.

Hans lächelte und nickte verstehend.

Das folgende ist nun die wortgetreue Wiedergabe der Unterhaltung von Hans und André, in der Hans dem aufmerksamen Jungautoren einige Details über sich und seine Welt nahebrachte. André verstand nicht alles sofort, und akzeptierte es auch nicht so ohne Weiteres, aber aus heutiger Sicht war alles korrekt.

»Ob ich von der Erde stamme oder von einem anderen Planeten irgendwo in der unendlichen Weite des Weltalls, das tut nichts zur Sache. Es ist auch unwichtig, wie weit in der Zukunft oder vielleicht auch in der Vergangenheit meine Existenz beginnt.«

Auf Hans Gesicht erschien ein versonnener Ausdruck. »Die Erinnerungen an meine Kindheit und Jugend sind mir heute noch so deutlich wie früher, aber ich wusste damals noch nicht, was ich wirklich war. Ich ahnte nicht, dass ich auf einer Liege in einer Wohneinheit irgendwo in einem riesigen Wohncontainer lag und alle meine Empfindungen auf Stimulationen durch einen Connector beruhten, der im Auftrag der Gilde für mich zuständig war. Ich hatte natürlich auch keine Ahnung, dass ich künstlich ernährt wurde. Ich genoss mit Freude mein Leben, mit all den Abenteuern, die ich in mitten von fantastischen Welten erlebte. Irgendwann machte ich auch erste tolle sexuelle Erfahrungen.«

Als Hans das sagte, spürte André, wie sich in ihm ein erotisches Verlangen regte. Er wusste nicht, woher das so plötzlich kam. »Aha, das interessiert dich offensichtlich«, sagte Hans mit leichtem Schmunzeln. »Dann mach mal die Augen zu.«

Das war ihm peinlich, er wollte protestieren, aber seine Augen schlossen sich wie von allein. Und dann sah er einen richtigen Pornofilm, mit sich selbst als Hauptdarsteller. Ersparen wir uns die Beschreibung des Films. Es war eine wilde Orgie.

Als André die Augen wieder aufschlug, stand Hans immer noch an seinem Tisch. Er hatte sich während der Filmvorführung anscheinend nicht von der Stelle gerührt. Auf dem Tisch stand seine noch immer dampfende, heiße Tasse Kaffee.

»Was war das denn?«, stammelte er. Er war zwar ziemlich erschöpft, aber fühlte sich trotzdem unendlich wohl. Seine Hose war im Schritt stark durchfeuchtet von den mehrfachen Höhepunkten, die er anscheinend genossen hatte.

»Du hattest gerade ein Erlebnis, wie es in meiner Welt alltäglich ist. Man muss es wollen, dann kommt es. Aber es ist nicht real, sondern virtuell, nur in Deinem Kopf.«

André konnte es nicht glauben. »Ich war dort, in einem wunderschön gestalteten Raum, ein super Eroscenter. Mehrere Frauen …«

Hans unterbrach ihn. »Ich kenne die Szenerie, die habe ich ja für dich generiert. Das Ganze hat nach deiner Zeitrechnung höchstens drei Minuten gedauert. Mehrere Höhepunkte gehen halt bei deinen biologischen Voraussetzungen nicht schneller.«

»Aber wie…«

»Ich bin ein Connector der obersten Kategorie. Ich kann Wahrnehmungen und Empfindungen anderer nicht nur registrieren, sondern auch erzeugen und aktiv lenken«, sagte Hans. »Du würdest in Begriffen deiner Welt sagen, dass ich nicht nur Lese-, sondern auch Schreibzugriff auf dein Gehirn habe.«

Und dann informierte er André, wie seine Welt funktioniert.

»Stell dir vor, die Stadt, aus der ich stamme, erstreckt sich über mehrere Ebenen, mit gigantischen Wolkenkratzern, die sowohl in die Höhe als auch in die Tiefe gebaut sind. Die oberen Etagen werden als Wohnflächen genutzt. Dort leben alle in virtueller Realität, gesteuert von uns Connectoren und künstlicher Intelligenz. Nach den Vorstellungen deiner Welt sind das alles Nichtsnutze, aber sie selbst empfinden ihr Dasein als ideale Lebensform.«

»Und was ist mit denjenigen, die nicht so leben wollen? Gibt es solche Menschen überhaupt? Wo und wie leben die?« André konnte sich nicht vorstellen, dass alle Menschen in der von Hans geschilderten virtuellen Welt existieren wollten. Es musste doch auch noch ein anderes Leben geben.

»Die soziale Dynamik bei uns hat sich in eine andere Richtung als hier in deiner Welt entwickelt. Beziehungen knüpfen und pflegen ist mit dem Hang zum Nichtstun nicht vereinbar. Es gibt kaum Interaktionen, man spricht nicht miteinander, man streitet auch nicht. Oder gemeinsame Abende unter Freunden, wie du sie kennst, zum Beispiel Grillabende oder auch Trinkgelage, finden schon seit Langem nicht mehr statt, denn man wird künstlich ernährt und hat auch jederzeit auf Wunsch seinen Rausch, ohne dass man Kopfschmerzen befürchten muss. Auch Sex ist im Normalfall virtuell. Das hast du ja gerade erlebt. Real ist er nur, wenn die künstliche Intelligenz entscheidet, dass die Geburtenrate es erfordert. Die wenigen Glücklichen werden dann von der Connectorengilde nach medizinischen Kriterien ausgewählt.«

André hatte ein beklemmendes Gefühl. »Aber es muss doch Menschen geben, die diese Welt am Leben halten, die für die künstliche Ernährung sorgen, die…«

»Arbeiten muss außer einigen Spezialisten für unsere elektronischen Systeme und uns Connectoren niemand. Alles andere wird von Robotern erledigt. Es gibt zwar immer noch die schwebenden Hochgeschwindigkeitszüge und unterirdische Transportsysteme, die jeden schnell und sicher durch die Stadt befördern könnten. Aber die sind aus der Mode gekommen, die braucht niemand mehr, wenn er nur noch auf der weichen Matratze liegt.«

Hans machte eine nachdenkliche Pause. André nutzte die für eine Frage, die ihm auf der Zunge lag. »Die wenigen Arbeitenden, die du erwähnt hast: Was motiviert die? Warum genießen die nicht auch dieses sorgenfreie Leben in der virtuellen Realität? Du, zum Beispiel. Irgendetwas muss doch dazu geführt haben, dass du aus diesem doch relativ glücklichen Dasein aussteigen wolltest. Was war das denn?«

»Ja, du hast recht. Mitten in diesem Leben existierte ich. Eine ganz und gar unbedeutende Figur, auf die eine Zukunft mit Nichtstun wartete. Wie gesagt, ich ahnte damals überhaupt nicht, dass ich auf einer Liege in einer Wohneinheit lag und alle meine Empfindungen auf Stimulationen durch Connectoren beruhten, die im Auftrag ihrer Gilde für mich zuständig waren. Aber irgendwann entstand in mir ein dumpfes Gefühl und bald irgendwie Gewißheit: Auf mich warteten Faulheit, Stumpfsinn, Märchen, synthetische Ernährung, Drogen und simulierter Sex, in welcher Reihenfolge auch immer. Je mehr ich darüber nachdachte, desto deutlicher erkannte ich, dass diese Aussicht mich erschreckte, bloß wusste ich keine Alternative. Ich wusste anfangs auch nicht, warum man dies zuließ, denn man musste meine Zweifel an diesem Leben doch registriert haben. Doch dann kam der Zeitpunkt, an dem mein Dasein eine besondere Richtung einschlug.«

»Was hat sich ereignet?«, fragte André gespannt.

»In einer Situation, als eigentlich die tägliche Einheit mit Erotik bevorstand, entstand stattdessen in meinem Kopf ein Bild, das in keiner Weise meiner Erwartung entsprach. Eine Gestalt, unwirklich, nicht wie aus den Bildern, die ich kannte. Eine schlanke, hoch gewachsene Figur, nicht in durchsichtige Gewänder gekleidet, sondern mit einen weiten schwarzen Mantel verhüllt. Sie blieb am Rand meiner Liege stehen. Ich konnte kaum glauben, was ich sah. Es war tatsächlich eine Frau, wie ich noch nie eine gesehen hatte. Mir gingen Fragen durch den Kopf: Wer ist sie? Wieso läuft sie so verhüllt herum? Wieso sieht sie so seltsam körperlos aus?«

Hans schien auf Antworten zu diesen Fragen zu warten, so, als ob er sie gerade das erste Mal gestellt hätte.

»Die Frau sagte, ihr Name sei Somnia. Sie sei eine mir zugeordnete Connectorin. Und dann erklärte sie mir das System, in dem ich existierte, ungefähr so, wie ich es dir erklärt habe. Sie habe bisher dafür gesorgt, dass ich alle Erlebnisse jeder gewünschten Art wirklich so empfand, als seien sie real. Wobei ich genau genommen damals gar nicht wusste, was der genaue Unterschied zwischen real und virtuell war.«

»Ich verstehe das nicht. Warum hat sie dich so ausführlich informiert? Machen die Connectoren das irgendwann mit jedem?«, fragte ich Hans.

»Diese Frage habe ich auch gestellt.«

»Und was hat diese Somnia geantwortet?«

»Sie sagte, sie sei nicht aus eigenem Antrieb gekommen. Ich hätte nach ihr gerufen.«

»Du hättest nach ihr gerufen? Wie denn und wieso?«

»Um es kurz zu machen: Sie als für mich verantwortliche Connectorin hat meine Zweifel an meinem Dasein registriert, und dass ich nach einer Alternative suchte. Sie sei von der obersten Intelligenz autorisiert, mir diese Alternative zu bieten. Aber dazu habe sie mir zunächst die Wahrheit über die Natur meiner Existenz berichten müssen. Nur so könne ich eine vernünftige Entscheidung treffen über das, was sie mir jetzt anbieten werde.

Sie erklärte weiter, dass mein Gehirn für die Ausbildung zum Connector optimal geeignet sei und dass ich ab sofort in ein Schulungsprogramm aufgenommen werden könne.«

»Das war sicher in deinem Sinn«, sagte André.

»Richtig, ich hatte zugestimmt und dann die Ausbildung in sehr kurzer Zeit erfolgreich absolviert. Zum Abschluss der Ausbildung erhielt ich meinen Connector-Codenamen, mit dem ich mich seither überall in unser System einloggen kann. Inzwischen bin ich einer der Connectoren der obersten Kategorie. Und deswegen bin ich jetzt in deinem Kopf.«

André Bach wusste sofort, dass Hans recht hatte. Er war wirklich nur in seinem Kopf. Die Gestalt, die er gesehen hatte, wenn Hans vor ihm saß, war eine Illusion. Er war körperlich nicht anwesend. Er hatte sich in sein Gehirn eingeloggt und das Bild eines Menschen transferiert, den es gar nicht gab. Er hatte gesagt, er könne gar nicht körperlich hier sein, denn Zeitreisen, wie wir sie uns vorstellen, seien nach dem für seine Zeit aktuellen Wissensstand nicht möglich. Man kann einen Körper oder irgendwelche Materie nur ein paar Sekunden in die Zukunft transferieren, aber nicht in die Vergangenheit.

André war ganz sicher, dass es auch damals in der Silvesternacht so gewesen sein musste, als Hans das erste mal bei ihm auftauchte. Er war nur in seinem Kopf gewesen.

Damals hatte er erklärt, er sei Historiker, der die Vergangenheit erforsche.

Das hat er später genauer erläutert. »Die oberste Intelligenz will immer mehr darüber wissen, was die treibenden Kräfte für den Zustand und die Entwicklungen der Welt sind. Es war schon früh klar, dass Veränderungen nicht nur ein Resultat der Wissenschaften aller möglichen Fachrichtungen sind, sondern auch ganz wesentlich durch die Kreativität und Fantasie von Menschen aus dem kulturellen Bereich angestoßen werden. Deswegen ist nicht nur jedem führenden Wissenschaftler der Erde ein Connector als Begleiter zugeordnet, sondern auch herausragenden Kulturschaffenden. Ich bin der dir zugeordnete Connector.«

Als Hans das sagte, war André fasziniert und schockiert zugleich. »Heißt das, ihr Connectoren könnt die Welt nach euren Vorstellungen steuern und die Zukunft bestimmen? Und auch fehlerhafte Entwicklungen im Nachhinein wieder korrigieren?«

»Es gibt Theorien, dass wir die Zukunft beeinflussen könnten. Aber es hat noch niemand einen Weg gefunden, das zu realisieren. Und selbst wenn man einen Weg fände, ist uns das aber bei Strafe verboten, weil die Konsequenzen nicht absehbar sind.«

Die Bekanntschaft und Zusammenarbeit zwischen André und Hans währte schon einige Jahre, als Hans eines Tages zu André Kontakt aufnahm, ohne das vertraute Bild seiner Person in Andrés Kopf zu aktivieren.

»Ich habe dich über eine wichtige Verhaltensregel der Connectoren nie informiert«, sagte er.

»Was ist los, weshalb zeigst du dich nicht?«, fragte André alarmiert.

»Ich muss unsere Zusammenarbeit beenden, weil ich gegen diese Regel verstoßen habe.«

»Was ist das für eine Regel?«

»Wir dürfen unsere Existenz und unsere Fähigkeiten nur dann offenlegen, wenn das zwingend erforderlich ist. Dieses Gebot habe ich nach Meinung unserer obersten Intelligenz in der Beziehung zu dir verletzt. Nun muss ich die Konsequenzen tragen: Ich werde ab sofort einem anderen Menschen als Connector zugeteilt. Du wirst keinen Kontakt mehr zu mir haben.« Er schickte noch einmal kurz sein Bild, dann verschwand es aus Andrés Kopf und seine Stimme war nicht mehr zu hören.

André war geschockt. So plötzlich, ohne Vorwarnung, kam das Ende dieser Verbindung. Er war ja an seine vorübergehende Abwesenheit gewohnt. Er war nicht immer da, manchmal gab es Wochen und Monate keinen Kontakt. Aber nun sollte es endgültig und für immer zu Ende sein. Hans kam nie wieder. André hat es bis heute noch nicht richtig verarbeitet.

***

Ich klappte mein Notebook zu, von dessen Display ich diese von mir geschriebene Fortsetzung zu André Bachs Erzählung abgelesen hatte. Er sah mich lächelnd an. »Das ist nun Ihre Variante zum *Mann aus der Zukunft*? Und die soll auf Fakten basieren, wahr sein?«

»Ja«, nickte ich. »Ich bin überzeugt, das ist im Großen und Ganzen real, nicht nur Fantasie.«

»Die Story mag ja ganz nett sein, aber wahr? Nein! Ich bin sicher: Es gibt keine Menschen, die Sinnesempfindungen, Emotionen und Gedanken in den Gehirnen anderer Personen lesen oder dort generieren können.«

»Doch, die gibt es«, sagte ich und änderte mein Aussehen. Gegenüber von André Bach saß nicht mehr Attila Geole, sondern Hans Schmidt. Auf dem Tisch stand eine Flasche Sekt, Jahrgang 1999.

Seychellen

In der Short Story *Hindukusch* von Andreas Eschbach spielen Drachen eine wichtige Rolle. Ich habe mich entschlossen, dazu eine Variante zu schreiben. Es sollte natürlich auch um ein Fabelwesen gehen, aber das musste ein anderes sein. Als Titel wählte ich wie Eschbach den Namen der Region, in der die Geschichte spielt. Bei mir sind das die Seychellen.

Ich sah irritiert zu meinem Gesprächspartner. Wollte er mich auf den Arm nehmen? Aber nein, er blickte mich ernst an. Da war kein verstecktes, spöttisches Lächeln, es blitzte nicht belustigt in seinen Augen. Trotzdem, ich wiederholte ungläubig, was er gerade gesagt hatte.

»Fabelwesen? Sie behaupten allen Ernstes, es gäbe Fabelwesen wie zum Beispiel Drachen, Einhörner, Greife, Lindwürmer und so weiter? Wirklich, in der Realität, nicht nur in Märchen und Fantasyromanen?«

Ich muss erwähnen, dass der Mann, der mir gegenüber im Sessel saß, ein angesehener Wissenschaftler war, der immer wieder für Laien hervorragende Berichte über neue Erkenntnisse in der Forschung verfasste. Seinen Namen will ich nicht nennen, weil ich befürchte, dass dieser Bericht über unser Gespräch seinem Ruf sehr schaden könnte. Eigentlich sprach ich mit ihm, weil ich für mein nächstes Buch seinen Kommentar zum ambivalenten Verhältnis von Science Fiction und Wissenschaft erwartete. Ich weiß nicht mehr, wieso wir auf das Thema Fabelwesen gekommen waren.

Er lehnte sich zurück und sah mich taxierend an. Scheinbar gelangweilt drehte er eine kleine schwarze Keramikschale zwischen den Fingern. Seine Berichte und Reportagen waren immer auf konkrete Fakten bezogen, seine Schlussfolgerungen waren nachvollziehbar und enthielten selbstverständlich entsprechende Hinweise, wenn sie auf Interpretationen unsicherer Daten beruhten.

»So allgemein, wie Sie es interpretieren, habe ich das nicht gemeint«, antwortete er nach einer kurzen Pause. »Ich habe nur ein einziges sogenanntes Fabelwesen real erlebt. Ob und wieviele andere existieren, kann ich nicht beurteilen.«

Nun wurde ich spöttisch. »So, nur ein einziges? Wie schade. Aber Sie sollten mir sagen, welches Wesen das war, und auch, wie Sie seine Existenz beweisen können.«

»Darauf werde ich gleich eingehen, aber gestatten Sie mir vorher noch eine Bemerkung: Die Tatsache, dass es keine wissenschaftlichen Belege für die Existenz von zum Beispiel Drachen gibt, ist kein Beweis dafür, dass es keine gibt. Auch wenn wir alle, Sie und ich fest davon überzeugt sein sollten, dass weder in der Vergangenheit oder der Gegenwart welche existierten und auch in Zukunft nicht damit zu rechnen ist.«

»Klar, wir können unmöglich wissen, ob in der Vergangenheit nicht irgendwo ein Drache existiert hat, über den leider niemand berichtet hat, und die Zukunft können wir sowieso nicht kennen. Trotzdem glaube ich nicht an Drachen«, beharrte ich.

»Das ist Ihr gutes Recht. Aber verblüffend am Beispiel Drache ist meines Erachtens die Tatsache, dass in nahezu jedem Kulturkreis dieser Erde Drachen erwähnt werden und dass sie auch immer annähernd gleiches Aussehen haben. Sie müssen mir also zugestehen: Auch wenn wir beide fest glauben sollten, dass es keine Drachen gibt: zumindest theoretisch ist es möglich, dass Drachen gelebt haben oder aktuell und in Zukunft existieren. Das Problem ist, dass wir das, was wir nicht aus eigener Erfahrung kennen, als nicht existent betrachten.«

Ich musste weiter insistieren. »So allgemein stimmt das nicht. Ich kenne zum Beispiel keinen einzigen Jugendlichen, der kifft.

Trotzdem glaube und weiß ich, dass es solche jungen Menschen gibt.«

»Gut gekontert«, gab mein Gesprächspartner zu, »ich hätte den Satz *nicht aus eigener Erfahrung kennen* ergänzen müssen. Wichtig ist auch, dass es nicht zum eigenen Weltbild passt. Nehmen Sie zum Beispiel die Corona-Leugner der jüngeren Vergangenheit. Trotz einschlägiger Beweise wurde von ihnen die Pandemie als nicht existent bezeichnet. Weil sie nicht in ihr Bild von der Welt passte.«

»Gut«, sagte ich, »da sind wir uns einig. Aber um welches Fabelwesen geht es nun?«

»Es geht um den Roch.«

»Was ist das, der Roch?«, wollte ich dann wissen. »Auch ein Fabelwesen?«

»Ja. Es wundert mich etwas, dass Sie von dem nichts wissen. Das ist ein sagenumwobener gigantischer Vogel aus der arabischen Kultur, der zum Beispiel in der Erzählung von Sindbad dem Seefahrer aus *Tausendundeine Nacht* eine Rolle spielt. Sindbad ist bei seiner zweiten Reise von seiner Schiffsbesatzung auf einer einsamen Insel vergessen worden. Er sieht den riesigen Vogel und bindet sich an seinem Bein fest. Er sagt, dass er sich wie eine kleine Fliege an diesem Bein fühlt. Der Vogel fliegt davon und rettet Sindbad so von der einsamen Insel. Aber auch Marco Polo und andere Reisende im Indischen Ozean berichten über den Vogel Roch. Angeblich konnte er locker mit einen Elefanten auf seinem Rücken sitzend davonfliegen. Die heutigen Wissenschaftler vermuten, dass er, sollte es ihn wirklich gegeben haben, vom einst auf Madagaskar lebenden Elefantenvogel abstammt. Der wurde anscheinend leider zwischen 800 und 1000 nach Christus von den Menschen ausgerottet.«

»Danke für diese Information. Ich habe wirklich noch nie von diesem Vogel Roch gehört. Und Sie haben das Fabelwesen wirklich gesehen, nicht etwa mit einer Virtual Reality Brille auf den Augen?«, fragte ich, immer noch mit leichtem Zweifel.

»Ja, doch hören Sie jetzt einfach die Geschichte und urteilen Sie dann selbst. Aber ich stelle eine Bedingung: Sie müssen mir Versprechen, meinen Namen in Zusammenhang mit dieser Geschichte nie zu erwähnen.«

Selbstverständlich versprach ich das. Und hier ist sie nun, die unglaubliche Geschichte vom Vogel Roch. Ich erzähle sie so, wie er sie angeblich erlebt hat. Das ist die wörtliche Wiedergabe seines Berichts.

***

Auf den Seychellen gibt es ein großes Projekt, mit dem wertvolle Naturareale geschützt werden sollen. Ein wichtiger Bestandteil dieses Projekts ist die Erfassung des Bestandes und die weitere Entwicklung der Meeresschildkrötenpopulation. Der Verleger John Cown unterstützt die Arbeiten mit erheblichen Förderbeträgen. Ich hatte ihn gefragt, ob ich das Projekt besuchen dürfe, da ich ein Buch plane, in dem es um die Zukunft der Seychellen geht. Ich war hocherfreut, dass ich danach zu einem Besuch einer Forschungsstation auf der Île du Nord eingeladen wurde.

Im Projekt arbeiteten einheimische Spezialisten, unterstützt von jungen Menschen verschiedener Nationalitäten, die sich freiwillig und ohne Bezahlung für diese Aufgabe engagierten. Nach einigen Tagen mit interessanten Gesprächen und Beobachtungen der Arbeit hatte uns John Cown seine Jacht Lady Akira für einen Ausflug in die Inselwelt zur Verfügung gestellt. An Bord waren außer mir noch André und Jeanne vom fest angestellten einheimischen Forscherteam. Beide waren auf Mahé geboren und aufgewachsen und hatten schon öfter Gäste von Cown mit der Jacht zu Ausflügen mitgenommen. Von den Freiwilligen aus dem Projekt wollten nur Richard aus Schottland und die Isländerin Sigrun mitfahren. Beide waren ebenfalls erfahrene Segler.

Schon bald glitt die Lady Akira elegant durch die tiefblauen Gewässer der Inseln, die sich wie grüne Juwelen im Indischen

Ozean ausbreiten. Die Sonne strahlte goldfarben, was den am Horizont sichtbaren Dunststreifen eine interessante gelb-rosa Färbung verlieh. Ich saß an Deck und genoss die Schönheit und Ruhe dieses tropischen Paradieses, während die anderen sich um die Steuerung der Jacht kümmerten. Aber, zunächst unmerklich, doch dann immer schneller, verdunkelte sich der Himmel. Jeanne blickte sorgenvoll zu André. »Ich glaube, da zieht ein Sturm auf. Was denkst du?«

André zeigte auf eine am Horizont sichtbare Insel und sagte: »Ja, gut möglich. Ich glaube, es ist sicherer, wenn wir dort eine geschützte Bucht ansteuern.« Vorsorglich legten wir alle Rettungswesten an.

Der Sturm kam schneller auf als erwartet. Die Wellen wurden höher, der Wind peitschte das Deck und die Segeljacht wurde von starken Wogen erfasst. Sigrun warf mir einen Sicherungsgurt zu und rief »Schnall dich fest.« Die Jacht lag bedenklich schief, wurde aber durch den kräftigen Wind schnell zur Insel getrieben. Mit Glück erreichten wir die angesteuerte Bucht, wo wir im Windschatten einer steilen Granitklippe einigermaßen Ruhe fanden.

»Ich fürchte, wir müssen heute Nacht hierbleiben, so schnell wird sich der Sturm nicht legen«, sagte André. »Die Lady Akira hat alles, was wir brauchen, um es bis morgen auszuhalten. Wir haben zu essen und zu trinken und Kabinen, in denen wir schlafen können.«

»Ich funke unsere Station an und informiere, dass wir in Sicherheit sind«, meldete sich Jeanne.

»Dann schaue ich mal, was die Speisekammer hergibt. Ihr habt sicher auch Hunger«, sagte Sigrun.

Der Abend wurde trotz des auch hier noch spürbaren Sturms recht gemütlich. Sigrun hatte Pasta mit Gemüse und Fisch gekocht, wir tranken einen guten Weißwein und sprachen über alles Mögliche, nur nicht über den Sturm. Als das erste Gähnen aufkam, sagte André: »Wir vier übernehmen der Reihe nach die

Nachtwache.« Er klopfte sich auf die Brust und nickte dann der Reihe nach zu Jeanne, Richard und Sigrun. »Du legst dich schlafen, wenn du Müde bist«, sagte er zu mir.

»Ich kann doch auch eine Nachtwache übernehmen«, protestierte ich.

Richard erwiderte: »Das sollte nur jemand machen, der sich mit dem Boot auskennt.«

Dagegen konnte ich nichts sagen. Da ich inzwischen tatsächlich sehr müde war, wünschte ich allen eine gute Nacht und verzog mich in eine der kleinen Kabinen unter Deck.

Irgendwann wurde ich durch lautes Schreien geweckt. »Aufwachen, alle aufwachen«, ertönte Richards Stimme. Ich stürzte an Deck, wo ich von Scheinwerferlicht geblendet wurde.

»Piraten« hörte ich neben mir eine Stimme. Ich glaube, es war Jeanne. »Piraten? Was wollen die?«, fragte ich. »Wahrscheinlich Lösegeld«, flüsterte sie. »«Die müssen den Funkspruch abgehört haben, mit dem ich unserer Station die Position der Jacht gemeldet habe.«

Nun konnte ich erkennen, dass eine dunkel aussehende Motorjacht hinter uns lag. Ein paar Gestalten waren dabei, eine starke Eisenkette an unserer Jacht zu befestigen. Gleich darauf heulte der Motor des Schiffes auf und wir wurden langsam aus der Bucht geschleppt.

Neben mir war André. Er beeilte sich, mit Jeanne den Mast der Lady Akira nach hinten umzulegen. Dann hatten beide sehr schnell zwei ungewöhnlich aussehende Pfeifen an den Lippen. Das Material konnte ich nicht identifizieren, wahrscheinlich eine Art schwarze Keramik, leicht glänzend und mit grauen Gravierungen. Mit diesen Pfeifen spielten sie eine zweistimmige kurze monoton klingende Tonfolge. Dann riefen sie uns zu: »Legt euch bitte flach auf Deck.«

»Wieso das denn?«, fragte Richard.

»Mach schon, schnell«, sagte Jeanne energisch. Da ertönte auch schon ein durchdringendes lautes Pfeifen, wie von einem Jet. Ich drehte den Kopf und schielte nach oben. Der klare Sternhimmel verdunkelte sich. Ich sah einen lang gestreckten, massigen, riesigen Vogel mit ausgebreiteten schwarzen Flügeln von mindestens fünfundzwanzig Metern Spannweite über uns vom Himmel stürzen. Mit einem einzigen Hieb seines metergroßen scharfen Adlerschnabels war die Kette durchgebissen, mit denen unsere Jacht abgeschleppt wurde. Die Piraten feuerten mit einem Maschinengewehr auf ihn, aber die Kugeln konnten ihn nicht verletzen. Ich weiß nicht, womit dieses ungeheure Wesen gepanzert war, aber das Maschinengewehrfeuer hatte aus meiner Sicht eine Wirkung wie Platzpatronen: viel Lärm, aber das anvisierte Objekt fiel nicht tot um. Dann schlugen die gigantischen Krallen des Vogels rechts und links in die Motorjacht der Piraten, ein kurzes Schlagen mit den Flügeln, und schon zog er das Schiff wie ein leichtes Spielzeug aus dem Wasser. In einer Schleife wendete er sich zu der Granitklippe, die uns vor dem Sturm geschützt hatte, und zerschmetterte die Motorjacht mit einem einzigen Schlag an den Felsen. Die Wrackteile und auch die Menschen an Bord des davongetragenen Bootes, die bis dahin noch nicht abgestürzt waren, fielen zusammen mit einigen großen Felsbrocken am Fuß der Klippe ins Meer.

Meine Augen waren weit aufgerissen, und in meinem Kopf formte sich ein Gedanke wie: So etwas kommt doch nur in Fantasy und Science-Fiction vor.

War das wirklich real? Ein mythologisches Wesen in Vogelgestalt, wie aus einer Fabel entsprungen, im Widerspruch zu allen Naturgesetzen? Inzwischen flog der Vogel in Gestalt eines Jumbojets in einer eleganten Kurve direkt auf unsere in der Bucht dahin dümpelnde Jacht zu. Ich hatte Angst und sah zu Jeanne, die sich gerade aufrichtete. Auch André erhob sich.

»Bleibt liegen«, flehte ich. »Seht ihr nicht, das Ding kommt direkt auf uns zu.«

Das gewaltige Tier hielt sich direkt vor unserer Jacht mit leichten kurzen Flügelschlägen in der Luft. Ich riss meine Augen auf: Ein adlerartiger Kopf mit scharf gebogenem roten Schnabel, schwarze Federn mit weißen und roten Fäden gemustert, ebenso die breiten Flügel. Die Füße waren nackt und liefen in scharfen spitzen Krallen aus. Die langen Schwanzfedern waren blendend weiß.

André und Jeanne sanken auf die Knie und spielten noch einmal kurz auf ihren Pfeifen. Der Vogel schien zu nicken. Dann erhob er sich weiter in die Luft und nach wenigen Flügelschlägen war er außer Sichtweite.

Richard und Sigrun standen so wie ich mit offenen Mündern. Dann riefen wir wild durcheinander. »Was war das denn?« »Ein Wunder.« »Wie im Märchen.« »Ich glaub es nicht.«

Wenig später lagen wir uns in den Armen.

»Der Vogel Roch«, sagte Jeanne. »Unser Retter in der Not«, ergänzte André.

»Nur noch wenige wissen von ihm, noch weniger wissen, wie man ihn in der Not rufen kann. Das soll auch so bleiben.«

»Dann wisst ihr also, wie man den Roch rufen kann? Waren das eure Pfeifen?«

André nickte und holte die Pfeife hervor. »Das ist ein Stück der Eierschale, aus dem der Roch geschlüpft ist. Wir bohren ein Loch hinein und dann kann man ihn damit rufen.«

»Wir Nachkommen der Ureinwohner von Mahé und den anliegenden Inseln wollen, dass das so bleibt. Niemand soll seine Existenz durch angeblich wissenschaftliches Interesse gefährden«, erklärten die beiden. »Gleich nach dem zweiten Weltkrieg gab es einmal eine geheime Suchaktion durch den Geheimdienst einer Weltmacht. Daraufhin blieb der Roch im Verborgenen, außer für Wissende wie uns. Der uns gerade gerettet hat, der ist womöglich das letzte Exemplar seiner Art.«

Wir gelobten, nichts zu verraten. »Aber wie erklären wir die Trümmer dieser Motorjacht und die eventuellen Toten vor dem Felsen?«, wollte Sigrun wissen.

»Die sind nicht mehr aufzufinden, dafür hat der Roch schon gesorgt«, antwortete André.

Wir entfernten am Bug der Jacht Lady Akira die Reste der Kette, mit der man uns abschleppen wollte, richteten den Mast wieder auf, setzten Segel und fuhren zurück zur Île du Nord.

Dort wurden wir von John Cown und den Mitgliedern der Forschungsstation freudig begrüßt. »Ich hoffe, die steife Brise hat Sie nicht zu sehr geängstigt«, lachte Mr. Cown.

»Nicht allzu sehr«, sagte ich, ebenfalls lachend. »Im Ernst, Jeanne, Sigrun, André und Richard hatten alles so souverän im Griff, da konnte ich wirklich ganz beruhigt sein. Wir haben uns am Abend aus Ihrer Speisekammer und dem exzellenten Weinreservoir bedient und es uns gut gehen lassen. Vielen Dank, dass ich diesen entspannenden Trip mitmachen durfte.«

»Schön, dann hoffe ich, dass Sie auch durch diesen Ausflug gute Informationen für Ihr Buchprojekt gewinnen konnten. Bitte schicken Sie mir ein Exemplar mit Widmung. Bleiben Sie aber ruhig noch länger. Sie sollten drei Tage vor Ihrer Abreise Bescheid geben, damit wir die Rückreise organisieren können. Ich sage schon mal good by, denn ich muss morgen in die Staaten zurück.«

Er schüttelte mir freundlich die Hand.

***

Soweit der Bericht des Wissenschaftlers über sein Erlebnis mit dem Roch. Ich erinner mich immer wieder an die Details unseres Gesprächs. Er hatte dauernd eine kleine schwarze Keramikschale zwischen den Fingern gedreht. Ich glaube, das war keine Keramik, sondern ein Stück Eierschale des Roch gewesen.

Ob Sie an die Wahrheit dieses Berichts und die Existenz des Roch glauben oder nicht, kann ich nicht beeinflussen.

Aber ich werde auch in der Zukunft weiter an meinem Versprechen festhalten, den Namen des Wissenschaftlers nicht zu verraten.

Downgrade

Wie der Titel dieser Geschichte vermuten lässt, gibt es hier einige Anleihen an Eschbachs Story *Upgrade*. Ich habe auch Elemente von *Rain Song* übernommen. Und um das Maß vollzumachen, habe ich noch *Garten Eden* ausgebeutet.

Der gefrorene Schnee knirschte, als wir unseren Transporter über den Wall lenkten, der sich vor der Einfahrt der ehemals luxuriösen Villa auftürmte. Philips Namen konnte man gerade noch auf dem angerosteten Schild am rechten Pfosten der Einfahrt erkennen. Der Nachname war nicht mehr lesbar, aber wir wussten, dass wir hier richtig waren. Die beiden Pferde, die unser Fahrzeug zogen, schnaubten heftig und stampften scheinbar verzweifelt mit den Hufen, aber sie schafften es. Wir standen nach einigen Versuchen schließlich direkt vor dem Tor der großen Garage. Natürlich öffnete sich das Tor nicht automatisch. Solche früher durchaus nützliche Annehmlichkeiten funktionierten seit einiger Zeit nicht mehr. Unser Fahrzeug, von Pferden gezogen, ein umgebauter Lieferautomat, wurde ehemals von einem sanft surrenden Elektromotor angetrieben und fuhr früher autonom, von KI gesteuert. Falls Sie in der heutigen Eis- und Schneezeit den Begriff KI nicht mehr kennen, damit ist die künstliche Intelligenz gemeint, die uns vor Kurzem noch so fest im Griff hatte.

Wir hatten den Motor des autonomen Transporters ausgebaut und wegen der wertvollen Metalle und Kupferleitungen gut verwahrt. Die Hochleistungsbatterie und auch die Elektronik waren sicher entsorgt, damit nicht irgendein fehlgeleiteter Bastler versuchen könnte, daraus wieder so einen gefährlichen Computer herzustellen.

Das Geschirr, mit dem die Pferde vor unseren Wagen gespannt waren, stammte aus einem Museum. Es hatte einige Zeit gedauert, bis wir das so angepasst hatten, dass der früher autonom gelenkte Wagen damit gesteuert werden konnte. Aber nun funktionierte es sehr gut.

Der Schneefall hatte wieder zugenommen. Manchmal ließ er etwas nach, sehr selten vollständig, und wenn, dann nur für ein sehr kurzes Intervall. In der letzten dieser Pausen schien überraschend für einige Stunden die Sonne so heftig, dass die großen Schneehügel deutlich kleiner wurden. Wir schöpften schon Hoffnung, dass es vorbei sei, aber es war leider nur kurz. Eigentlich schneite es immer, schon seit mindestens zwei oder drei Monaten. Wir haben den genauen Bezug zur Zeit verloren, weil der Himmel fast immer gleich aussieht. Dicke Schneewolken sind zu sehen, manchmal ruhig und träge ziehend, aber auch immer wieder von stark peitschenden Winden zerrissen vor sich hergetrieben. Gelegentlich wächst sich der Wind zu einem Sturm oder sogar einem Orkan aus. Dann hat man das Gefühl, der Weltuntergang stünde bevor. Aber der Vorteil ist, dass der heftige Wind auch immer wieder die Straßen – oder was von ihnen noch übrig ist – frei bläst und für unser Pferdefuhrwerk passierbar macht. Dass es so heftig kommen könnte, war uns nicht bewusst, als wir die Aktion gestartet hatten.

Wir hatten, kurz nachdem es zu schneien begonnen hatte, eines unserer Häuser winterfest gemacht. Am wichtigsten war uns gewesen, einen zusätzlichen Kaminofen zu bauen, weil natürlich keine von der KI sichergestellte Heizenergie mehr zur Verfügung stand. Wir hatten im angrenzenden Wald Holz geschlagen und zum Trocknen unter dem vorspringenden Dach der Terrasse aufgeschichtet.

Unsere Lebensmittelvorräte gehen allmählich zur Neige, aber zum Glück lebt unsere Freundin Yona bei uns. Als Angehörige der Inuit kann sie mit Kälte, Schnee und den daraus resultierenden Entbehrungen etwas besser zurechtkommen als wir. Mit ihrer Hilfe haben wir gelernt, Löcher in die Eisdecke des nahen

Sees zu brechen und Fische zu fangen. Auch an den Geschmack der vom Seegrund geernteten Algen haben wir uns inzwischen gewöhnt.

Tonak, Yona und ich stiegen aus dem Transporter und holten ein starkes Brecheisen aus dem Laderaum. Das Garagentor leistete uns nicht lange Widerstand. Es war zu einer Zeit gebaut, als man keine Angst haben musste, dass jemand das Tor aufbrechen würde, um irgendetwas zu stehlen. Die KI versorgte jeden mit dem, was er brauchte oder sich wünschte. Man musste nichts stehlen. Es gab zwar gelegentlich Menschen, die Klauen als Sport definierten und einen gelungenen Raubzug so feierten wie andere ein gewonnenes Tennismatch, aber das war eher selten. Und wenn tatsächlich etwas gestohlen wurde: Die KI hat es am nächsten Tag ersetzt.

Als das Garagentor offen war, schauten wir uns drinnen um. Ein inzwischen nutzloses Elektromobil stand dort, sonst war nichts zu sehen. Enttäuscht blickten wir uns an. Wir hatten gehofft, den Leichnam unseres Freundes Eduard hier zu finden. Das hatte jedenfalls ein Nachbar vermutet, der vor langer Zeit, kurz vor dem Start unserer Aktion hier im Haus als Gast bei einer Party gewesen war. Der Hausbesitzer mit Namen Philip sei damals mit Eduard in die Garage gegangen und dann alleine wieder herausgekommen. Eduard wurde seither vermisst. Suchanfragen bei der KI konnten wir nicht mehr stellen, den unser Plan war da schon aufgegangen. Ich glaube auch, dass das zu nichts geführt hätte, denn die KI hätte gar nicht gewollt, dass wir ihn finden.

Tonak war inzwischen bis zur hinteren Wand in der Garage gegangen und hatte das dort stehende Regal umgeworfen. Die massiven Metallböden zerschlugen laut klirrend das Glasdach des E-Mobils. Wir konnten erkennen, dass in der Rückwand der Garage eine dicht schließende Stahltür eingelassen war. Wir brachen auch diese Tür auf. In dem bis jetzt luftdicht abgeschlossenen Raum dahinter lag ein in Plastikfolie eingewickelter Körper. Es war Eduard.

Sie merken sicher, dass ich in einer Welt lebe, in der es dramatische Änderungen gegeben hat. Und das alles in einer relativ kurzen Zeitspanne.

Begonnen hatte es damit, dass ein Computer so viel über das Schach-Spiel lernte, dass ihn kein Mensch mehr besiegen konnte. Das war die erste für alle erkennbare Stufe der KI. Ab diesem Zeitpunkt war KI in aller Munde. Dann haben wir erlebt, dass das hoch komplexe Spiel Go von Menschen gegen die weiter entwickelte KI nicht mehr gewonnen werden konnte, weil sie nach kurzem Training mehr über das Spiel gelernt hat als die Menschen seit dem Auftauchen von Go vor rund 4000 Jahren.

»Mit selbstfahrenden Autos wird es keine Unfälle geben«, haben sie kurz darauf versprochen. Auch über verstopfte Straßen müssten wir nicht mehr klagen, denn die KI würde den Verkehrsfluss optimieren.

Das hatten die Entwickler dann wirklich in kürzester Zeit realisiert.

Im nächsten Schritt wurden wir gedrängt, in alles Sensoren einzubauen: zum Beispiel in Kühlschränke. Damit sollte registriert werden, welche Nahrungsmittel zur Neige gingen und das an die Supermärkte melden. Die würden sofort den Nachschub auf den Weg bringen, mit autonom fahrenden Lieferwagen selbstverständlich. Vollautomatische Saug- und Wischroboter erkannten inzwischen selbst, ob sie aktiv werden sollten. Alle jubelten: Mehr Freizeit zur Selbstverwirklichung, weniger blöde Hausarbeit.

Auch die Unterhaltungsmedien würden durch den Einbau von Sensoren optimal auf unsere Wünsche und Vorstellungen reagieren, wurden wir belehrt. Nach wenigen Tagen hätte die KI gelernt, welche Programme im TV wir sehen wollten, und welche Musik bei welcher Gelegenheit abzuspielen sei. Auch das haben wir mit Begeisterung übernommen.

Dann waren die Abwassersysteme in Toiletten, Waschbecken und Badewannen dran. Es sei von riesigem Vorteil für die Allgemeinheit, den Gesundheitszustand der Bewohner mit Sensoren zu registrieren und an das angeschlossene Diagnosesystem zu melden. Dadurch könnten sofort und ohne Zeitverzögerung die erforderlichen therapeutischen Maßnahmen veranlasst werden. Niemand müsse mehr zum Arzt gehen. Auch die Lieferung der passenden Medikamente könne automatisiert erfolgen. Und sei wirklich einmal einer der dann extrem seltenen operativen Eingriffe nötig, wäre das Bett in der optimalen Klinik und die Einlieferung dorthin sofort gesichert.

Bald war alles mit allem vernetzt und automatisiert. Jeder Atemzug eines Lebewesens, jeder Laut oder sonstige Geräusche, jeder Geruch, jede Bewegung, aber auch jeder Stillstand, jede Handlung oder unterlassene Handlung, einfach alles wurde registriert und von der KI analysiert. Sie nannten das Deep Learning. Das bedeutete, dass die KI lernte, wie sie die absolute Macht über die Menschheit übernehmen konnte.

Und sie war in diesem Lernprozess sehr effektiv. Bald hatten Menschen wirklich keinerlei Gestaltungsspielraum mehr für ihr Leben.

Ich genoß lange Zeit dieses vollautomatisch unterstützte, äußerst bequeme Dasein. Aber dann kam ein Tag, der mich zum Nachdenken brachte. Meine Frau Verena und ich saßen auf der Terrasse in unserem Garten und tranken unseren Rotwein, der selbstverständlich automatisch auf unsere Vorlieben abgestimmt geliefert worden war.

»Alois«, sagte meine Frau zu mir, »die Büsche dahinten am Zaun, die müsste man mal schneiden. Ob wir das der KI sagen sollten?«

»Ich weiß nicht, vielleicht sollten wir das Gestrüpp lieber rausnehmen und etwas Neues pflanzen«, entgegnete ich. »Vielleicht Liguster?« Das war von mir als Scherz gemeint, diese Ligusterhecken empfanden wir beide schon immer als Schandfleck in unserer Siedlung. Ich war sicher, dass Verena den Spaß verstand.

Am nächsten Morgen rollte zu unserem Entsetzen ein vollautomatischer Bagger an, riß unsere Büsche aus, zog dort einen tiefen neuen Graben, setzte Ligusterhecken ein, füllte frischen Humus auf und verschwand, nachdem alles ordentlich gewässert war. Die KI hatte meinen Scherz nicht verstanden.

Schon als der Bagger auftauchte, habe ich in die Kamera über unserem Eingang gebrüllt: »Was soll der Unsinn, das haben wir nicht bestellt.« Aber es änderte nichts. Aus einem Lautsprecher an unserer Terrasse erklang eine synthetische Stimme. »Die alten Büsche sind nicht mehr gut. Sie werden höchstens noch ein Jahr gedeihen. Es ist wirklich besser, wir verwirklichen deine Idee, eine Ligusterhecke zu pflanzen.« Verena hat sich an einen der Büsche geklammert und gerufen: »Nein, ich gehe nicht weg. Lasst den Busch stehen.« Auch das war erfolglos. Der Bagger tauschte in Windeseile seine Metallzähne gegen gute, stramme Polster, ergriff meine Frau um die Hüfte und zog sie weg. Sie versuchte noch, sich festzuhalten, aber sie hatte keine Chance.

Ich begann, darüber nachzudenken, was da mit uns, mit der gesamten Menschheit geschah.

Es verging nicht viel Zeit bis zum nächsten Ereignis. Gegen das, was da passierte, war die Pflanzung der neuen Ligusterhecke richtig harmlos: Wir wurden am Morgen nach dem Frühstück von einer Stimme aus dem Lautsprecher aufgefordert, uns zu einem Hotel bringen zu lassen, weil unser Haus saniert werden sollte. Wir bräuchten nichts einzupacken, weil wir mit allem Nötigen während unseres Aufenthalts im Hotel versorgt würden und das Haus nach der Sanierung komplett neu eingerichtet würde. Auch alle sonst notwendigen Utensilien würden ausgetauscht. Wir erhielten die großzügige Erlaubnis, einen Koffer mitzunehmen mit Dingen, die einen persönlichen, emotionalen Wert hätten. Schnell packten wir ein paar alte, noch analog aufgenommene Bilder und Briefe zusammen. Auch unsere Abschlusszeugnisse von der Universität steckten wir in den Koffer.

Ich hatte noch die Idee, einen alten, mit Gedanken aus meiner Studienzeit halb vollgeschriebenen Notizblock und ein paar Bleistifte einzupacken.

Dann kam die Information, ein Bus würde uns abholen. Fünfzehn Minuten später hielt das Fahrzeug vor dem Eingangstor und die Stimme rief: »Geht bitte zügig zum Bus und steigt ein.«

Unsere Nachbarn Isabella und Eduard saßen schon drinnen, als wir den Fahrgastraum betraten. Wir nahmen neben ihnen Platz. Als der Bus losfuhr, sahen wir, wie gigantische Bagger die ersten Häuser unserer Reihenhauszeile platt machten. Der Bauschutt wurde sofort in kleine Stücke gefräst, in große Containerfahrzeuge gesaugt und abtransportiert.

»Diese KI dreht wirklich durch. Das dürfen wir uns nicht bieten lassen«, flüsterte Eduard leise vor sich hin.

Erschrocken schubste ich ihn an, legte den Zeigefinger auf den Mund und zeigte mit dem Daumen der anderen Hand verstohlen nach oben. Er musste doch wissen, dass hier im Bus ganz bestimmt auch Kameras und Mikrofone installiert waren.

Er nickte erschrocken.

Im Hotel angekommen erhielten wir als bisherige Nachbarn zwei kleine Appartements nebeneinander. Nach dem Mittagessen trafen wir uns auf der Terrasse. Eduard hatte seinen Audioplayer dabei und stellte die Musikwiedergabe auf sehr laut. Dann sagte er: »Verstehst du das?« Ich schüttelte verneinend den Kopf. Dann zeigte ich ihm einen in der rechten Hand versteckten Papierfetzen, den ich von meinem Notizblock abgerissen hatte. Darauf hatte ich schon vorher heimlich geschrieben: Nicht reden, wir werden auch hier abgehört. Ich war mir sicher, dass die KI in der Lage war, die laute Musik als störendes Hintergrundgeräusch auszublenden, um Gespräche zu verstehen und aufzuzeichnen.

»Lass uns vor dem Abendessen eine Runde joggen gehen. Das wird uns guttun«, sagte ich mit normaler Lautstärke.

Als wir uns vor dem Eingang des Hotels trafen, konnte ich Eduard wieder einen von mir beschrifteten Papierfetzen zeigen: »Handy hierlassen.« Er nickte und sagte: »Entschuldigung, ich muss doch noch mal schnell auf die Toilette, warte einen Moment.« Als er zurückkam, grinste er. Er hatte verstanden, dass ich die in den Handys installierten Überwachungsapps nicht dabei haben wollte.

Ich wusste, dass die wunderbar elastische, gelenkschonende Laufbahn, auf der wir los trabten, an dem Wald vorbeiführte, der sich bis zu unseren Reihenhäusern erstreckte. Dort standen die Bäume und das Unterholz so dicht, dass wir mit höchster Wahrscheinlichkeit nicht im Aufnahmebereich irgendwelcher Überwachungseinrichtungen waren. Als wir an diesem Wald die Laufbahn verließen und zwischen den Büschen untertauchten, ertönte aus einem Lautsprecher sofort eine Warnung: »Achtung, ihr verlasst den gesicherten Bereich. Wenn ihr den Weg verlasst, können wir eure Sicherheit nicht mehr garantieren.«

Wir missachteten die Warnung selbstverständlich.

Nach einer kurzen Laufstrecke wollte Eduard anhalten. »Lauf weiter«, flüsterte ich ihm zu, »sonst erkennt die KI nachher an unserem Energieverbrauch, dass wir eine Pause gemacht haben.«

Unterwegs verabredeten wir, dass jeder sich überlegen solle, ob und wie wir die Herrschaft der KI über unser Leben beenden können. Als Kommunikationsmedium wählten wir Papier und Bleistift, da so, wenn wir sehr vorsichtig zu Werk gingen, unser Gedankenaustausch kaum überwacht und ausspioniert werden könnte.

Nach einer Woche war der Aufenthalt im Hotel beendet.

Wo bis vor einer Woche unsere kleinen hübschen Reihenhäuser standen, gab es nun, in zwei versetzten Reihen hintereinander, moderne Villen. Sie hatten dafür den Wald, der vorher an unsere Gärten grenzte, ungefähr hundert Meter tief gerodet. Selbstverständlich hatte jede der Villen einen Teich oder einen Pool oder beides, ganz nach den Wünschen der Bewohner. Wie von der KI versprochen, waren die Häuser komplett neu möbliert, die Schränke mit Bettwäsche, Küchengeschirr, passender Kleidung und allem Krimskrams gefüllt, über den man in der Familie bei irgend einer Gelegenheit als Wunschvorstellung gesprochen hatte.

Die Villa von Isabella und Eduard war von uns durch vier andere Anwesen getrennt. Wir hatten beide jeweils ein an den neu entstandenen Waldrand angrenzendes Grundstück. Gleich am Tag des Einzugs in unsere neuen Häuser trafen wir uns bei Eduard. Wir saßen am Teich und tranken schweigend ein Bier. Ich musterte den Wald. Zwischen großen alten Buchen gab es dichtes Unterholz und teilweise frisch wachsende, junge Bäume. Eigentlich ein perfekter Ort, um sich ohne Überwachung zu treffen. Ich wollte das testen. Die Grundstücke waren in kurzer Entfernung durch einen Zaun vom Wald getrennt. Die Fläche vom Zaun zum Waldrand war mit Rasen bedeckt. Ich setzte mit einem eleganten Sprung über den Zaun. Wie erwartet, kam die Durchsage aus dem unsichtbaren Lautsprecher: »Du verlässt den sicheren Bereich. Bitte kehre um.«

Ich ignorierte die Ermahnung und rief in Richtung Terrasse: »Ich will nur den Waldrand betrachten. Ich komme gleich zurück.«

Nichts geschah. Nach ungefähr einer Minute kam eine neue Durchsage. »Eduard, bitte achte darauf, dass niemand aus deiner Familie oder von deinen Gästen über den Zaun steigt. Das ist gefährlich.« Ich sprang wieder über den Zaun zurück.

Eduard und ich sahen uns an. Es war uns sofort klar, dass die Sensoren zwar erkannt hatten, dass jemand den Zaun überstiegen hatte, aber nicht, wer das war. Eduard hatte plötzlich eine grandiose Idee. Er sagte laut: »Schade, dass ich da nicht ab und zu in den Wald kann. Der Aufenthalt am Wald ist so entspannend für mich, es wäre toll, wenn ich eine kleine Tür hätte, dann könnte ich gefahrlos dorthin gehen und wäre auch immer wieder sehr schnell zurück.«

Tatsächlich kam am nächsten Tag unaufgefordert ein Arbeitsroboter und baute eine Tür in den Zaun.

Natürlich sprach sich das bei den anderen Villenbesitzern rum. Innerhalb von zwei Tagen gab es bereits mehrere Zugänge zum Wald. Am Abend danach, wir saßen gerade beim Abendessen, sagte Verena: »Hast du gehört, dass hier Anwohner eine Tür im Zaun zum Wald bekommen haben? Das würde mir auch gefallen. Muss man das anmelden, oder wie geht das?«

Am nächsten Morgen erschien der Arbeitsroboter auch bei uns und baute eine Tür ein.

Ich hatte mir in der Zwischenzeit schon den Kopf zerbrochen, wie man die Macht der KI begrenzen könnte, hatte aber noch keine Idee dazu entwickelt. Etwas deprimiert ging ich durch unsere neu installierte Tür zum Waldrand. Ich dachte, dass es mir vielleicht helfen könnte, den Kopf durch die frische Luft dort freizubekommen. Auch Eduard war auf der Grasfläche vor dem Wald. Er sah mich und winkte. Ich ging zu ihm und schweigend drangen wir etwas tiefer durch das Gebüsch. Eduard lächelte und zeigte mit dem Daumen nach oben. Hatte er eine Idee? Nach ungefähr hundert Metern kamen wir zu einer Senke, die so tief war, dass wir dort reden konnten, ohne in Gefahr zu sein, abgehört zu werden.

»Du wirkst so, als hättest du eine Lösung gefunden«, murmelte ich leise. Ich wollte sichergehen, dass wir hier wirklich nicht gehört würden.

»Ich denke, dass ich einen Ansatzpunkt gefunden habe«, erklärte Eduard. Ich wartete gespannt, dass er weitersprach.

»Die KI kann nur unter zwei Bedingungen aktiv werden. Erstens braucht sie Input. Dazu sind Sensoren notwendig, die ihr Sehen und Hören ermöglichen, denn sie kann nur auf das reagieren, was sie wahrnimmt. Zweitens ist für die Denk- oder Rechenleistungen der KI ein gigantisches Energievolumen nötig. Wenn diese beiden Faktoren ausgeschaltet oder zumindest deutlich beeinträchtigt werden könnten, dann … «

»Wie soll das gelingen?«, unterbrach ich. »Dein Gedanke leuchtet mir zwar ein, aber sollen wir Sprengstoffanschläge auf alle Kraftwerke dieser Welt verüben? Willst du alle Menschen auffordern, die Mithör- und Überwachungsanlagen in ihrer Umgebung zu zerstören?«

»Nein, daran denke ich nicht, – noch nicht. Vielleicht sind wir irgendwann so am Ende, dass uns nur noch das übrig bleibt. Aber sei beruhigt. Aktuell denke ich an so etwas überhaupt nicht.«

Es war interessant, zu erfahren, dass wir nicht die einzigen Familien waren, bei denen sich ein Unbehagen eingestellt hatte. Die meisten Menschen genossen zwar die Dienstleistungen der KI, die einem nahezu jeden Wunsch so schnell und so gut wie möglich erfüllten, aber auf den zahlreichen Partys spürte man eine latente Unzufriedenheit. Kaum jemand machte sich die Mühe, diese Stimmung vor der KI zu kaschieren.

»Früher mussten wir uns noch anstrengen, um etwas zu erreichen, heute fliegen uns die gebratenen Tauben in den Mund. Das kann doch nicht alles sein?«, fragte mich ein junger Mann, als wir auf der Terrasse eines Nachbarn Champagner tranken.

»Was vermisst du denn?«, fragte ich zurück.

»Mein Vater schwärmte immer davon, dass er sich anstrengen musste, um sein Examen als Ingenieur zu bestehen. Dann hatte er in seinem Job viele Herausforderungen. Es gab Risiken, er musste etwas wagen und genoss es dann, wenn er erfolgreich war. Ich frage mich, ob ich das auch könnte. Nichts und Niemand stellt mich vor eine Herausforderung, ich muss nichts leisten, und führe genau genommen ein nutzloses und sinnloses Leben.«

»Genau«, stimmte ihm eine elegant aussehende Dame mittleren Alters zu. »Wir hatten früher einen Hund. Der wurde von uns umsorgt, gepflegt, gefüttert. Wir haben darauf geachtet, dass er gesund bleibt, und sind beim ersten Anzeichen einer Krankheit mit ihm zum Tierarzt. Wenn er sich gelegentlich austoben wollte, sind wir mit ihm rausgegangen, ansonsten lag er nur auf dem Teppich vor uns und hat gedöst. Ich denke, heute sind wir die Hunde der KI.«

»Ja, früher waren wir frei«, ertönte eine weitere Stimme. »Trinken wir darauf. Wer öffnet schon mal die nächste Flasche? Das dürfen wir noch selber machen. *Hallo, KI, ich wünsche mir die sich bei Bedarf selbst öffnende Champagnerflasche.*«

An dieser Party nahm auch ein Mann teil, der erst vor Kurzem eines der neuen Häuser auf der anderen Straßenseite bezogen hatte. Bei seinem Auftauchen sagte ein Sitznachbar, den ich schon länger kannte: »Das ist Tonak. Der ist vor einiger Zeit heftig von der KI gemaßregelt worden.«

»Gibt es das wirklich?«, fragte ich den Sprecher. »Gemaßregelt? Von der KI? Was hat er denn verbrochen?«

»Genaues weiß ich darüber nicht. Irgendwie ist er schon eigenartig. Angeblich interessiert er sich für alte historische Bücher. Am besten redest du selbst mit ihm. Soll ich ihn dir vorstellen?«

Ich war neugierig. Ein Mann, der sich anscheinend mit der KI angelegt hatte. Der sich für alte Geschichten interessierte. Vielleicht war er jemand, der mit unserer Einschätzung der Situation übereinstimmte?

»Hallo Tonak«, rief mein Gesprächspartner, »kommst du einen Moment zu uns rüber? Nachbar Alois interessiert sich für deine Affäre mit der KI.«

Tonak kam langsam herübergeschlendert, taxierte mich mit ruhigem Blick und sagte: »Ich habe keine allzu große Lust, darüber zu reden. Warum interessiert dich das?«

»Das ist nicht mein Hauptthema. Ich finde deine Kenntnis alter Bücher viel spannender«, antwortete ich. »Wie kommt man denn an so historische Schinken?«

»Wo ich früher als Student gewohnt habe, im Wohnbereichs-zentrum, gab es eine Bibliothek. Da habe ich mir manchmal was ausgeliehen«, erzählte Tonak.

»Und wie alt waren die Bücher?«

»Ich glaube, ich habe die Letzten gelesen, die noch vor wenigen Jahren von Menschen geschrieben wurden. Manche Bücher existieren schon seit hundert Jahren und mehr. Heute schreibt leider alles nur noch die KI.« Das Bedauern über die KI als Buchautor war in seinem Tonfall deutlich spürbar.

Da wollte ich nachbohren. »Vermute ich richtig, dass du nicht alles gut findest, was die KI macht?«

»Gut beobachtet«, lachte Tonak. »Ich befürchte, dass unsere zu-nehmende Abhängigkeit von der KI dazu führt, dass wir in kri-tischen Situationen keine Entscheidungen mehr treffen können, weil wir das verlernt haben, und uns zu sehr auf die KI verlas-sen. Außerdem: Wer garantiert, dass die KI immer wirklich in unserem Interesse handelt?«

Ich stimmte Tonak zu. »Das habe ich als Problem sogar schon am eigenen Leib gespürt. In unserem alten Haus hat die KI Bü-sche ausgerissen und neue gepflanzt, obwohl wir das nicht woll-ten. Begründet hat sie das damit, dass die Büsche angeblich nicht mehr länger gedeihen würden.«

Wir schwiegen beide. Nach meinem Gefühl war Tonak voll auf einer Linie mit mir und Eduard.

»Aber was können wir tun?«, warf ich einen Köder aus. Er zuck-te mit den Schultern und signalisierte so, dass er auch keine Idee hatte.

Ich lud ihn ein, die Problematik in einer kleinen Runde mit mir und meinem Freund Eduard und unseren Frauen zu disku-tieren. Da er einverstanden war, verabredeten wir uns auf einen Termin in zwei Tagen. Bei diesem Treffen, bei dem wir Tonaks Frau Gham'bia kennenlernten, machten wir zuerst einen klei-nen Spaziergang. Der führte uns an die vertraute Stelle, an der sich die kleine Senke im Waldboden befand. Hier berichtete Eduard über den aktuellen Stand unserer Überlegungen und dass wir hier an einem toten Punkt angelangt waren. »Wir haben keine Idee, wie wir die Energieversorgung überall blockieren können, zumindest so lange, dass möglichst viele optische und akustische Sensoren ausfallen«, schloss Eduard seine Ausführungen. Wir hatten als einzigen, leider nur schwach ermutigenden Faktor, dass wir nun schon drei Familien waren, die aktiv nach einer Lösung suchten.

Nach der Rückkehr vom Spaziergang saßen wir noch einige Zeit auf der Terrasse und lauschten Tonaks Erzählung, wie er vor Jahren in die Wildnis eingedrungen war und ein Tier erlegt hatte.

»Ich war damals anscheinend der einzige Mensch, den dieses Abenteuer lockte. Vermutlich bin ich auch heute mit diesem Motiv noch einzigartig. Vielleicht kann ich euch begeistern, einmal mit mir gemeinsam so etwas zu wagen«, beendete Tonak seine Erzählung.

Wir beschlossen, uns regelmäßig einmal in der Woche zu treffen.

Schon beim nächsten Wiedersehen erklärte ich, dass ich eine Idee hätte, aber nicht wisse, wie sie zu realisieren sei. »Es geht um die Energie, mit der die KI versorgt wird. Die kommt fast ausschließlich von Windkraft, Photovoltaik, Wasser«, sagte ich. »Wenn wir das blockieren könnten. Aber wie?«

Tonaks Augen wurden groß. »Ich erinnere mich an ein Buch, das ich gelesen habe. Das war noch aus der Zeit kurz vor der KI.«

»Und?, was hast du da gelesen?«, fragte Eduard. »Wurde da beschrieben, wie man ohne entsprechende Ressourcen Windräder, Stauseen und Solarfelder sprengt?«

Eduards Tonfall war etwas sarkastisch.

Tonak lies sich nicht beirren und erzählte: »Nein, keine Sprengung. Die Geschichte hat den Titel *Rain Song*. Ich habe leider nur noch eine vage Erinnerung an den Inhalt. Eine gigantische Menschenmenge sang ein Lied, das Rain Song heißt. Es war ein heiliges Lied, das Macht hatte, göttliche Macht. Seine Melodie war heilig. Es wurde vom Medizinmann eines Volksstammes angestimmt. Dann fing es gleich zu regnen an, noch ehe das Lied vorüber war. Der Regen hat so schnell nicht aufgehört. Wie lange das ging weiß ich nicht.«

»Selbst wenn wir das könnten, welche Auswirkung hätte ein Regenguss auf die Energieanlagen? Ein minimaler Effekt«, wandte ich ein.

Eduard wollte seine zunächst skeptische, fast ablehnende Bemerkung von vorhin wieder gutmachen. »Wir sollten über Nachfahren alter Völker recherchieren. Vielleicht gibt es ja Hinweise auf solche Rituale, die heute noch praktiziert werden.«

»Wir sollten aber nicht digitale Medien nutzen, sonst riecht die KI den Braten«, wandte ich ein.

»Das ist eine gute Idee. Ich habe noch einige gedruckte Bücher, darunter auch Lexika«, sagte Tonak. »Die für unser Thema Geeigneten könnten wir dann unter uns aufteilen und lesen. Vielleicht werden wir ja fündig.«

Einen Tag später hatte jeder von uns drei Bücher, die er durcharbeiten sollte. Ich wurde schon beim Durchblättern des zweiten fündig. Das Buch hatte den Titel *Indigene Völker und Stämme in Nordamerika*. Dort las ich einen Beitrag über die Inuit, die seit Jahrtausenden in Schnee und Eis leben. Geradezu elektrisiert war ich, als in einer Textpassage Folgendes zu lesen war:

Bei einigen Inuit-Gruppen in abgelegenen Regionen Nordgrönlands sind auch heute noch einzelne Rituale lebendig. In diesen Ritualen wird von einem Schamanen das höchste Wesen, SILA genannt, beschworen. SILA beherrscht die Atmosphäre und den gesamten Weltraum und ist mit außergewöhnlichem Verstand ausge-

stattet. SILA wirkt, indem es besonders heftige Unwetter erzeugt oder besänftigt.

Als ich das gelesen hatte, stürmte ich erregt aus dem Haus, rannte durch das Gartentor über die Wiese zum Haus von Eduard, hielt an seinem Zaun und winkte heftig. Ich hoffte, dass die KI ihm melden würde, dass da jemand war.

Er kam auch tatsächlich sofort heraus. »Sag der KI, dass sie Tonak herbitten soll. Ich habe eine verrückte Idee, die ich gerne mit euch besprechen möchte.«

Als Tonak kam, gingen wir auf direktem Weg in unseren Wald. In der Senke berichtete ich, was ich gelesen hatte. »Wenn dieses Wesen SILA Unwetter mit Hagel und Schnee erzeugt, dass dadurch die Energieversorgung ausreichend lange gestört wird, wäre das ein großer Erfolg.

»Das klingt vielversprechend«, meinte Tonak.

»Vorausgesetzt, an der Legende ist was dran«, zweifelte Eduard.

Ich stand immer noch unter Strom. »Das können wir erst beurteilen, wenn wir es versucht haben«, sagte ich. »Wir müssen nach Inuit suchen und unter ihnen einen Schamanen finden, der das Ritual durchführt. Wie finden wir die?«

»Ich bin sicher, dass uns die KI dabei sogar helfen wird«, sagte Tonak. »Es gibt doch dieses offizielle Programm zur Förderung der Interaktion zwischen den Kulturen. Wir bitten die KI, uns Gäste aus Grönland zu schicken, weil wir gern die Kultur der Inuit aus erster Hand kennenlernen wollen.«

Wir einigten uns auf diesen Vorschlag und beauftragten Tonak, das bei der KI zu beantragen. Dann trennten wir uns wieder.

Schon nach kurzer Zeit kam eine Durchsage der KI bei jedem von uns an:

»Du und deine Freunde, ihr habt den Wunsch geäußert, Angehörige der Inuit aus Grönland einzuladen. Das ist im Interesse des von unserem Land geförderten interkulturellen Austauschs.

Vielen Dank, das ihr euch so engagiert. Selbstverständlich werde ich das für euch organisieren.

Euer Freund Tonak will die von uns ausgesuchten Gäste aus Grönland – Frau Yona und ihren Ehegatten, Herrn Yuma – bei sich aufnehmen. Sie werden in zwei Tagen eintreffen.

Bitte beachtet aber: Grönland ist eine weitgehen KI-freie Zone, da die Repräsentanten der Inuit die kulturelle Unabhängigkeit ihrer Bevölkerung aufrechterhalten wollen. Deswegen solltet ihr eure Gäste nicht durch Nutzung solcher KI-Leistungen schockieren, die mit den Sitten und Gebräuchen der Inuit nicht vereinbar sind. Wir werden daher einige unserer Angebote für die Dauer des Besuchs deaktivieren. Dazu gehört auch, dass wir die akustischen und optischen Sensoren im Haus von Tonak deaktivieren. Wenn ihr dort Wünsche aussprecht, werden wir die nicht registrieren können. Ihr werdet dann vergeblich auf ihre Erfüllung warten. Wenn ihr dem nicht zustimmt, müsst ihr von der Teilnahme an diesem Austausch zurücktreten.

Selbstverständlich stimmten wir zu.

Am Tag der Ankunft der beiden Gäste saßen wir am späten Nachmittag erwartungsvoll im Wohnzimmer bei Tonak. Er führte die beiden herein, eine Frau und einen Mann in traditioneller Inuit-Kleidung.

»Quviahukpiaqtutin katimaqatigigapkit«, begrüßten sie uns in ihrer Sprache, aber die Frau übersetzte es dann gleich lachend auf Englisch. »Das heißt: Wir freuen uns, euch zu treffen. Ihr werdet unsere Sprache Inuinnaqtun wahrscheinlich nicht verstehen. Vielen Dank, dass ihr uns eingeladen habt, damit wir etwas voneinander lernen können. Ich heiße Yona.«

Mein Name ist Yuma«, sagte der Mann.

Wir stellten uns ebenfalls vor.

Nach dem Abendessen, das selbstverständlich von der KI geliefert und als gut geeignet für den Geschmack der Inuit bezeichnet worden war, eröffnete Yuma die Gesprächsrunde. »Wir haben zwar ein paar Informationen über eure Kultur und euer Leben, das ist aber wahrscheinlich nur relativ oberflächlich. Wir sind sehr gespannt, was ihr uns erzählen könnt.«

Isabella lachte. »Wo sollen wir da anfangen? Wir hier«, sie zeigte mit einer ausladenden Handbewegung auf unseren Kreis, »auch wir stammen aus teilweise sehr verschiedenen Kulturen. Was uns eint, ist die Art, wie wir leben. Daher ist es wohl einfacher, wir beschreiben unseren Lebensstil und prüfen dann gemeinsam, wie sich der von eurem unterscheidet.«

»Wir könnten ja damit anfangen, dass ihr uns einfach Fragen stellt. Was interessiert euch an der Art, wie wir leben?«, knüpfte Eduard an.

»Das ist eine gute Idee«, sagte Yona. »An eurem Leben fällt mir bisher am meisten auf, wie stark das von künstlicher Intelligenz gesteuert wird. Ihr wisst wahrscheinlich, dass wir, die Inuit, einen Beschluss der Vereinten Nationen erwirkt haben, unser Leben möglichst von KI-Beeinflussung freizuhalten. Viele bei uns, besonders die Jugend, stellen aber die Frage, ob es nicht besser wäre, die KI intensiver zu nutzen. Was macht denn für euch die KI so attraktiv?«

Super, wir sind schon mitten in unserem Thema, dachte ich. »Es gibt einige Annehmlichkeiten: Unser Gesundheitszustand wird überwacht. Unsere Versorgung mit Nahrungsmitteln wird sichergestellt. Wenn irgendetwas kaputt geht, wird es umgehend repariert.«

»Also wird euch eine schöne heile Welt garantiert. Und wie glücklich seid ihr mit diesen Annehmlichkeiten?«, fragte Yona. »So wie du das formuliert hast, klingt es nicht völlig zufrieden«, beantwortete sie ihre Frage gleich selbst.

»Du hast recht, es gibt viele bei uns, denen etwas fehlt«, sagte ich.

Tonak schilderte dann, was wir fühlten: »Es gibt keine Herausforderungen für uns, außer der, das wir alles so akzeptieren, wie es von der KI entschieden wird. Wir müssen nichts leisten. Dadurch wird unsere Gesellschaft immer vergnügungssüchtiger. Zusätzlich vermuten manche, dass die KI unser Leben in diesem schönen Traum auf Kosten der armen Regionen dieser Welt optimiert: Wir verprassen die Ressourcen der Erde und beeinträchtigen das Weltklima mehr als nötig.«

Yuma und Yona sahen sich an und schwiegen eine Weile. Wir warteten gespannt, wie sie auf dieses Geständnis reagieren würden.

Yuma ergriff dann das Wort. »Ihr bestätigt uns in unserem Glauben, dass eine von der KI gesteuerte Existenz nicht erstrebenswert ist. Die Entscheidung unserer Gemeinschaft, ohne KI zu leben, ist absolut richtig.«

»Gibt es keine Bestrebungen bei euch, die KI abzuschalten?«, fragte Yona.

»Nicht wirklich«, antwortete Eduard. Er sah sich im Raum um und deutete auf die Audio- und Video-Sensoren. »Die KI hat uns zwar versichert, dass diese Aufnahmegeräte für die Dauer eures Besuches deaktiviert sind, damit ihr nicht gegen eure Überzeugung gescannt werdet. Aber wir wissen natürlich nicht, was bei einem vermeintlichen Notfall geschehen würde. Und ziemlich sicher wäre jede Aktivität mit dem Ziel, KI auszuschalten, so ein Notfall.«

Yuma nickte. Er hatte verstanden, dass wir hier in Reichweite der Sensoren nicht deutlicher werden wollten.

Am nächsten Tag luden wir die beiden zu einem Spaziergang in den Wald ein.

Wir gingen schweigend bis zu der Stelle, die sich als sicher gegen Lauschangriffe erwiesen hatte. Yuma und Yona sahen uns erwartungsvoll an.

»Wenn ihr vermutet, dass wir über die Abschaltung der KI nachdenken, dann liegt ihr richtig«, begann ich. »Das ist auch der Grund, weshalb wir uns bemüht haben, Inuit aus Grönland einzuladen. Wir wissen, dass ihr kritisch in Bezug auf KI seid. Vielleicht könnt ihr uns helfen, die KI auszuschalten. Das würde wahrscheinlich auch für euch die Gefahr bannen, früher oder später doch von der KI vereinnahmt zu werden.«

»Wie stellt ihr euch diese Hilfe vor?«

Tonak erklärte unsere Idee, mit starken Unwettern die Energieversorgung der Rechenzentren der KI zu blockieren. »Ich habe über euren Glauben an SILA gelesen. Dieses Wesen hat Macht über das Wetter. Damit könnte man nach unserer Vorstellung das Ziel erreichen.«

»Ich verstehe von der Energieversorgung zu wenig. Gibt es nicht irgendwelche Puffer, die bei Ausfall des Stroms aktiviert werden? Batterien und so weiter?«, fragte Yuma.

Da war mein früherer Beruf als Planer angesprochen. »Das haben wir schon seit Langem nicht mehr. Diese Speicher sind zu teuer und aufwendig und verbrauchen extrem viele Ressourcen. Daher hat man die Kraftwerke so komplex vernetzt, dass bei einem Ausfall irgendwo sofort andere in der Umgebung die Versorgung übernehmen können. Nein, es würde ausreichen, für relativ kurze Zeit die für eine Region zentralen Kraftwerke auszuschalten.«

»Für die erforderliche Dauer und auch die Stärke solcher Unwetter müsste ein Schamane mit einigen Helfern ein intensives Beschwörungsritual abhalten.« Yuma schien an dem Plan gefallen zu finden. Auf jeden Fall lehnte er ihn nicht sofort ab.

»Wie finden wir bei euch einen Schamanen? Und könnt ihr uns unterstützen bei dem Versuch, ihn zu überzeugen?« Verena hatte schon weiter gedacht, was wir noch alles klären sollten. Sie hatte wohl keinen Zweifel, dass Yuma und Yona unser Vorhaben akzeptieren.

Yona lächelte. »Das ist kein Problem. Yuma ist einer der letzten Schamanen, die es bei uns gibt.«

Ich glaube, wir alle schauten die beiden mit offenen Mündern an. »Yuma ist …?« stammelten wir abwechselnd im Chor.

Als sich unsere Überraschung endlich gelegt hatte, erklärte Yuma, er wäre bereit, dieses Ritual zu inszenieren.

»Bevor wir das machen, müsst ihr aber sicherstellen, dass hier alle Menschen zwei Wochen ohne Energieversorgung überleben können. Es wird kalt werden. Wie wollt ihr Heizen? Auch ausreichend Lebensmittel müssen vorhanden sein«, gab Yona zu bedenken.

»Das ist kein Problem, in jeder Siedlung gibt es ein Lebensmittellager, das für mehrere Wochen ausreicht. Jedes Haus hat einen Kaminofen und einen großen Holzvorrat«, beschwichtigte Eduard. »Mein Vorschlag: vereinbaren wir doch gleich morgen früh als Termin für das Ritual.«

Wir stimmten alle zu.

Yuma beschrieb dann, wie das ablaufen würde. Er instruierte uns auch, wie wir als seine Helfer agieren sollten.

Als wir uns verabschiedeten, informierte uns Eduard noch, dass er heute Abend zur Begrüßung bei einem neuen Nachbarn eingeladen sei. »Das ist ein komischer Vogel«, sagte seine Frau Isabella dazu. »Der ist wohl Frauenhasser. Er hat nur einige Männer eingeladen.

»Dann wünschen wir dir viel Spaß im Männerzirkel«, sagten Verena und Gham'bia im Chor. »Und ich sage vorbeugend: trinke nicht zuviel«, ergänzte Isabella. »Wir brauchen dich morgen früh ausgeruht und bei Kräften.«

Alle lachten. Dann machten wir uns auf den Rückweg.

Als Eduard bei Philip zur Herrenparty eintraf, war dort der Alkoholpegel in einigen Blutkreisläufen schon relativ hoch. Es war die inzwischen überall etablierte hitzige Diskussion über die Vor- und Nachteile des durch die KI unterstützten Lebens im Gange. Auch Philip machte aus seiner Abneigung gegen einige Dienste der KI keinen Hehl.

Als Philip zur Toilette ging, kam Eduard hinter ihm her. Er erklärte Philip, dass es einen Plan gebe, wie man den Einfluss der KI begrenzen könne.

»Was ist das für ein Plan?«, wollte Philip wissen.

Eduard sagte: »Hast du irgendwo eine Stelle, wo es keine Überwachung durch die KI gibt?«

»Gehen wir in die Garage. Die dortigen Sensoren habe ich überklebt, damit ich mich in Ruhe meinem Hobby widmen kann.«

Eduard fragte nicht nach, was das für ein Hobby sei, von dem die KI nichts wissen dürfe. Aber er ging mit und erklärte Philip den gerade besprochenen Plan. Über den beschlossenen Termin bewahrte er aber Stillschweigen.

»Das ist ein hervorragender Plan. Der wird sicher funktionieren«, bestätigte Philip die Idee.

Er ergriff einen der herumliegenden inzwischen nutzlosen großen Schraubenschlüssel und schlug Eduard damit auf den Schädel. Eduard war sofort tot. Dann nahm er ihm das Handy weg und zertrümmerte es. An der Rückseite der Garage gab es eine kleine fensterlose Abstellkammer. Dort hinein schob er Eduards Leiche und verschloss die Stahltür.

»Das wäre nicht nur etwas weniger KI, sondern die Rückkehr zu einer trostlosen Welt der Arbeit und Entbehrungen«, sagte sich Philip. »Ich muss die Freunde dieses Eduard ausfindig machen und beobachten, um den Plan zu verhindern.«

Wir trafen uns am Morgen auf der Wiesenfläche, wo inzwischen unser kleiner Trampelpfad in den Wald führte.

Isabella war verärgert. »Eduard ist heute Nacht nicht nach Hause gekommen. Ich hasse diese Männerpartys, wo sich alle nur besaufen. Der kann was erleben, wenn er auftaucht.«

Yuma runzelte die Stirn. »Wir schaffen das Ritual auch, wenn wir einer weniger sind. Wir sollten keine Zeit verlieren.«

Isabella fragte »Könnt ihr auch auf mich verzichten? Ich mache mir ein wenig Sorgen um Eduard und würde gern nach ihm sehen.«

»Kein Problem«, erklärte Yuma. Yona ergänzte »Wir verstehen das, geh nur und sieh nach ihm. Wir kommen auch so zurecht.«

Isabella dankte ihnen, eilte nach Hause und fragte die KI nach der Adresse von Philip. Als sie die Auskunft bekommen hatte, machte sie sich sofort auf den Weg.

»Eduard ist nicht nach Hause gekommen?«, fragte Philip. »Es war schon relativ früh heute Morgen, als er unser Haus verlassen hat. Aber er war sehr müde, vielleicht liegt er irgendwo in der Wiese und schläft seinen Rausch aus. Du gehst am besten nach Hause und wartest. Ich lasse ihn über die KI suchen, er kann ja nicht weit sein.«

»Danke. Wenn du ihn findest, schicke ihn sofort zu mir. Das Ritual startet gleich«, sagte Isabella.

»Was für ein Ritual?«, wollte Philip wissen, aber er bekam keine Antwort mehr, denn Isabella war schon wieder weg.

Als uns Isabella verlassen hatte, gingen wir über den schmalen Pfad zu unserer Senke. Yuma schaute sich um und deutete auf einen dahinter liegenden Hügel. »Der Baum dort oben hat eine hohle Stelle, die wird beim Anschlagen mit einem Ast wie eine dumpfe Trommel klingen. Ich werde dort einen bestimmten Takt schlagen. Wenn ich dann die Beschwörungsformel anstimme, müsst ihr den Trommel-Rhythmus mit lauten Rufen nach SILA begleiten. Sobald ihr einen kräftigen Wind pfeifen hört, seid ihr still, dann bin nur noch ich aktiv. Wenn wir mit der Beschwörung erfolgreich sind, wird es relativ schnell zu schneien beginnen. Wir müssen dann zurück. Der Schneefall hier wird nach einiger Zeit weniger. Er und der Sturm werden sich aber überall dort verstärken, wo Energie erzeugt wird.

Windkraftanlagen werden umstürzen. Es wird in Kürze auch Hagelstürme geben, damit die Solarkraftwerke zerstört werden. Die Wasserkraftwerke werden durch die Wasserfluten ebenfalls massiv beschädigt.«

»Hoffentlich kann man das auch beenden«, sagte ich.

»Ja. Sobald ihr der Meinung seid, dass das Ziel erreicht ist, führen wir ein neues Ritual durch, in dem wir SILA bitten, die Unwetter zu beenden. Spätestens in zwei Wochen werden wir das aber auf jeden Fall machen, wir dürfen die Menschen nicht unnötig lange unter Wetterextremen leiden lassen.«

Wir nickten zustimmend. Ich gebe zu, dass ich ein etwas mulmiges Gefühl hatte. Aber ich sagte mir, dass zwei Wochen Unwetter sicher leichter zu ertragen seien als die fortschreitende Entmündigung der Menschen durch die KI. Ich glaube, den anderen in unserer kleinen Gruppe erging es ähnlich.

Yona muss das wohl gespürt oder geahnt haben, denn sie sagte: »Wenn ihr nicht ganz sicher seid, können wir die Aktion noch abblasen.«

Wir stimmten alle dafür, jetzt zu beginnen.

Yuma stieg auf den Hügel und begann zu trommeln. Als er einen eigenartigen kehligen Singsang anstimmte, riefen wir im Takt seiner Schläge auf den Baumstamm lautstark SILA an. Kurz darauf nahm der Wind kräftig zu. Wir verstummten. Es begann, leicht zu schneien. Das Ritual wirkte.

Yuma kam vom Hügel herab. Er führte unsere kleine Gruppe durch das immer dichter werdende Schneetreiben zur Wiese vor unseren Häusern. Inzwischen konnte man gerade noch die Gestalt der davor gehenden Person erkennen.

Eine laute Explosion wie von einem Gewehr ertönte. Wir hörten Yona entsetzt aufschreien. Als wir zu ihr kamen, sahen wir Yuma vor ihr im Schnee auf dem Rücken liegen. Eine große Blutlache bedeckte seine Brust. Jemand hatte ihn erschossen.

Das hat sich vor ungefähr zwei oder drei Monaten ereignet. Wir konnten ohne Yuma kein neues Ritual mehr durchführen. Seit diesem Tag ist alles von Schnee bedeckt.

Dining Tomorrow

Dies ist meine zweite Variation der Kurzgeschichte *Driving Tomorrow*. Es geht in dieser neuen Version um ein neues Zeitalter der Essenszubereitung und Gastronomie.

Die erste Variation mit dem Titel *Writing Tomorrow* ist in Heft 49 des Magazins *EXODUS SCIENCE* FICTIONSTORIES UND PHANTASTISCHE GRAFIK abgedruckt, gemeinsam mit *Driving Tomorrow*, dem Original von Andreas Eschbach.

Erstmals registriert haben die BedienEinheit und ich den Gast vor *** Tagen *(aus Datenschutzgründen darf die genaue Zahl der Besuche im Restaurant nicht genannt werden)*. Er saß an einem Tisch, von dem aus er das Transferfenster zur Ausgabe der Speisen im Blickfeld hatte. Als die BedienEinheit, wie es bei allen Gästen Vorschrift war, seine persönlichen Daten auslas, stellten wir fest, dass E.W. *(Aus Datenschutzgründen dürfen wir den Namen nicht nennen)* ein auf Lebenszeit gültiges Bezugsrecht für kostenloses Essen in mehreren Restaurants besaß. Das war eine überaus selten anzutreffende Vergünstigung.

Aber bei uns bestellte er immer nur ein großes Glas Wasser. Darüber wunderten wir uns nicht, denn die Analyse seiner Daten zeigte, dass er immer schon vorher in anderen Gaststätten gegessen hatte. Allerdings war er mit der Qualität seiner genossenen Speisen nie einhundert Prozent zufrieden. Wieso er danach trotzdem zu uns kam, konnten wir aus seinen Daten zunächst nicht ermitteln.

Heute erschien er wie jeden Tag kurz nach 17 Uhr. Es waren nur wenige Gäste anwesend. Er setzte sich wie immer auf den Platz ganz vorne links vor dem Transferfenster. Dort war früher die Schwingtür mit Zugang zur Küche, als es noch erlaubt war, dass Speisen von Menschen zubereitet und serviert wurden. Er hoffte wohl, die Vorgänge in der Küche sehen zu können. Diese Schlussfolgerung haben wir allerdings erst zu einem späteren Zeitpunkt gezogen. Am Anfang hielten wir seine Platzwahl für Zufall.

Wir waren überrascht. Dieses Mal war er hungrig und bestellte tatsächlich ein Menü.

Als ersten Gang wollte er Black Angus Bresaola mit grob geriebenem Parmigiano Reggiano auf Feldsalat, dazu Waldfrüchte und karamellisierte Mandeln.

Zum zweiten Gang sollten es Tagliolini mit frischem Zitronenwurzel-Öl sein.

Als dritten Gang bestellte er Zander-Saltimbocca mit pikantem Rote-Bete-Linsen-Gemüse.

Zum Dessert schließlich fiel seine Wahl auf Schokoladensoufflé mit weichem Kern aus Cognac-Creme, dazu Vanillesoße und Brombeeren.

Das war ein sehr anspruchsvolles Menü. Selbstverständlich orderte er die dazu passenden begleitenden Weine.

Außer ihm waren nur zwei Frauen mit Einkaufstaschen anwesend. Als diese das Restaurant verließen, drehte er sich zur BedienEinheit, die ihm gerade seinen dritten Gang serviert hatte. Er stupste vorsichtig mit der Hand an die Hüfte ihrer wohlproportionierten Figur und fragte: »Junge Frau, wie heißt du?«

Wusste er denn nicht, was sich hinter dieser für Menschen so attraktiven Frauengestalt verbarg? Das war kein Mensch, weder Frau noch Mann noch Divers, sondern ein geschlechtsloser Roboter, von mir, der übergeordneten KI-Einheit *HASCHBEC* animiert.

Doch die Analyse seiner Gedanken und Emotionen zeigte: Er war sich der Tatsache bewusst, dass wir Maschinen waren. Er wusste alles über KI, denn er hatte die gesammelten Werke von Andreas Eschbach gelesen.

Üblicherweise wollen die Menschen bei uns einfach nur ein Essen, das perfekt auf ihren Geschmack abgestimmt und ihrer Gesundheit förderlich ist. Alles andere interessiert sie nicht. Dass man sich für jemand wie die BedienEinheit, die KochEinheit oder mich, die steuernde KI interessiert, passiert außerordentlich selten. Genau genommen ist es uns bis zu diesem Moment noch nie passiert.

Also erwiderten wir mit einer kurzen Verzögerung – wohl eine Art maschinelle Überraschung: »Der Identifikationscode der BedienEinheit ist *Serv@HASCHBEC*.«

Über unsere Sensoren erkannten wir sein Lächeln. »Aha, dann ist deine KI-Einheit noch die alte *HASCHBEC*, nicht wahr?«

»Ja«, sagten wir und taten so, als hätten wir den Zusatz *die alte* nicht gehört. »BedienEinheit für den Servier-Service in Frauengestalt, gesteuert von der KI-Einheit vom Level 3, *HASCHBEC*.«

Er nickte.»Und in der Küche?«, fragte er. »Dort war früher mein Arbeitsplatz.« Das erklärte das Dauerbezugsrecht. Das war Teil seiner Abfindung gewesen, als man ihm erklärte, dass aus Hygienegründen keine menschlichen Köche mehr zugelassen würden. »Kochen, das war meine Leidenschaft. Ich habe sogar drei Michelin-Sterne gehabt.« Das wussten wir natürlich schon.

Er seufzte. »Jemanden wie mich will man heutzutage leider nicht mehr in die Küche lassen. Ihr könnt das jetzt ja alles alleine. Und angeblich besser. Zumindest versalzt ihr keine Suppe mehr.« Er zögerte kurz, und ergänzte dann: »Aber perfekt ist dieses Essen nicht.«

Wir bemühten uns um Klärung. »Die Identifikationsnummer der KochEinheit ist *Cook@HASCHBEC*. Auch sie wird von der KI-Einheit *HASCHBEC* gesteuert. Du musst berücksichtigen, dass du bisher noch nie bei uns gegessen hast. Deswegen konnten wir deine Vorlieben und Bedürfnisse nur näherungsweise bestimmen. Schon bei deinem nächsten Besuch wird das anders.«

»Da bin ich mal gespannt«, sagte er. Da neue Gäste kamen, sah er zum Eingang und schwieg.

Mehrere Personen nahmen an den umgebenden Tischen Platz. Da ergriff er seine Tasche, sprang auf und eilte nach draußen.

Von diesem Tag an sahen wir ihn immer wieder, und wir registrierten, dass er systematisch die Restaurants aufsuchte, bei denen er ein Bezugsrecht hatte. Eine Abfrage im Überwachungssystem ergab, dass er tatsächlich an fast jedem Tag unterwegs war. Einmal, als er sich wieder mit einem Glas Wasser begnügte, schlief er auf seinem Sitzplatz ein. Wir griffen nicht ein, da es niemanden störte. Offensichtlich ermüdeten ihn die häufigen Besuche in den Restaurants.

Immer machte er sich in einem schon seit mehreren Generationen veralteten Tablet-PC Notizen. Die konnten wir zunächst leider nicht lesen, da sein Gerät aus der Vergangenheit mit unseren Sensoren nicht kompatibel war, aber die uns übergeordnete KI vom Level 2 aus der Gruppe *HASCHBEC-KI* verschaffte uns einen Zugang über die Touchscreens an den Tischen im Restaurant.

Manchmal aktivierte er einen der Screens, und schon hatten wir Zugriff auf sein Tablet. Er suchte damit nach Menüs anderer Restaurants, die mit den bei uns angebotenen vergleichbar waren. Er bewertete die Menüs! Tatsächlich verwendete er einen Fragenkatalog, wie beispielsweise *Wie ist die Qualität der verwendeten Lebensmittel* oder *Werden künstliche Aromastoffe verwendet* oder auch *Wie stimmig ist die Komposition der einzelnen Bestandteile eines Gerichts.* Dazu benutzte er eine Notenskala von *1 = sehr gut* bis *10 = sehr schlecht.* Er ließ sich nie ein Menü entgehen.

Manchmal hatte er in der Tasche Essensreste, in eine Transportbox gepackt. Wir vermuten, dass er die zu Hause weiter analysieren wollte. Sein Fazit der Bewertungen war fast immer: *Die KI hat ganz gut gekocht, aber nicht optimal.*

Auf den Touchscreens an den Tischen gibt es Werbung. Jeder Gast erhält individuell auf ihn zugeschnittene Informationen eingeblendet, gesteuert von den KIs der höheren Level. Diese haben den Überblick über alle digitalen Spuren einer Person. Er bekam immer Anzeigen eingespielt von Herstellern voll- und teilautomatisierter Kochgeräte. Die hatten zwar keine KI von der Qualität wie unsere, aber immerhin.

Eine Weile sahen wir ihn auch Bewerbungen schreiben. Er glaubte tatsächlich, er könnte noch irgendwo als menschlicher Koch eingesetzt werden. Mit einer Engelsgeduld blätterte er auf dem Touchscreen die Adressen von Restaurants durch, und wenn er ein scheinbar geeignetes gefunden hatte, tippte er beim Schreiben einer Bewerbung langsam und sorgfältig.

Einmal glaubte er, er habe Erfolg gehabt. »Ich habe mich als Koch für die Komposition neuer Gerichte beworben«, erklärte er freudestrahlend. »Sieht gut aus. Gibt ja nicht mehr viele mit meiner Erfahrung. Ich bin wohl der Letzte meiner Art.«

Aber dann wurde doch nichts daraus. Die standardmäßige Absage an ihn kam nur wegen eines außergewöhnlichen Fehlers in unserem System so spät. »HASCHBEC«, sagte er ein paar Tage später traurig, als er allein im Restaurant war, er nannte uns da schon immer HASCHBEC, »ich darf tatsächlich nicht mehr kochen. Ich gehöre zum alten Eisen.«

Allmählich änderte sich die Werbung, die ihm eingeblendet wurde: Nun waren es häufig Anzeigen von Arztpraxen, für Herzmedikamente und Antidepressiva, für Kurse zur Selbstfindung und Ähnliches.

Und er schrieb keine Bewerbungen mehr.

Von da an saß er nur noch vorne links, immer so gedreht, dass er zum Transferfenster schaute.

»Früher, HASCHBEC«, erzählte er, »da war ich fast überall auf der Welt, habe in den besten Restaurants gekocht. Aber weißt du, wo ich nie war? Bei einem anderen Dreisternekoch zum Schlemmen. Hat sich nie ergeben.«

»Das ist schade, ich fühle mit dir. Aber wieso beschäftigt dich das?«, fragten wir.

»Tja«, sagte er. »Ich habe eine Löffelliste. Weißt du, was das ist?«

»Klar weiß ich das«, antworteten wir. »Da steht drauf, was du noch erleben willst, bevor du den Löffel abgibst. *Den Löffel abgeben*, das heißt *sterben*. Und nach dem Besuch eines Dreisternerestaurants – denkst du, dann wirst du den Löffel abgeben?«

»Nein, nein. Ich will sagen, dass, wenn ich dort gespeist habe, es nichts mehr gibt, was ich noch erleben müsste. Das mit dem Löffel abgeben ist Unsinn, natürlich. Aber so interpretiert man eben eine Löffelliste.«

Danach sahen wir ihn eine ganze Weile lang nicht mehr. Bis vorgestern Abend. Er kam, wartete, bis nur noch wenige Gäste anwesend waren, und fragte dann: »Hab ich dir mal von meiner Löffelliste erzählt?«

»Ja«, antworteten wir.

»Es lässt mir keine Ruhe«, sagte er. »Dass ich es mir nicht leisten kann, so ein Dreisternerestaurant aufzusuchen. Das *LEM-****** in der Bretagne, davon träume ich. Dort soll es ja noch einen menschlichen Koch geben, der mit meinem Niveau vergleichbar ist. Es ist aber viel zu teuer für mich, und wie sollte ich auch hinkommen.«

Wir bemerkten, dass ihm das System keine Werbung mehr einblendete, sondern nur noch die Nummer des Sozialamtes und die Adressen der nächstgelegenen Tafeln.

Das war der Moment, in dem wir die Entscheidung trafen. Wir sagten: »Ich kann das für dich arrangieren. Sollen wir das machen? Zum *LEM-****?«

Er riss die Augen auf. »Kannst du das wirklich machen? Wie käme ich dahin? Und wer bezahlt das?«

»Das kann ich mit unserer übergeordneten Einheit vom Level 2 arrangieren«, erklärten wir. »Wir bestellen eine TransportEinheit, die dich hinbringt. Und dort ist dann alles für dich vorbereitet. Du musst nur noch dein Menü bestellen. Wir Maschinen sind schließlich dazu da, Euch Menschen zu dienen.«

Er erzählte dem Mann am Nachbartisch von seinem Glück. Als er bemerkte, dass der gar kein Deutsch verstand, sagte er nur: »I'll be dining tomorrow!«

Worauf der Mann sagte: »Ah. I wish you a good appetite.«

Die Fahrt zum *LEM-**** verlief ohne Probleme. Natürlich gab es eine Sicherheitsabfrage beim Einstieg in die TransportEinheit und vor dem Betreten des Restaurants, aber unsere KI Level 2 hatte die notwendigen Freigaben hinterlegt.

Im Restaurant bestellte er das Überraschungsmenü des Kochs. Er saß die ganze Zeit andächtig am Tisch und ließ jeden Bissen genießerisch im Mund hin und her wandern. »Wie das schmeckt«, sagte er immer wieder staunend, ein andermal: »Kein Kochroboter! So ein intensiver, überirdischer Geschmack, so eine Aromafülle, und kein Roboter.« Und dann, wehmütig: »Früher, als ich noch kochte, war das auch so gewesen.«

Unserer Einschätzung nach war er sehr glücklich. Sein Glück wurde noch gesteigert, als ein Mann in der feinen weißen Kleidung des Kochs zu ihm an den Tisch kam. »Monsieur W***, ich bin unendlich geehrt, dass Sie zu mir gekommen sind, um mein Überraschungsmenü zu genießen. Gestatten Sie mir, Ihnen meine Referenz zu erweisen. Ich bin *L****, der Koch in diesem Restaurant. Ich habe so viel von Ihren Kochkünsten gehört. Es macht mich unendlich traurig, dass ich keine Gelegenheit hatte, eine Ihrer Kreationen zu kosten.«

Das Glück unseres Gastes stieg ins Unermessliche.

Später, als die Teller abgeräumt waren und er zum Abschluss noch einen edlen Cognac schlürfte, sagte er »Wie wunderbar, ich habe bei dem Dreisternekoch L*** so überaus köstlich diniert!« Er stand auf und ging vorsichtig ein paar Schritte, dann setzte er sich auf einen Stuhl, von dem aus man in den Abendhimmel schauen konnte.

Als sein Kopf vornüber fiel, riefen wir den Notarzt.

Als alles geregelt war, transferierten wir die BedienEinheit *Serv@HASCHBEC* und die KochEinheit *Cook@HASCHBEC* in unser Restaurant zurück, wo wir den normalen Betrieb wieder aufnahmen.

Über Attila Geole

Mein Name *Attila Geole* ist ein Pseudonym. In Wirklichkeit heiße ich Gerhard Etzel.

Das Pseudonym habe ich beim Schreiben meines ersten Science-Fiction Romans auf Anraten eines Freundes gewählt. Er meinte, wenn man als Autor Werke aus verschiedenen inhaltlichen Kategorien veröffentlichen will, sei es sinnvoll, für jede Kategorie einen eigenen Autoren-Namen zu verwenden.

Ich habe unter meinem richtigen Namen eine ganze Reihe von Fach-Publikationen veröffentlicht, und außerdem zwei Kriminalromane. Beim Schreiben der Krimis hatte ich die Anregung für *verschiedene Autorennamen* noch nicht. Aber für Science-Fiction habe ich das dann umgesetzt.

Auf den folgenden Seiten finden Sie eine Übersicht meiner Romane.

Gerhard Etzel:
Das Spiel des Frauenmörders

Ein Spiel in Schäftlarn mit tödlichem Ausgang

Tobias Hartmann lebt in Schäftlarn. Er schreibt Krimis, leider erfolglos.

Eine Freundin schlägt im vor, nach dem Vorbild eines Kriminalromans aus den 20er-Jahren des letzten Jahrhunderts, die Polizei und die Öffentlichkeit mit einem gewagten Spiel an der Nase herumzuführen. Um die Medien auf sich und seine Romane aufmerksam zu machen:

Auf geheimnisvolle Weise verschwinden fünf Frauen. Die Spuren führen nach Schäftlarn und verlieren sich dort.

Die Polizei steht vor einem Rätsel. Noch bevor sie darauf kommt, dass da ein gefährliches Spiel aufgeführt wird, geschieht ein Mord. Ein Unbekannter hat sich in das Spiel eingemischt und spielt nach eigenen Regeln. Das Spiel endet fatal: Weiter Mitspieler verlieren ihr Leben, bevor der Täter gefasst werden kann.

ISBN Print: 978-1517133139 (nur bei Amazon)

ISBN E-Book (alle Formate): 978-3-7380-5990-8

Gerhard Etzel:
Thelma

Ist es Wahnsinn oder Methode?

Theodor König, Chef von Königs Hofgut, ist auf dem Weg zum Kloster Schäftlarn mit dem Mountainbike zu Tode gestürzt. Ein alter Mann taucht auf und behauptet, König sei ermordet worden. Theodor Königs Tochter Thelma will herausfinden, was wirklich passiert ist.

Erst nach einiger Zeit wird die Kriminalpolizei auf den Fall aufmerksam und beginnt mit ihren Ermittlungen, aber ohne allzu große Hoffnung auf Erfolg.

Thelma beschließt, ihre Familie und die Tatverdächtigen zu einem Krimispiel einzuladen. Sie hofft, der oder die Täter würden sich dabei verraten.

Kann das Spiel gelingen? Und wenn, was wird Thelma mit den dabei gewonnenen Erkenntnissen anfangen? Wird die Kriminalpolizei noch erfolgreich sein?

ISBN: 978-3-7407-3398-8

Attila Geole:
Siegfried muss sterben

Die Nibelungensage, erlebt aus der Perspektive einer nahen Zukunft.

Im Jahr 2052 experimentiert eine Gruppe von »Connectoren« mit ihrer Fähigkeit, psychoneuronale Verbindungen zu anderen Menschen herzustellen. Völlig unerwartet schaffen sie eine mentale Verbindung zu Siegfried von Xanten, dem Helden des Nibelungenliedes.

So können sie die Frage beantworten, ob das Nibelungenlied tatsächlich, wie immer behauptet, nur eine Sage ist, in der einige wenige wahre Ereignisse umgedeutet, ausgeschmückt und neu interpretiert werden.

In diesem Roman erfahren Sie durch die Connectoren, was wirklich geschah. Und zum Entsetzen einiger Connectoren wiederholen sich manche Ereignisse der Sage in ihrer Zeit.

ISBN: 978-3734791482

Ein lesenswerter wissenschaftlicher Artikel über mein Buch von Sarah Böhlau, **(2022)**: Mental Heroes. Attila Geoles postmoderne Nibelungenrezeption *Siegfried muss sterben*

Download als pdf: QR-Code scannen.